CARLO MULLER

Pâquis - Geheimnisse der Nacht

CARLO MULLER

Pâquis - Geheimnisse der Nacht

KRIMINALROMAN

Personen und Handlung sind frei erfunden.
Ähnlichkeiten mit lebenden oder toten Personen
sind rein zufällig und nicht beabsichtigt.

Immer informiert

Spannung pur – mit unserem Newsletter informieren wir Sie
regelmäßig über Wissenswertes aus unserer Bücherwelt.

Gefällt mir!

Facebook: @Gmeiner.Verlag
Instagram: @gmeinerverlag

Besuchen Sie uns im Internet:
www.gmeiner-verlag.de

Im Ehnried 5, 88605 Meßkirch
Telefon 07575/2095-0
info@gmeiner-verlag.de

1. Auflage 2024

Lektorat: Claudia Senghaas, Kirchardt
Herstellung: Mirjam Hecht
Umschlaggestaltung: U.O.R.G. Lutz Eberle, Stuttgart
unter Verwendung eines Fotos von: © Hugh Adams / stock.adobe.com
Druck: CPI books GmbH, Leck
Printed in Germany
ISBN 978-3-8392-0636-2

»Deine Verantwortungslosigkeit ist jedes Mal wieder eine Inspiration für mich.«

Daniel Klein

*

Für Anna

1 EIN TRAUM

Die Rhône rauschte friedlich dahin auf ihrem langen Weg nach Süden und hinter dem Pont du Mont-Blanc zog ein gelbes Propellerflugzeug seine Bahnen über dem glitzernden Wasser des Genfer Sees. Gleißendes Licht flutete die Straßen und Plätze der Stadt. Es war Anfang Juni und zum ersten Mal richtig heiß.

Mein Chef, Gaspar Tarbes, wedelte wütend mit einem Bündel Papier in der Luft herum. Unter seinen Achseln verdunkelten Schweißflecken das hellblaue Hemd. Mit stechenden, tief in seinem verlebten Baumrindengesicht vergrabenen Augen nahm er mich ins Visier.

»Louis, was soll der Mist? Ich sagte Dienstag, nicht Donnerstag! Dienstag, kapiert?«

Ich rückte meinen Kragen zurecht. Für den Inhalt des Sitzungsprotokolls, dessen Entwurf er vor meinen Augen in tausend Fetzen riss, hätte ich die Hand ins Feuer gelegt. Er hatte Donnerstag gesagt, das wusste ich so sicher wie meinen eigenen Namen. Trotzdem verzichtete ich darauf, mich zu verteidigen, und ließ seinen Angriff widerstandslos über mich ergehen.

»Wird sofort geändert. Kann ich sonst noch was tun?«

»Und ob! In Zukunft spitzt du gefälligst deine Ohren, wenn ich etwas sage, kapiert?«

Ständig sagte er *kapiert*. Kapiert hier, kapiert dort, jeder zweite Satz endete damit, und jedes Mal hätte ich ihm dafür am liebsten einen Kinnhaken verpasst. Aber das ging nicht. Am Ende des Monats brauchte ich das Geld. Kein Geld, kein Boot. Kein Boot, keine Freiheit.

Also antwortete ich: »Jawohl, Gaspar.«

Ohne sich darum zu scheren, ob sie ihr Ziel erreichten, warf er die Schnipsel in Richtung Papierkorb. Kaum hatten sie seine Hand verlassen, formierten sie sich zu einer Wolke und rieselten langsam zu Boden. Er stampfte zurück in sein Büro und warf die Tür dermaßen wuchtig ins Schloss, dass sie direkt wieder aufsprang.

Während ich die Unordnung beseitigte, lächelte mir Claire, deren Schreibtisch direkt an meinen anschloss, aufmunternd zu. Dabei rückte sie sorgsam das gerahmte Familienfoto zurecht, das sie mit ihrem Mann und ihrer Tochter, alle drei strohblond und braun gebrannt, im Urlaub in der Toskana zeigte. Sie gehörte zu den wenigen in der Bank, die Fröhlichkeit nicht für ein Symptom fortgeschrittener Debilität hielten.

Schräg gegenüber weidete sich Émile an Gaspars eben geführter Attacke. Hinter seinen dicken runden Brillengläsern, die die Unschärfe seiner hornhautverkrümmten Augen korrigierten, hauste ein hocheffizienter, fehlerlos arbeitender Verstand. Er war der geborene Bürokrat: pflichtbewusst, pingelig und vollkommen humorlos. Seine eingefallenen Wangen und die schmalen, kaum vorhandenen Lippen zeugten von seiner angeborenen Neigung zur Askese. Er war blind für die Freuden des Lebens. Abgesehen davon, dass wir beide fünfundzwanzig Jahre alt waren und am exakt gleichen Tag bei *Tarbes* angefangen hatten, besaßen wir nicht die geringste Gemeinsamkeit. Uns trennte ein unüberwindbarer Graben instinktiver, ehrlicher Abneigung, den kein guter Wille dieser Welt, nicht einmal lastwagenweise, zuzuschütten vermochte.

Gaspar schwang als Finanzchef und Leiter der IT eine unerbittliche Peitsche. Und wenn er nicht gerade am Knechten war, dann wütete er. In seiner Seele glomm die Raserei, und wenn sie plötzlich Flammen schlug, war es besser, man kam ihm nicht in die Quere. Konsequenzen brauchte er keine zu fürchten, denn die *Banque Privée Tarbes*, wie diese Heimsuchung mit vollem Namen hieß, war eine Privatbank und befand sich vollumfänglich im Besitz seines Vaters, des Bankiers Laurent Tarbes, dessen einziger Sohn und künftiger Alleinerbe Gaspar war.

Was mich betraf, so war ich einfach nur irgendeiner von zweihundert Angestellten. Unauffällig. Bedeutungslos. Identifikationsnummer A472. Das Gebäude, in dem ich mir den lieben langen Tag den Hintern platt saß und wo gegen Ende des 19. Jahrhunderts der Grundstein für mein heutiges Arbeitsleiden gelegt worden war, stand auf der Nordseite des Flusses an der Place des Bergues. Mit seinen hohen Fenstern und den Ornamenten in Form von gequälten Ochsenköpfen und seltsam schielenden Mondgesichtern sah es aus wie ein Gemeindehaus, das sich vom Land in die Stadt verirrt hatte. Von ländlicher Beschaulichkeit war im Inneren allerdings wenig zu spüren; hier prägten nach mehreren raumschaffenden Ausweidungen monotone Großraumbüros das Bild. Lediglich ein längst ausrangierter Schließraum, der sich nur wenige Meter von meinem Arbeitsplatz entfernt befand und sich mit seiner blau lackierten Eisentür und dem langen Hebel angenehm von der allgemeinen Eintönigkeit abhob, hatte die Jahre heil überdauert. Er diente Gaspar als persönliche Rumpelkammer, in der er Alkohol, Schuhe und allerlei anderen Kram aufbewahrte. Die Place des Bergues war nur mehr der stickige Maschinenraum, der den Luxusdampfer auf Kurs hielt. Den Hauptsitz hatte man längst in einen repräsentativen Sandsteinbau mitten ins Herz der Altstadt verlegt. Dort empfingen die Kundenberater ihre gut betuchte Klientel, und dort ruhten, tief in den Boden eingegraben und durch meterdicken Stahlbeton geschützt, Schließfächer und schwer gepanzerte Tresore. Zuoberst, umgeben von den Ölporträts seiner Vorfahren, residierte der Boss: Laurent Tarbes. Er war der Einzige, den niemand zu duzen wagte. Ein ungeschriebenes, von Mund zu Mund tradiertes Gesetz besagte, dass dazu nur Mitglieder der Geschäftsleitung sowie langjährige Angestellte befugt waren, denen dieses Privileg zuvor von ihm selbst angetragen worden war. Der Alte, so sein heimlicher Spitzname, sprühte mit seinen zweiundsiebzig Jahren nur so vor Lebenskraft und hielt die Zügel unermüdlich fest in der Hand. Von der Belegschaft wurde er seiner Geradlinigkeit und Entschlossenheit wegen vorbehaltlos als Anführer akzeptiert, wohingegen der unberechenbare Gaspar weniger durch seine Finanzexpertise als vielmehr durch irritierendes Verhalten auffiel. Gaspar war nicht nur ein krankhafter Choleriker und ein versoffener Egomane, sondern obendrein auch noch ein stadtbekannter Lustmolch. Einer gut informierten Quelle zufolge entschied der Alte höchstpersönlich darüber, welche Mitarbeiterinnen in seiner unmittelbaren Reichweite arbeiten durften und welche nicht. In Betracht kamen dabei nur solche, die entweder verheiratet oder ästhetisch benachteiligt waren, im Idealfall beides. Dieselbe Quelle hatte zudem berichtet, dass selbst Gaspars eigene Kinder unter seinem diabolischen Wesen zu leiden hatten. So mussten die siebenjährigen Zwillinge – der erstgeborene Laurent junior und der um fünf Minuten jüngere Gaspar junior – ohne ihren Vater aufwachsen, da dieser keinerlei Interesse an ihnen zeigte. Die aus einer vertraglich abgesicherten und längst geschiedenen Zweckverbindung hervorgegangenen Stammhalter standen deshalb voll und ganz unter der Knute der Großmutter, die ihnen mit einem Vielfachen jener Strenge Anstand und Selbstbeherrschung einzutrichtern versuchte, die an ihrem missratenen Sohn abgeprallt war wie Wasser an einem Duschvorhang. Manchmal zogen Tage, gar Wochen ins Land, in denen er sie nicht zu Gesicht bekam. Der Alte ermahnte ihn hie und da, es nicht allzu bunt zu treiben, doch grundsätzlich sah er keinerlei Anlass zur Besorgnis. Die Kleinen gediehen und die Geschäfte entwickelten sich trotz der verheerenden Finanzkrise, die etlichen Konkurrenten den Garaus gemacht hatte, sehr erfreulich. Und nur darauf kam es letzten Endes an. Außerdem hatte Gaspar seinen Laden, so wie die meisten Tyrannen, jederzeit fest im Griff.

Diese Quelle, dieser Maulwurf, der die halbe Welt über die Tarbes'schen Privatangelegenheiten auf dem Laufenden hielt, hieß Laura und saß an einem blumengeschmückten Schreibtisch direkt neben Gaspars Büro. Die fleißige Assistentin mit der reizlosen Birnenfigur und den hellbraunen Haaren sortierte die ein- und ausgehende Post, nahm Anrufe entgegen, organisierte Gaspars E-Mails, seinen Kalender und auch sonst sein halbes Leben. Zusätzlich zu den ihr übertragenen Pflichten hörte sie heimlich Telefonate und Unterhaltungen mit, durchsuchte Kleidungsstücke, Taschen und Schubladen und plauderte jeden Klatsch, dessen sie habhaft werden konnte, mochte er noch so vertraulich sein, brühwarm aus. Sie besaß gerade genug Selbstkontrolle, um sich nicht vor potenziellen Denunzianten à la Émile zu produzieren. Sie könne nichts dafür, hatte sie mir einmal anvertraut, denn Mutter Natur habe ihr eine penetrante Neugier und eine nicht therapierbare Form des Geheimnisdurchfalls mit auf den Weg gegeben. Ihr war klar, dass, sollte sie jemals auffliegen, mit Gnade nicht zu rechnen war. Umso mehr ließ sie jede noch so herabwürdigende Behandlung klaglos über sich ergehen und bemühte sich, ihrem ahnungslosen Chef jeden Wunsch von seinen wulstigen Lippen abzulesen.

Normalerweise fiel auch das Verfassen von Protokollen in ihren Zuständigkeitsbereich. Letzte Woche aber hatte sie sich einen Nachmittag freigenommen, um ihrem geliebten Kater Cuauhtémoc bei dessen Kastration fürsorglich die Pfoten zu drücken. So oblag es mir, Gaspar in die Vorstandssitzung zu begleiten und das leidige Amt des Protokollführers zu übernehmen. Protokolle schreiben kann eine überaus undankbare Aufgabe sein, denn man ist gezwungen, Sachverhalte und Gespräche wiederzugeben, von denen man unter Umständen gar nichts wissen will. Und schweift man auch nur für ein paar Sekunden ab, so riskiert man, den Faden zu verlieren und nicht wiederzufinden. Aber ich war nicht abgeschweift. Ich hatte mich am Riemen gerissen und ein ordentliches Dokument verfasst.

Laura legte den Hörer auf und schloss vorsichtig die Tür zu Gaspars Büro. Mit Ausnahme der Sitzungsräume war es der einzige abgeschlossene Arbeitsraum auf dem gesamten Stockwerk. Er bestand vom Boden bis zur Decke aus wackligen Kunststoffglasplatten. Zwecks Gaffschutz hatte Gaspar Jalousien anbringen lassen und ringsherum Bambuspflanzen aufgestellt. Den Rest des Großraumbüros entstellten geometrisch angeordnete hellgraue Tische, die den Platz optimal ausnutzten und die Zahl der Arbeitsplätze maximierten. Damit man sich nicht restlos wie eine Henne in der Legebatterie vorkam, schufen hüfthohe Aktenschränke und temperamentloses Grünzeug sogenannte Arbeitsnischen, die die verschiedenen Teams notdürftig voneinander abgrenzten. In einer dieser Nischen arbeiteten wir zu dritt an *Projekt Phoenix*, dessen Ziel es war, die existierende Softwarelandschaft mit ihren zahlreichen veralteten Anwendungen durch ein einziges neues System abzulösen. Claire, eine selbstständige Unternehmensberaterin, war eigens für die Dauer dieses furchtbaren Projekts eingestellt worden und stellte sicher, dass alle Funktionen der neuen Software mit den Anforderungen und Eigenheiten der Bank konform gingen. Der in Windeseile zu Gaspars wichtigstem Handlanger aufgestiegene Émile wachte mit seinem Geierschädel über den Projektplan.

Ich änderte Donnerstag in Dienstag und schickte Gaspar die aktualisierte Fassung. Danach war ich wieder frei für meine eigentliche Aufgabe: das Erstellen von Arbeitsabläufen, der Kürze halber »Prozesse« genannt. Es war wie verhext. Schwarze Magie. Ein böser Zauber. Immer, wenn ich das Programm mit dem hochtrabenden Namen

Poseidon startete, war es, als bestiege ich eine Zeitkapsel: Während der Mauszeiger über den Bildschirm huschte und ich blaue Kästchen für Arbeitsschritte, gelbe für die dabei benutzte Software und grüne für die ausführenden Abteilungen mit Pfeilen in eine sinnvolle Ordnung brachte, schien es, als stünde die Zeit still. Sekunden wurden zu Minuten und Minuten zu Stunden. Die Zeit dehnte und streckte sich, teigig und schwerfällig, ohne die geringste Absicht zu vergehen. Es war der blanke Horror. Um herauszufinden, wer was tat, verschleppte ich meine Kollegen in langwierige Sitzungen, in denen sie mir haargenau berichten mussten, welche Tätigkeiten sie in welcher Reihenfolge erledigten und wie lange sie dafür brauchten. Wenig überraschend betrachteten sie mich als Nervensäge, als Eindringling, der ihnen viel zu dicht auf die Pelle rückte. Ich wünschte mir, sie hätten gewusst, dass mir dieser Mist genauso lästig war. Aber das konnte ich ihnen ja schlecht sagen. Die fertigen Prozesse besprach ich dann mit Claire, die engen Kontakt mit dem Softwarehersteller und dessen Programmierern hielt. Ganze zwei Jahre ging das nun schon so. Seit dem allerersten Tag. Schon mehrmals hatte ich kurz davorgestanden, alles hinzuwerfen. Dieser ganze Kokolores interessierte mich nicht, nichts davon. Und ich fragte mich, ob es tatsächlich Menschen gab, die derartigen Stumpfsinn gerne taten. War das möglich? Machte ich einen Denkfehler? War ich abnormal? Vielleicht undankbar? Oder erging es den anderen gar gleich wie mir? Litten sie heimlich dieselben Qualen? Wollten auch sie abends nicht einschlafen, um den Beginn des nächsten Tages noch eine oder zwei Stunden hinauszuzögern? Denkbar, sicherlich. Jedoch unwahrscheinlich. Den Leuten hier schossen Erfolgshunger und Arbeitswut aus allen Poren. Unter ihnen kam ich mir vor wie ein Aussätziger; ein Nackter unter lauter Bekleideten. Aber irgendwie gelang es mir trotzdem jeden Morgen aufs Neue wieder, meinen ungeheuren Widerwillen gegen all dies zu überwinden und anständige Arbeit abzuliefern. Das tat ich nicht etwa aus Ehrgefühl oder Gründen der Moral, sondern aus reiner Notwendigkeit. Denn wer die hohen Erwartungen nicht erfüllte, landete schnell auf der Abschussliste. Weil Émile und Claire ständig bis spätabends schufteten, leistete ich gelegentlich sogar unnötige Überstunden, nur um nicht abzufallen. Ich hatte mich, so gut es eben ging, eingerichtet. Gaspars ständige Ausraster versuchte ich zu ignorieren, was am besten funktionierte, wenn ich einfach alles kommentarlos hinnahm und unzerkaut hinunterschluckte, tief durchatmete und weitermachte, als sei nichts gewesen. Ich überlebte, indem ich stets nach dem übergeordneten Prinzip der Konfliktvermeidung agierte und mich aus allem heraushielt. Dies galt auch für scheinbar belanglosen Small Talk, in den ich, aller Vorsicht zum Trotz, immer wieder verwickelt wurde. Die Gespräche drehten sich dann um Nichtigkeiten wie den allgemeinen Gang der Geschäfte, die Entwicklung der Zinskurve oder den Zustand der Weltwirtschaft. Nichts davon kümmerte mich. Es hätte mir gleichgültiger nicht sein können. Und genau deswegen war hier größte Vorsicht geboten. Mit unüberlegten Kommentaren gab man sich nämlich leicht als demotivierter Trittbrettfahrer zu erkennen, was äußerst unangenehme Konsequenzen nach sich ziehen konnte, zum Beispiel eine Unterredung mit Gaspar. Also handelte ich immer nach dem gleichen Muster: Geduldig hörte ich mir das Gefasel an, und was immer der Erzähler von sich gab, mochte es auch der bahnbrechendste Mumpitz sein, tat ich, als sei es der Weisheit letzter Schluss und erging mich in zustimmendem Gemurmel. Gaspar war ein Ekel und die Arbeit eine wahre Plage, aber immerhin stimmte die Bezahlung. Und solange ich gewisse Termine einhielt, durfte ich frei entscheiden, wann ich was erledigte. Mehr durfte einer wie ich von der Arbeitswelt nicht erwarten.

Die Bank war sowieso nur eine Zwischenstation, eine Art Durchgangslager auf dem Weg in die Freiheit. Bunte Kästchen in irgendeinem beknackten Computerprogramm interessierten mich nicht die Bohne! Das Leben hatte mehr zu bieten, als in einem nach warmem Computerplastik stinkenden Büro zu verwelken wie die Blumen auf Lauras Tisch. Viel mehr. Was ich in Wirklichkeit wollte, war segeln. Segeln, segeln und nochmals segeln. Auf meinem eigenen Boot, quer und endlos über die Meere dieser Welt. Da war diese brennende Sehnsucht. Diese Gier nach dem ganz großen Abenteuer. Meine Zukunft, anders konnte und wollte ich es mir nicht vorstellen, war die Weltenbummelei. Ich wollte hin zu den grünen Küsten Brasiliens und den Düften Sansibars, den Stürmen Feuerlands, den Fjorden des Nordens und der Einsamkeit Australiens; ich wollte mich in den magischen Nebeln Japans verlieren, durch das Labyrinth der Philippinen irren und den Piraten Indonesiens entkommen; ich wollte nach Papua, wo die Zeit nicht existierte, tanzen zu den Rhythmen der Karibik und surfen auf den Wellen Hawaiis, die Geheimnisse Neuseelands ergründen und die Pyramiden Yucatáns besteigen, in den Hafen von Buenos Aires einfahren und in den Lorbeerwäldern

Madeiras spazieren; ich wollte vom ewigen Frühling der Kanaren kosten und den einsamen Norden Kanadas erkunden, das herbstliche Neuengland besuchen und die Beringstraße passieren; ich wollte mich im Golf von Neapel in der Sonne wälzen, in den weißen Städtchen Andalusiens Tinto de Verano schlürfen, den Zauber Südostasiens entdecken; einen Abstecher machen zu den Regenbögen von Iguaçu; ich wollte hin zu den Wolken der Azoren, hin zu den Abertausenden Atollen Polynesiens, hin zu den Orten, an denen die Menschen noch Menschen sind, hin zu den Inseln unter dem Winde und denen darüber, hinaus aufs Meer, wo der blaue Himmel mit dem Ozean verschmilzt, wo der Horizont unsichtbar und die Welt grenzenlos ist, zu den fliegenden Fischen, Schildkröten, Walen, Riesenkraken und Delfinen; hin, wo die fernen Inseln sind mit Palmen und Stränden von weiß bis schwarz, speiende Vulkane, zischende Schlangen, Urwälder und riesige Ströme, Affen, Riesenkatzen und Vögel in allen Farben; ich träumte von goldenen Sonnen und silbernen Sternen.

Doch die Sache hatte einen Haken: Irgendwer musste den ganzen Spaß bezahlen. Und weil ich keinen kannte, der das für mich übernahm, kam dafür nur ich selbst infrage. Was ich brauchte, war eine hochseetaugliche Jacht von zwölf bis fünfzehn Metern Länge, stark genug, um den wildesten Stürmen zu trotzen. Gebraucht und mit dem nötigen Drum und Dran kostete so ein Ding mindestens siebzigtausend Franken. Damit war es aber noch längst nicht getan. Auch laufende Kosten, insbesondere für Essen und Diesel, mussten einberechnet werden. Vorausplanung und Bescheidenheit waren Pflicht. Treibstoff kaufte man dort, wo er günstig war, und unnötiges Fahren unter

Motor galt es tunlichst zu vermeiden. Zu essen gab es vor allem Reis und Pasta, dazu warf man die Rute aus und bunkerte billiges Bier anstatt teuren Wein oder brannte den Fusel gleich selbst. Überdies schadet es der Bordkasse nicht, bei Gelegenheit als Hafenarbeiter anzuheuern. Die größte Gefahr für das bescheidene Seemannsglück drohte indes durch Schäden. Risse in der Schale, ein Ruderbruch oder ein geknickter Mast ließen sich nicht eben mit ein paar Tagen Hafenarbeit berappen. Deshalb brauchte ich ausreichend Puffer. Denn wäre ich erst einmal aufgebrochen, dann würde ich nie wieder in ein Leben wie das jetzige zurückkehren. In der Summe belief sich mein Kapitalbedarf auf schätzungsweise zweihunderttausend Franken. Das musste bis zur Erreichung des Rentenalters und den damit verbundenen monatlichen Minimalzahlungen, denn mehr stünde mir nicht zu, reichen. Um diesen Betrag aufbringen zu können, legte ich jeden Monat eintausendfünfhundert auf die hohe Kante. Das bedeutete, dass ich bei gleichbleibendem Einkommen elf Jahre und vier Monate diszipliniert sparen musste. Gehaltssprünge erwartete ich keine, da der überproportionale Mehraufwand, um diese zu erreichen, mich zwangsläufig in den mentalen Ruin triebe. Mein Kumpel Paul hielt nicht viel von alledem. »Zweihunderttausend?!«, schnodderte er jedes Mal, wenn ich darauf zu sprechen kam, »Das reicht nirgendwohin. Allein zehn Prozent des Listenpreises pro Jahr musst du als Betriebskosten rechnen. Nach fünf, spätestens sieben Jahren bist du pleite. Allerspätestens. Außer du lässt dir von einer Agentur alle drei Wochen eine Fuhre Touris aufs Boot schicken, aber dann bürdest du dir wieder Verpflichtungen auf und kannst nicht hin, wo du hinwillst. Und diese Idee von wegen Hafenarbeiter, das ist doch totaler Quatsch. Tu, was du willst, Louis, aber ich sag dir, du bist ein Träumer. Ein Träumer!«

Paul konnte sagen, was er wollte. Ich glaubte felsenfest an meinen Plan und nichts und niemand würde mich jemals davon abbringen.

Zwei Jahre, die sich anfühlten wie zehn, lagen mittlerweile hinter mir, und mir wurde übel, wenn ich an die neun anderen dachte, die mir noch bevorstanden. Manchmal, nachts, wenn ich wach dalag und an die Decke starrte, grübelte ich nach einer Abkürzung, einem Weg, um dieses Siechtum in Anzug und Krawatte zu umgehen oder doch zumindest zu beschleunigen. Ich überlegte und überlegte. Aber mir fiel einfach nichts ein. Von Mord und Totschlag abgesehen, hätte ich alles dafür getan.

Um kurz nach fünf stellte Gaspar seine rotbraune Krokodilledertasche auf Lauras Schreibtisch und erteilte ihr mit dirigentischem Gefuchtel letzte Anweisungen. Dann warf er einen Blick auf seine klobige Armbanduhr und hastete davon, als stünde er kurz davor, ein Treffen mit dem Sultan von Brunei zu verpassen. Diese Clownerei führte längst niemanden mehr in die Irre. Er hatte so wenig einen Termin, wie er sich gegen das Bienensterben einsetzte. In Wirklichkeit begab er sich schnurstracks in die nächstbeste Bar, um sich Whiskey hinter die Binde zu kippen und Jagd auf kurze Röcke zu machen. Am nächsten Morgen, so gegen halb zehn, vielleicht auch später, würde er mit einem gewaltigen Kater, ohne dass er seiner Tasche auch nur ein einziges Dokument entnommen hätte, angetaumelt kommen und alle seine Termine absagen.

Eine halbe Stunde nachdem er gegangen war, schaltete ich meinen Computer aus, was Émile ein verächtliches Schnauben entlockte. Dieser Langweiler ging nie so früh nach Hause. Mit schierem Fanatismus klebte er an seinem Stuhl und fütterte den Computer mit Daten, die die Welt nicht brauchte. Ich machte mich lieber vom Acker. Heute gab es keine Überstunden; dafür war der Abend viel zu schön.

Auf dem Korridor, mit dem unsere Arbeitsnische durch eine Tür direkt verbunden war, kam mir Valérie entgegen. Mühsam wuchtete sie ein Bein vor das andere. Sie war dick wie ein Eisbär und ihre dünnen blonden Haare klebten an ihrem aufgedunsenen Kopf, als hätte man verkochte Spaghetti auf eine Wassermelone geklatscht. Sie roch nach Schweiß und Puder und sandte negative Vibrationen aus. Sie tat mir leid. Ständige Hektik, Medikamente und schlechtes Essen hatten sie in ein Monster verwandelt. Seit Anbeginn der Zeit unterstand ihr die Buchhaltung, womit sie zum erlauchten Kreis der Laurent-Tarbes-Duzer gehörte.

Ihr schlaffer, schlauchiger Mund formte ein Wort, vielleicht auch mehrere. Auf jeden Fall verstand ich rein gar nichts.

»Wie?«, fragte ich.

»Schnen bend!«, wiederholte sie schweratmig.

»Was bitte?«, fragte ich noch einmal. Wenn sie gleichzeitig sprach und sich bewegte, war sie kaum zu verstehen. Trotzdem kam ich mir langsam blöd vor.

»Schnen bend!!« Ein ungesundes Rasseln stieg aus ihren Lungen auf.

Endlich begriff ich. »Ach so. Danke, Valérie, dir ebenfalls einen schönen Abend.«

Sie stützte sich an der Wand ab und hustete in die hohle Hand.

Ich hielt meine Karte an den Auslöser und betrat das Drehkreuz der Sicherheitsschleuse, das mich auf die andere Seite zu den Liften schob, wo eine eulenhaft anmutende Kamera jede meiner Bewegungen überwachte.

Dann war es endlich geschafft. Wieder ein Tag weniger. Auf dem Vorplatz unter der jungen Linde lockerte ich meinen Krawattenknoten und ritzte in Gedanken einen weiteren Strich in die Zellenwand.

Ich folgte dem Wasser. Die ganze Strecke vom Pont du Mont-Blanc bis zur äußersten Ecke der Promenade, dort wo der Quai du Mont-Blanc auf den Quai Wilson trifft, drängten sich Scharen von Touristen und Einheimischen, die sich gut gelaunt unterhielten, Fotos schossen und an ihren Getränken nippten. Auf der breiten Quaimauer hüpften Kinder zu den Melodien von Straßenmusikanten, und ein Eisverkäufer läutete ein hell klingendes Glöcklein. Im Hintergrund sprühte der Jet d'Eau einen zarten Regenbogen in den Abendhimmel. Es waren Szenen wie aus einem Reiseprospekt. Am Ende des Quais überquerte ich die Brücke zu den Bains des Pâquis. Das Freibad bei dem kleinen Leuchtturm war der perfekte Ort, um nach der Schufterei ein wenig abzuschalten.

Zuhinterst, weg vom Trubel, setzte ich mich an den Rand der Mole und zog die Schuhe aus. Ich tauchte die Füße ins Wasser und sah den Masten der Boote zu, die auf der anderen Seite der Bucht wie verkehrt in den Himmel ragende Pendel gleichmütig und beruhigend hin und her wogten. Kleine Wellen platschten gegen die Steine. Die Sonne wärmte mein Gesicht.

2 DIE RUE DE NEUCHÂTEL

Ich kam oft in die Bains des Pâquis und genoss den Anblick der Segelboote und die Aussicht auf die Berge, die sich im Wasser spiegelten. Manchmal ging ich auch einfach spazieren, machte Umwege und schlenderte dahin. Im Winter, wenn es so kalt war, dass der Wind Bäume und geparkte Autos mit einem stromlinienförmigen Eispanzer überzog und einem schon nach wenigen Minuten im Freien die Lippen blau anliefen, verlegte ich mein frühabendliches Entspannungsritual ins Einkaufszentrum und ließ mich vom allgemeinen Sog durch die Regale spülen.

Knappe zehn Minuten wackelte ich mit den Füßen im kühlen Wasser, dann zog ich sie auch schon wieder heraus und machte mich barfuß auf den Heimweg. Mein Magen knurrte wie ein Löwe. Den ganzen Tag über hatte ich kaum etwas gegessen. Trotz meines Hungers ignorierte ich die Flut von Restaurants, die links und rechts um die Gunst der Hungrigen wetteiferten. Und auch an den allgegenwärtigen Imbissbuden, in denen ich mir regelmäßig den Bauch mit zweitklassigem Fraß vollschlug, ging ich zielstrebig vorbei. Mich erwartete etwas Besseres. Etwas, auf das ich mich schon seit Stunden freute; ein Stück Fleisch der ganz besonderen Art: ein Elefantenohr. Auf meinem gestrigen Streifzug war ich zufällig in ein Delikatessengeschäft mit dem vielversprechenden

Namen *Bel Paese* gestolpert, in dem sich vom hölzernen Boden bis unter die stuckverzierte Decke die erlesensten Köstlichkeiten türmten. Nachdem ich mich eine Weile umgesehen hatte, entdeckte ich in der Auslage schließlich ein riesiges, platt geklopftes, paniertes Stück Kalbfleisch, das die Italiener in Anlehnung an das tierische Original »orecchia d'elefante« nannten – das hatte mir zumindest der alte Wucherer erzählt, der hinter der Kasse stand. Ohne nachzudenken, blätterte ich wahnwitzige dreißig Franken hin. Die Zubereitung nahm weniger als zehn Minuten in Anspruch und war kinderleicht: kurz in Butter auf beiden Seiten anbraten, dazu ein Zitronenschnitzchen und fertig. Während ich halb betäubt vor Vorfreude durch die Straßen schwebte und das Treppenhaus hochflog, malte ich mir den Genuss in allen Farben aus: erst das knusprige Paniermehl und dann das zarte Fleisch; jeder einzelne Bissen reine, ehrliche Glückseligkeit; ein Tellerchen voll Glück für die vom Alltag gebeutelte Abenteurerseele.

Auf dem letzten Absatz, nur wenige Armlängen von der rettenden Mahlzeit entfernt, stieg mir plötzlich ein verdächtiger Geruch in die Nase. Von bösen Ahnungen erfüllt warf ich die Tür auf. Ich ließ die Schuhe fallen und rannte in die Küche. Dort fand ich mich in einer triefenden Wolke aus Bratfett wieder. In der Spüle lag eine benutzte Pfanne, darauf Besteck und ein verschmierter Teller. Ich riss den Kühlschrank auf. Vergeblich. Es war nicht mehr da. Im Abfalleimer stieß ich schließlich auf das rosarote Einschlagpapier, in das der Halsabschneider meine kostbare Delikatesse gewickelt hatte. Fassungslos betrachtete ich das Schlachtfeld.

Nach dem Übeltäter musste nicht lange gesucht werden. Für so ein Verbrechen kam nur einer infrage: Jérôme Decastel, mein Mitbewohner und Vermieter, dessen Anwesenheit mir in der Hektik entgangen war. Dieser unersättliche Barbar hatte mein Elefantenohr nicht einfach nur rücksichtslos aufgefressen, sondern es auch noch mit Unmengen an Ketchup vergewaltigt. Ich riss das Küchenfenster auf, um den Fettnebel zu lichten. Dass es so etwas wie einen Dampfabzug gab, hatte er in seiner blinden Gier vergessen.

In Christus-Erlöser-Pose, die langen Beine auf dem Beistelltisch abgelegt und die Arme über der Rückenlehne ausgebreitet, beobachtete Jérôme traumversunken und mit Unschuldsmiene die braunen goldumrandeten Vorhänge bei ihrem Tango mit dem Wind, der durch die offenen Wohnzimmerfenster hereinströmte.

Ich baute mich vor ihm auf und hielt ihm den verschmierten Teller unter die Nase. »Musste das unbedingt sein?«

Mit dem Handrücken wischte er lethargisch über sein fettglänzendes, kantiges Kinn. Anstatt zu antworten, ließ er einen gewaltigen Rülpser fahren.

»Sprich!«

»Da macht man ausnahmsweise mal früher Feierabend und dann das …« Er grinste und küsste affektiert seine Fingerspitzen. »Köstlich! Göttlich! Das beste Schnitzel aller Zeiten.« Als er die Wut in meinen Augen aufblitzen sah, hob er beschwichtigend die Hand. »Ganz ruhig, mein Lieber. Denk nach. Denk gut nach.«

Ich sah ihn an.

Er musterte mich abwartend. »Na, dämmert's?«

»Mist!« Es gab Regeln, genauer gesagt Kühlschrankregeln, deren Einhaltung absolute Ehrensache war. Das Regelwerk umfasste zwei Punkte: Erstens, der Inhalt des Kühlschranks ist vogelfrei und, zweitens, Ausnahmen von dieser Regel müssen klar und deutlich angemeldet werden. Dummerweise hatte ich vergessen, von Punkt zwei Gebrauch zu machen und ihm dadurch zu einem unverhofften, aber legalen Leckerbissen verholfen. Nichtsdestotrotz hätte er wissen müssen, dass dieses besondere Stück allein für mich bestimmt war, und entsprechend Rücksicht nehmen können.

Ich legte den Teller zurück in die Spüle und appellierte an sein Gewissen: »Das Recht mag auf deiner Seite sein, aber vom moralischen Standpunkt her hast du mich beschissen.«

Er brach in heulendes Gelächter aus. Sein muskulöser, einen Meter siebenundneunzig großer Körper bebte. Die braunen Augen verengten sich zu schmalen Schlitzen und sein vollkommen symmetrisches Gesicht verzog sich zu einer grölenden Fratze. Prustend deutete er auf eine halb zerknüllte Einkaufstüte auf dem Esstisch. »Da, ich hab was für dich … Haaa! Waaah!«

»Was soll da drin sein?«

Er japste wie ein Irrer und wippte vor und zurück. »Waaaah! Wüü! Würstchen! Und gummiges Brot. Waahaaa!«

»Krieg dich wieder ein, du Penner.«

Eigentlich wollte ich seine Almosen zurückzuweisen, doch meine Hand steckte schon in der Tüte.

»Ich habe Danielle abgeschossen«, sagte er und kam damit auf den aktuellen Stand seiner Affäre zu sprechen, die mit vier Monaten Dauer seinen bisherigen Rekord von fünf Wochen geradezu pulverisiert hatte. Wie sich nun herausstellte, war aber auch das nur ein kurzes Strohfeuer gewesen. Seine Stimme klang berichtsmäßig, ohne hörbaren Anflug von Bedauern, so als lese er den Wetterbericht vor.

Mein Mund war zu voll, um nach dem Warum zu fragen, also runzelte ich die Stirn.

»Es ist unfassbar. Dieses dumme Huhn wollte mich ihren Eltern vorstellen.«

»Eine Frechheit«, schmatzte ich. »Was erlaubt die sich?« Mein Sarkasmus ärgerte ihn.

»Hundert-, ach was, tausendmal hab ich ihr gesagt, dass ich von diesem Beziehungsmist nichts wissen will. Und dann fällt der doch tatsächlich nichts Besseres ein, als mich für den kommenden Sonntag bei ihren Eltern anzukündigen ...«

»Ist doch kein Grund, sich gleich zu trennen. Findest du das nicht etwas übertrieben?«

»Trennen? Jetzt fang du nicht auch noch an. Trennen kann man sich nur von jemandem, mit dem man zusammen war. Danielle und ich hatten nur ein bisschen Spaß, das war's. Tss, ihren Alten vorstellen, so weit kommt's noch.«

»Deswegen musst du doch nicht gleich an die Decke gehen.«

»So, findest du nicht? Du bist zu blauäugig, mein Lieber. Bei solchen Sachen muss man konsequent sein. Ich hatte keine andere Wahl, als sofort einen sauberen Schlussstrich zu ziehen. Willst du wissen, was passiert, wenn ich am Sonntag da auftauche?«

Natürlich wollte ich es nicht wissen. Seine Ansichten waren mir zur Genüge bekannt, und ich bereute bereits, mich überhaupt auf diese Diskussion eingelassen zu haben. Es war immer die gleiche Leier, eine Wiederholung in Endlosschleife.

In Erwartung des Unvermeidlichen zog ich ein weiteres Würstchen aus der Verpackung.

»Sobald sie mich jemandem vorstellt, zum Beispiel ihren Freunden, gelten wir bei denen als Paar, was zwangsläufig zur Folge hat, dass sie das genauso sieht. Der Schaden mit den Freunden ist mit etwas Geschick noch zu beheben. Sobald aber die Mama ins Spiel kommt, bist du geliefert. Lies es von meinen Lippen ab: *GELIEFERT*. Die schaut mich an, sieht einen jungen, gut aussehenden Banker und denkt sich, das wär doch ein toller Schwiegersohn. Davon überzeugt sie dann ihr Töchterchen, sofern in deren Kopf nicht sowieso schon die gleichen Vögel pfeifen. Kurz darauf erfährst du, dass sie versehentlich, weiß der Teufel wie, zufällig, irgendwie halt schwanger geworden ist. Ein paar Monate später schiebst du dann mit leerem Blick einen Kinderwagen durch die Gegend und nimmst eine Hypothek für ein Reihenhaus auf. Diese Einladung ist ein Komplott! Und darüber soll ich mich nicht aufregen? Lass dir eines gesagt sein: Bei den Frauen musst du ständig auf der Hut sein. So ein Balg trifft dich härter als jede Kugel.«

Mit meteorischem Worthagel verkündete er die Weisheiten, die er über die unergründliche Psyche der Frau in langen Stunden aufreibender Denkakrobatik ersonnen hatte. Er war sich durchaus bewusst, dass mir sein Gefasel auf den Senkel ging, und so nahm er es mir auch nicht übel, als ich während einer seiner Feuerpausen, die er nutzte, um Argumente und Standpunkte nachzuladen, die Flucht ergriff.

»Es sind nicht die Despoten oder korrupten Politiker, die uns mit ihren Gesetzen und ihrer Vetternwirtschaft knechten«, brüllte er mir nach, »sondern die Frauen, die uns um den Finger wickeln! Merk dir meine Worte! Und sag nie, ich hätte dich nicht gewarnt!« Ein Kondom segelte an meinem Kopf vorbei und prallte gegen die Wand, von wo es zu Boden fiel und liegen blieb. »Pass bloß auf, Louis!«

Er reihte Eroberung an Eroberung, verlor an seinen Gespielinnen aber meist schon nach kürzester Zeit das Interesse. Seine Abschleppkunst war meisterhaft. Dank bestechend gutem Aussehen und beeindruckender, maschinell abrufbarer Eloquenz kehrte er nie mit leeren Händen von seinen Beutezügen zurück. Neben ihm schrumpften die anderen Schönlinge zu läppischen Zieraffen. Er kultivierte sein Äußeres mit manischer Eitelkeit. Sobald er einen Fuß ins Freie setzte, warf er sich in Schale. Selbst wenn er im Park unermüdlich seine Runden drehte – viele Runden, denn er fraß wie ein Mähdrescher –, wirkte er wie einem Modekatalog entsprungen. In der Wäscherei, deren Umsatz er mit seinem Reinlichkeitsfimmel und seiner Angst vor Falten und Knittern in die Höhe trieb, hielt man ihn für den Messias höchstselbst. Die Stückzahlen seiner aus den hochwertigsten Materialien in allen Formen und Farben gearbeiteten Hemden, Hosen, Schuhe, Pullover, Gürtel, Jacken, Mäntel, Manschettenknöpfe, Krawatten, Bermudashorts, Sportsachen, T-Shirts, Taschen, Einstecktücher und was es sonst noch alles gab, gingen in die Hunderte. Er besaß sogar eine Kollektion von zwölf verschiedenfarbigen Panamahüten, die er sich aus einer Manufaktur in Ecuador, in der falschen Größe leider, hatte schicken lassen. Allein um Socken und Unterwäsche zu verstauen, bedurfte es einer Truhe vom Volumen einer handelsüblichen Badewanne. Der Umfang seiner Garderobe hatte solche Ausmaße angenommen, dass nicht einmal die drei zusätzlich aufgebauten Schränke auf dem Dachboden genug Platz boten, um alles aufzunehmen, so dass er dazu übergegangen war, die aussortierten Kleidungsstücke, von denen mindestens die Hälfte ungetragen blieb, in Müllsäcke zu stopfen und zwischen den Schränken zu Pyramiden zu stapeln, die bis unter den Firstbalken reichten.

Unsere Wohnung war Teil eines sechsgeschossigen Gebäudes, das einst das spanische Konsulat beherbergt hatte, bevor dieses sich der Ausbreitung schlecht beleumundeter Etablissements und dubioser Gestalten wegen in eine anständigere Gegend geflüchtet hatte. Jérômes Onkel, ein berüchtigter Immobilienhai namens Antoine Marceau, hatte sich das Gebäude daraufhin einverleibt und es unter Vermeidung sämtlicher nicht zwingend notwendiger Investitionen zu einem möblierten Mietshaus mit acht miefigen Wohnungen umfunktioniert. Die Betten und sogar Teile der sanitären Anlagen stammten aus einem seiner Hotels, das sich zeitgleich im Abbruch befunden hatte. Die restliche, vorwiegend aus abgegriffenen Flohmarktantiquitäten bestehende Einrichtung formte einen verwahrlost-bohemien'schen Stilmix, der mir in seiner Eigenartigkeit irgendwie gefiel.

Jérôme hatte sein Studium an der rechtswissenschaftlichen Fakultät als Jahrgangsbester abgeschlossen. Zur Belohnung spendierte ihm Antoine fünf Jahre mietfreies

Wohnen, von denen inzwischen knapp die Hälfte ins Land gezogen waren. Danach sollte das Gebäude abgerissen und an gleicher Stelle ein Neubau mit Luxuswohnungen errichtet werden. Zu seinem endgültigen Wohnglück fehlte ihm nur noch ein passender Mitbewohner. Eine Frau zog er gar nicht erst in Erwägung, denn er war der unumstößlichen Überzeugung, dass ein friedliches Zusammenleben zwischen den Geschlechtern nur dann funktionierte, wenn der Mann sich dauerhaft verstellte. Und das mochte er nicht. Was er brauchte, war einen Mann, der in einer eindimensionalen Kommunikation gerne den passiven Part übernahm. Da er ebenfalls bei *Tarbes* arbeitete – allerdings am Hauptsitz in der Altstadt, wo er einem Kundenberater assistierte und begierig darauf hoffte, bald ein eigenes Portfolio reicher Privatkunden aufbauen und melken zu dürfen –, ergab es sich, dass mir eines Morgens in meiner zweiten Woche am Anschlagbrett beim Kaffeeautomaten eine goldgeränderte weiße Karte ins Auge sprang, auf der jemand mit den blumigsten Worten ein Zimmer in einer Zweier-Wohngemeinschaft anpries. Da ich schon seit Wochen vergeblich auf der Suche nach einer neuen Bleibe gewesen war, kam mir dieses Inserat sehr gelegen. Im Studentenwohnheim rechnete ich jederzeit mit dem Rausschmiss. Selbst diesen Faulpelzen von der Heimverwaltung würde mein neuer Status als Werktätiger irgendwann auffallen und dann säße ich auf der Straße. Dennoch war ich skeptisch; welcher Hornochse suchte schon bei der Arbeit nach einem Mitbewohner? Doch dann sah ich die Adresse, Rue de Neuchâtel, und meine Bedenken lösten sich umgehend in Luft auf. Die Straße lag mitten in meinem Lieblingsviertel, dem Pâquis, wo ich mir in meiner Studentenzeit regelmäßig die Nächte um die Ohren geschlagen hatte. Wenn ich schon nicht auf dem Meer sein konnte, dann war das genau die Gegend, in der ich leben wollte. Ich wählte die angegebene Nummer und vereinbarte noch für den gleichen Abend einen Besichtigungstermin. Jérôme und ich verstanden uns auf Anhieb. Zwar war mir schon da aufgefallen, dass er gerne monumentale Reden schwang, aber ich dachte mir, dass ich ihm ja nicht unbedingt zuhören musste. Ohne lange zu verhandeln, wurden wir uns noch an Ort und Stelle handelseinig. Schon am nächsten Tag machte ich im Heim Platz für einen echten Studenten und zog mit zwei vollgepackten Koffern, die meinen gesamten Besitz enthielten, in mein neues Zuhause.

So kam es, dass Jérôme nicht nur keine Miete bezahlte, sondern sogar selbst welche einstrich. Sie betrug für Genfer Verhältnisse angemessene eintausendfünfhundert. Das entsprach dem gleichen Betrag, den ich jeden Monat für mein Segelabenteuer beiseitelegte – Einnahmen, die er ohne Abstriche geradewegs in Klamotten investierte.

Jérômes Stimme verfolgte mich bis in mein Zimmer und verstummte erst, als ich die Tür hinter mir schloss.

Das einfallende Abendrot brach sich im Kristall des Leuchters und zauberte kaleidoskopische Muster an die mit verblichenen Ranken tapezierten Wände. Noch immer kroch heiße Luft aus dem Innenhof herauf. Es herrschte stickige Hitze. Die Einrichtung, von der kein einziges Stück mir gehörte, war noch abgenutzter als im Rest der Wohnung und verströmte den wehmütigen Charme eines Bahnhofshotels. Zwei Nachttische mit fleckigen Messinglampen flankierten das durchgehangene Bett, und an den klapprigen Vorhangschienen hingen die gleichen abgewetzten Tücher wie im Wohnzimmer. Ein Durchgang in der gegenüberliegenden Schrankwand führte zu einem Bad, dessen speckige Marmorplatten denselben Gelbstich aufwiesen wie die Hände eines jahrzehntelangen Rauchers. In der Ecke rechts vom Eingang verdeckte ein Stapel Schmutzwäsche eine Kirschholzkommode mit Schubladen, die so verkeilt waren, dass sie sich nicht mehr öffnen ließen. Daneben, auf der anderen Seite der Tür, stand ein uralter Sekretär mit einer vorsintflutlichen Eisenlampe darauf, der so unverrückbar schwer war, dass ich fürchtete, er werde irgendwann durch den Boden brechen und alles mit sich fort in die Finsternis reißen. Ein abgetretener, mit goldenen Lilien verzierter nachtblauer Teppich, dessen Knüpfwerk sich in Auflösung befand, vollendete die Komposition. Praktischerweise verdeckte mein Lesestoff, der ohne Ordnung überall auf dem Fußboden herumlag, den größten Teil davon. Ich verschlang alles, was in Richtung Abenteuerromane, Atlanten oder Seekarten ging, solange es nur meine Fantasie anregte oder mein Verständnis von Geografie oder Seemannschaft verbesserte. Wenn ich nicht gerade in heruntergekommenen Spelunken herumhing, lag ich oft stundenlang auf dem Bett und las wilde Geschichten über Tunichtgute und Abenteurer oder studierte die Welt. Es gab kaum eine bewohnbare Insel, die ich nicht kannte und deren Koordinaten ich nicht bis auf wenige Grad genau aus dem Stegreif anzugeben wusste, mochte sie noch so winzig sein.

Sieben Uhr, sagte mein Handy. Um elf war ich mit Paul im *Palais Mascotte* verabredet, was bedeutete, dass ich mir bis dahin irgendwie die Zeit vertreiben musste. Gegessen hatte ich gerade und nach Lesen war mir nicht. Damit hatte ich schon die letzten drei Abende verbracht. Ich brauchte einen Drink. Ja, ein Drink zum Aufwärmen. Am besten im *Roi-Soleil.*

Ich zog meine Arbeitsklamotten aus und sprang unter die Dusche. Beim Abtrocknen betrachtete ich mich im Spiegel und zwickte meinen Bauch, um mich zu vergewissern, dass ich kein Fett angesetzt hatte. Büroarbeit war heimtückisch, sie machte einen träge und unbeweglich. Dem wirkte ich mit einem disziplinierten Kräftigungsprogramm entgegen: jeden zweiten Morgen fünfzig Liegestütze und hundert Rumpfbeugen, manchmal auch mehr. Das und meine Jugend hielten mich schlank und kräftig, zumindest vorerst noch. Ich betrachtete mein Gesicht und entschied, dass keine Rasur nötig sei. Wie ich mich so ansah, kam mir die klapprige Madame Cottier, meine Lehrerin aus der vierten Klasse, in den Sinn. Hatte ich etwas ausgefressen, zog sie mich an den Ohren, denen das Läppchen fehlte, und schimpfte: »Du hast Verbrecherohren.« Von diesem kleinen Makel abgesehen, sah ich aus wie jedermann: einsdreiundachtzig, braune Augen und kurze braune Haare.

3 DAS PÂQUIS

Die Rue de Neuchâtel war eine schmale Einbahnstraße, eine Nebenader des Pâquis, auf der die Anwohner beidseitig ihre Autos zu einer Blechkolonne aufreihten. Laut wurde es hier nur nachts, wenn im *Yokohama*, der Sushi-Bar nebenan, Hochbetrieb herrschte oder Betrunkene grölend durch die Straßen zogen, Fahrräder umstießen und Prügeleien anzettelten.

Ich bog nach rechts. Mein Ziel lag keine hundert Meter entfernt, gleich links um die nächste Ecke. Unterwegs begegnete ich einem Obdachlosen, der trotz der tropischen Temperaturen eine löchrige Wollmütze trug und mich ohne ersichtlichen Grund mit erhobenem Zeigefinger beschimpfte. Ich wich ihm aus. In seiner Manteltasche steckte eine geöffnete Bierdose, die unter seinen ruckartigen Bewegungen überschwappte. Noch ein Katzensprung und schon stand ich vor der cremefarbenen Fassade, auf der in verschnörkelten Goldlettern *Roi-Soleil* geschrieben stand. Sorgfältig gestutzte Tessiner Palmen reihten sich vor schwarzen undurchsichtigen Fensterscheiben. Ich zog an dem überdimensionalen Messinggriff und trat ein. Umhüllt von den Klängen Monteverdis saß an der Bar ein einsamer Gast auf einem Hocker und stierte gedankenverloren in sein Glas. Zari, die wortkarge, in ein gekürztes Barockkleid gehüllte tansanische Barfrau, wischte mit hypnotischen, kreisförmigen Bewegungen den Tresen. Ein nahezu zwanzig Meter breites weißes Holzregal mit goldfarbenen Verzierungen und einer Leiter wie in einer Bibliothek reichte bis an die Decke. Es enthielt mehr Flaschen als alle Schnapsläden des Viertels zusammen.

Ich setzte mich in einen der schweren Polstersessel, die einander paarweise gegenüberstanden. Ein mannshohes Porträt zeigte Ludwig XIV. mit seiner lustigen Lockenperücke. Zu seinen Füßen, auf einer mit bebilderten Wandteppichen ausstaffierten Bühne und gekleidet im Stil von des Sonnenkönigs Mätressen, räkelten sich zwanzig Damen auf Chaiselongues und Kanapees und warteten auf Kundschaft. Bis diese eintraf – was meist erst nach Einbruch der Dunkelheit geschah –, tranken sie Champagner, sogen an überlangen Zigarettenspitzen und lachten über die derben Witze, die sie sich erzählten. In ihrer Mitte erhob sich, nach hinten versetzt, ein kleines Podest, das als Unterbau für einen üppig verzierten Thron diente. War der Laden voll, behielt der Hausherr gerne den Überblick und rückte eine Robe zurecht oder setzte mit einem gebieterischen Handzeichen seine Barfrau in Bewegung.

»Willkommen«, summte Zari mit ihrer weichen Stimme und stellte mir den üblichen Gin Tonic auf das vierbeinige Beistelltischchen.

Ich bedankte mich und schnupperte an meinem Getränk. Es mochte reihenweise teurere, exotischere und seltenere Gins geben, aber der samtene und vertraute Geschmack des *Bombay Sapphire* war mir der liebste.

Ich hauchte ein Prost ins Nichts und nahm genussvoll einen kräftigen Schluck.

Die Damen in ihren Roben waren bunt gemischt wie die Blumen auf einer wilden Wiese. Es gab sie blond und blass, rothaarig mit Sommersprossen, dunkelhäutig mit Kraushaar und brünett, grünäugig, groß und klein. Eines aber hatten sie, nebst ihren Roben, gemeinsam: eine gesunde Leibesfülle. Das Konzept schien aufzugehen. Trotz – oder vermutlich gerade wegen – ihrer Üppigkeit und der gehobenen Preisklasse fand sich am Ende des Abends meist für jede ein Sponsor, der die Korken knallen ließ. Das *Roi-Soleil* war kein billiger Puff, keine dieser traurigen Absteigen, sondern ein Bordell ersten Ranges, ein Hurenhaus für Könige, das seinen Besuchern jeden Wunsch erfüllte. Dennoch galt mein persönliches Interesse an diesem Etablissement nicht den angebotenen Dienstleistungen. Es war rein spiritueller Art. Ich erfreute mich an dem allgemeinen Schauspiel und sog genüsslich die Atmosphäre des Weltfremden in mich auf. Die Menschheit, insbesondere die männliche Hälfte, benötigt Fluchtburgen wie diese, deren undurchdringliche Mauern selbst der hartnäckigsten Wirklichkeit trotzen. Im *Roi-Soleil* begaben sich die Eskapisten dieser Welt auf eine mottenmäßige Reise ins Licht ihrer geheimsten Begierden. An diesem Ort war alles anders; und nur darauf kam es an.

Wenn die ersten Gäste eintrafen und sich auf die Ledersessel verteilten, begannen die Damen eine nach der anderen, mit ihren bestickten Fächern spielend, ihre Runden zu drehen. Bei Interesse genügte ein Blick oder eine Handbewegung und die Auserwählte nahm im Sessel gegenüber Platz. Mich beachteten sie nicht weiter, denn sie kannten mich und wussten, dass ich die Kathedrale der Sünde nur für eine kurze Andacht besuchte.

Der Gin hielt keine zehn Minuten. Mit dem Vorsatz, es dieses Mal langsamer anzugehen, bestellte ich einen neuen.

Aus dem Halbdunkel des schmalen Gangs, der zu den Separees, einem Büro und der Kellertreppe führte, tauchte eine glatte braune Glatze auf, die den spärlichen Schein der gedimmten Leuchter reflektierte. Der Kahlkopf gehörte jenem Mann, der sich seinen eigenen Thron errichtet hatte: Anupam Rajadurai. Sein Erscheinungsbild war von derart majestätischer Großspurigkeit, dass, gäbe es ein Magazin für Zuhältermode, er es mühelos auf die Titelseite geschafft hätte. Mittelgroß und leicht mollig trug er ein rotes, die halbe Brust freigebendes Seidenhemd. Zwischen dem dichten pechschwarzen Pelz glänzte eine schwere Goldkette und eine weite graue Anzughose endete einen Fingerbreit über schwarzen Lederslippern. Am kleinen Finger der linken Hand prangte ein goldener Siegelring. In seiner Rechten hielt er einen dünnen schwarzen Gehstock mit rundem Goldknauf, den er nicht brauchte, aber dem Eindruck halber mit sich schleppte und gelegentlich wie einen Propeller durch die Luft wirbelte. Zum Erstaunen all jener, die neu seine Bekanntschaft machten, stand sein zweifelhaftes Äußeres im völligen Gegensatz zu seinem herzlichen und friedfertigen Gemüt. Als einer der ganz Wenigen in seinem Gewerbe verzichtete er auf einen Rausschmeißer. Im *Roi-Soleil* gab es keinen Ärger. Nie. Anupam war jederzeit Herr der Lage und wusste durch Erfahrung und Instinkt, ähnlich einem Dompteur, welche Worte und Gesten bei seinen Mitmenschen die gewünschte Wirkung erzielten. Er war der geborene Gastgeber.

Stockwirbelnd kam er auf mich zu.

»Monsieur Louis, schön, Sie zu sehen. Wie ist das Leben?« Er sprach mit leichtem Akzent und etwas geschwollen. Außerdem besaß er die Eigenart, jeden zu siezen, selbst alte Bekannte.

»Guten Abend, Monsieur Anupam. Gut, danke der Nachfrage. Wie laufen die Geschäfte?«

»Ich kann nicht klagen. Gerade bin ich etwas in Eile. Wir erwarten eine Gruppe koreanischer Piloten, Spezialwünsche inklusive.«

»Verstehe. Lassen Sie sich von mir nicht aufhalten.«

»Wenn Sie wünschen, bitte ich Antoinette herüber. Ihre Gesellschaft ist weitaus angenehmer als die meine. Sie wird Sie verwöhnen wie keine Frau zuvor; und das alles zum Freundschaftspreis, was sagen Sie?«

»Sehr großzügig, Monsieur Anupam. Aber ich passe.«

»Sicher? Das Leben vergeht schnell, mein junger Freund. Sie sollten es genießen.«

»Sicher. Haben Sie tausend Dank.« Wenn wir uns unterhielten, ertappte ich mich regelmäßig dabei, wie ich in dieselbe geschwollene Sprechweise verfiel.

»Wie es Ihnen beliebt. Ach, apropos Spezialwünsche, wissen Sie zufällig, wo ich auf die Schnelle ein Schaukelpferd herbekommen könnte?«

»Lassen Sie mich nachdenken ...«

»... es müsste stabil gebaut sein und groß genug für zwei.«

»Im Naturhistorischen Museum steht ein ausgestopfter Gaul. Man könnte dem Nachtwächter ein Leihgeschäft vorschlagen.«

»Ein bemerkenswerter Einfall. Doch die Koreaner bestehen auf dem Schaukel-Effekt.«

Ich durchwühlte die Schubladen meines Gehirns, stieß aber auf nichts, das ihn der Lösung seines Problems nähergebracht hätte. »Hm … etwas anderes fällt mir nicht ein, tut mir sehr leid.«

»Nicht doch, nicht doch. Recht herzlichen Dank für Ihre Hilfe. Ich werde mich anderweitig umhören.« Er nickte mir zu. »Auf bald, Monsieur Louis. Machen Sie die Nacht zum Tage.« Dann wechselte er ein paar Worte mit Zari und verschwand wieder in dem schmalen Gang, aus dem er gekommen war.

Unser traditionelles Schwätzchen fiel damit leider aus. Für gewöhnlich setzte er sich eine Weile zu mir und dann unterhielten wir uns über dies und das. Dabei habe ich so einiges über sein bewegtes Leben erfahren. Er stammte aus einem bitterarmen kleinen Nest, dessen Namen ich ständig vergaß, irgendwo an der langen Küste Sri Lankas. Zusammen mit seiner jüngeren Schwester, Nila, war er in der kümmerlichen Hütte seiner Eltern ohne Strom und fließendes Wasser aufgewachsen. Er hatte früh verstanden, dass, wollte er ein besseres Leben führen, er woanders danach suchen musste. So zog er, kaum volljährig, aus, um in der Fremde sein Glück zu versuchen. Seine erste Station war Sansibar, wo sein anfänglich florierender Gewürzhandel einem plötzlichen Preisschock zum Opfer fiel. Es folgten mehrere Pleiten als Nachtklubbesitzer in Rom, ehe er schließlich auf verschlungenen Pfaden in Genf landete. Hier erwarb er mit der Hilfe eines vermögenden Landsmannes, der ihm einen Kredit gewährte, den keine Bank der Welt jemals gesprochen hätte, eine alte Bäckerei samt angrenzendem Friseursalon und erschuf daraus das *Roi-Soleil*. Die Umsätze wuchsen rasch und der

Erfolg blieb ihm erhalten. Richtig glücklich war er trotzdem nicht. Wohin er auch ging, klebte das Heimweh an seinen Fersen. In seinem mittlerweile mehr als fünfunddreißig Jahre währenden Exil hatte es ihn nicht für einen einzigen Tag losgelassen. Besonders schlimm traf es ihn an Montagen, wenn nicht viel lief. Manchmal quälte es ihn so sehr, dass er sich in seiner kleinen Wohnung verbarrikadierte und sich stundenlang Fotos und Dokumentarfilme über seine Heimat ansah. Er stellte sich gerne vor, als gemachter Mann in sein Dörfchen zurückzukehren und es mit Ökotourismus zu bescheidenem Wohlstand zu führen. Zwecks Umsetzung dieses Vorhabens hatte er sich, ganz wie es seine Art war, auf finanzielles Glatteis begeben und vor Ort ein von der salzigen Meeresluft angefressenes, direkt am Strand gelegenes Kolonialgebäude samt Grundstück erworben, das er unter der Führung eines lokalen Architekturbüros in eine klimaneutrale Hotelanlage umbauen ließ. Auf die ersten Gäste, so die Idee, würden weitere folgen, und nach und nach könnte das ganze Dorf von den Besuchern profitieren und sich entwickeln. Ferner hoffte er, trotz seines fortgeschrittenen Alters noch eine Frau zu finden und eine Familie zu gründen. »Bald kehre ich heim«, wiederholte er wie ein Mantra. »Bald habe ich das nötige Geld beisammen.« Seit dem Ableben der Eltern überwachte Nila, deren vierköpfiger Familie es dank Anupams Zuwendungen an nichts fehlte, die Arbeiten alleine. Halbjährlich begab Anupam sich selbst vor Ort, um sich vom Baufortschritt, der sich gemächlich, aber stetig einstellte, mit eigenen Augen zu überzeugen. In den Wochen vor dem Reisetermin erfasste ihn jeweils eine so intensive Vorfreude, dass er vor lauter Stockwirbeln beinahe ins Schweben geriet. Als er von meinen Segelplänen erfahren hatte, griff er sofort zum Hörer und beauftragte Nila, unverzüglich den Bau einer kleinen Holzpier in die Wege zu leiten. »Dann können Sie mich jederzeit besuchen.« Er war ein herzensguter Kerl, und ich wünschte ihm, dass sein Hotel bald eröffnete.

Die ersten Gäste schneiten herein – Zeit zu gehen. Ich trank aus.

Der Geistesabwesende, wie es aussah ein zufällig hereingestolperter Betrunkener, hatte mächtig Schlagseite. Um nicht umzukippen, hielt er sich mit beiden Händen am Tresen fest. Unter Aufbietung seiner letzten Kräfte gelang es ihm gerade noch, die Zeche zu bezahlen und mit der Unterstützung von zwei kichernden Mätressen ein Taxi zu besteigen.

Ich nahm seinen Platz an der Bar ein und zückte meine Brieftasche. Zari schüttelte den Kopf und summte: »Monsieur Anupam lädt ein.«

»Das ist aber nett. Richte ihm meinen Dank aus. Bis die Tage, Zari.«

»Au revoir, Louis.«

Am nächsten Kiosk kaufte ich ein Dosenbier und ein Päckchen *Marocaine Extra* und begann, ziellos durch das Viertel zu streifen. Die hereinbrechende Nacht spülte alle möglichen Gestalten auf die Straße, wo sie sich zu einem blubbernden Eintopf vermengten. Gaukler standen an ihren Klapptischen und versuchten, den Leuten mit albernen Zaubertricks und Hütchenspielen das Geld aus der Tasche zu ziehen, und aus schummrigen Hauseingängen zischten einem die Dealer beim Vorbeigehen wie Schlangen ihr Angebot ins Ohr: Gras, Haschisch, Peace, Koks, Benzos, Speed, Heroin, Ritalin und Ecstasy, LSD, DMT, Pilze, Antidepressiva und Äther – dem zahlungskräftigen Süchtigen fehlte es an nichts. Im Gewimmel der Feierwütigen trieben Taschendiebe ihr Unwesen, boten Künstler ihre Werke feil und leichte Mädchen ihre Dienste an. Ab und zu nahmen finster dreinblickende Polizisten das zwielichtige Treiben in Augenschein, pickten sich aus dem Gesindel den Trostlosesten heraus und filzten ihn. Noten von Kaffee, fettigem Essen, Zigaretten, Joints, Schweiß, Parfüm und Schmutz vermengten sich zu diesem einzigartigen würzigen Duft der Straße, von dem ich, hatte ich ihn einmal in der Nase, nicht genug bekommen konnte.

Ich kaufte noch ein Bier und setzte meinen Rundgang fort. Nach einer Weile vernahm ich Alfies knabenhafte, von melodiösen Gitarrenklängen begleitete Stimme und folgte ihr an eine nahe gelegene Kreuzung. Eine andächtig lauschende Menschentraube hatte sich um den spindeldürren Straßenmusikanten mit den pechschwarzen langen Haaren geschart. Unablässig klimperten heranfliegende Münzen in seinem ramponierten Gitarrenkoffer. Alfie war so etwas wie ein moderner Barde. Er bewegte sich frei wie ein Vogel, sprach mehrere Sprachen und flatterte durch Europa, blieb, wo es ihm gerade passte, und schlief in Jugendherbergen oder unter freiem Himmel in Parks. Meistens gab er Eigenkreationen zum Besten, doch gerade sang er etwas, das sich anhörte wie ein spanisches Volkslied. Er reicherte seine Musik mit Anekdoten aus seinem Zigeunerleben an und wenn man sich die Zeit nahm, ihm zuzuhören, mochte man am liebsten gleich selbst seine Sachen packen und losziehen. Am Abend seiner Ankunft hatte er sich zu mir auf die Parkbank gesetzt und mit seinem schottischen Akzent nach einem Feuerzeug gefragt. Ich schenkte ihm meines. Zum Dank ließ er mich an seinem Joint ziehen. So kamen wir ins Gespräch und verplemperten in der Folge noch manch anderen Abend auf die gleiche Weise. Er kam aus Aberdeen, war aber nicht mehr dort gewesen, seit er vor fünf oder sechs Jahren als Schulabbrecher mit nichts als einem Schlafsack und einer Gitarre im Gepäck losgezogen war. Die Stadt, insbesondere das Pâquis, gefiel ihm so gut, dass er vorhatte, den ganzen Sommer über zu bleiben und erst im Herbst weiter gen Süden zu ziehen, wo ihm die Kälte nichts anhaben konnte.

Ich hätte ihm gerne länger zugehört, aber ich hatte schon zu sehr getrödelt und nun musste ich mich beeilen. Paul fragte sich bestimmt schon, wo ich blieb. Ehe ich mich davonmachte, kramte ich noch eine *Marocaine* aus meiner Hosentasche und schnippte sie in seinen Gitarrenkoffer. Alfie dankte es mir mit einem Augenzwinkern.

Kaum löste ich mich aus der Menge, kam mir auch schon das nächste bekannte Gesicht entgegen: Luna. Dass sie in Wirklichkeit François hieß und ein vollwertiger Mann war, fiel dank ihrer einmaligen Verkleidungskünste und der weichen Gesichtszüge kaum auf. Mit eiligen Schritten, so gut es ein Mini und hochhackige Schuhe eben zuließen, zog sie einen Leiterwagen hinter sich her. Auf der Ladefläche wippte ein großes, breit grinsendes Schaukelpferd mit lückenhafter weißer Mähne und abblätternder rotbrauner Farbe vor und zurück. Sattel und Zaumzeug waren aus rissigem sonnengebleichtem Leder, Steigbügel und Metallbeschläge rostfleckig und der weiße Schweif zu einem Zopf geflochten.

»Hallöchen, Schnuckelchen!« Sie verlangsamte, ohne ganz stehen zu bleiben, und begrüßte mich mit ihrer gestellten hohen Stimme und zwei Luftküsschen.

»Wie's scheint, ist Anupam doch noch fündig geworden«, sagte ich.

»Lach nicht, bei dem ist die Hölle los. Der hat den ganzen Laden voll mit verrückten Koreanern, die unbedingt so ein Pferdchen haben wollen. Ein Glück, dass mein Nachbar eine Meise hat. Dem sein Wohnzimmer ist voll mit altem Jahrmarktszeug. Ich muss schnell weiter. Schmatzi, Schmatzi. Huch …« Beinahe hätte ihr ein Windstoß die Perücke vom Kopf geweht. Gerade noch rechtzeitig riss sie den Arm hoch und rückte sie wieder zurecht. »Ich Schussel hab in der Eile die Klammern vergessen«, rief sie mir winkend zu und hoppelte mit wackelndem Dekolleté fröhlich davon.

Zu gerne hätte ich gewusst, mit welchem Material sie ihren Büstenhalter ausstopfte. Es sah so echt aus … Luna war so etwas wie die Dragqueen für alles und bewegte sich stets an der modischen Schmerzgrenze. Sie arbeitete als Aushilfs-Bardame, Aushilfs-Kellnerin, Aushilfs-Putzfrau und bei Bedarf sogar als Aushilfs-Klempnerin; einen festen Job hatte sie nur selten. Für sie lockerte selbst Anupam seine sonst so strengen Kleidervorschriften, wenn er, was allerdings nur selten vorkam, kurzfristig eine zusätzliche Bardame benötigte.

Von Donnerstag bis Samstag lief im *Mascotte* ab Mitternacht eine einstündige Varieté-Show, die das ganze Spektrum von geschmackvoll bis geschmacklos abdeckte und meist mehr Zuschauer anzog, als es Plätze gab. Geduldig in einer mäandernden, den Bürgersteig verstopfenden Schlange wartend, standen sich Dutzende Unglückselige die Beine in den Bauch, in der vergeblichen Hoffnung, noch eingelassen zu werden. Dieser Sorge hatten sich Paul und ich mit einer Dauerreservation – immer der gleiche Tisch, jeden Donnerstag – frühzeitig entledigt. Auch sonst ließ uns Fred, der Türsteher, nie anstehen. Wir gehörten praktisch zum Inventar.

»Ciao, Fred. Alles klar?« Ich reichte ihm die Hand.

»Alles bestens. Komm.« Er klopfte mir freundschaftlich auf die Schulter und schob mich an den anderen vorbei hinein.

Durch eine trübe Wolke aus Zigarettenrauch kämpfte ich mich durch den brechend vollen Salon. Obwohl es erst in einer Dreiviertelstunde losging, drängten sich die Leute bereits zwischen den Tischen und an den Wänden; weit und breit war kein freier Flecken mehr auszumachen. Eine Handvoll Gäste, die aus dem kleinen Restaurant im Obergeschoss kamen, standen auf der Treppe und warteten auf eine Möglichkeit, sich in die Menge zu schieben. Die Kellner bedienten nur noch an der Bar, da es einem unmöglichen Kunststück gleichgekommen wäre, mit einem vollen Tablett einen Weg durch diese menschliche Hindernisbahn zu finden, ohne dabei die Hälfte zu verschütten. Aber wenn es um Brennstoff ging, war auf Paul Verlass. Sobald er eintraf, bestellte er auf Vorrat, so als gäbe es nichts Schlimmeres, als ohne Alkohol auskommen zu müssen. Als ich unser Tischchen erreichte, standen nebst zwei Caipirinhas noch zwei randvolle Karaffen Gin, vier Fläschchen Tonicwater, ein Kübelchen Eis und Erdnüsse bereit.

Beschwipst schloss er mich in die Arme: »Ahoi, Matrose. Da bist du ja endlich, ich dacht schon, du wärst irgendwo hängen geblieben.«

»Mann, Paul, hast du dir alleine einen angesoffen?«

»Ich hab mir eine Pizza und ein paar Bierchen zum Runterspülen bestellt. Bei dem verschissenen Scheißtag ging das nicht anders.«

»Wem sagst du das ...«

»Da hilft nur saufen, ha!« Er drückte mir eine Caipirinha in die Hand und stieß an. »Zum Wohl!«

Paul arbeitete als Buchhalter bei einer Immobilienfirma – eine Tätigkeit, die er aus tiefstem Herzen verabscheute. Er schleppte sich träge durch den Alltag und lebte nur für Feiertage und Wochenenden. Das Schlimmste daran war, dass er noch nicht einmal wusste, warum er sich das überhaupt antat. Ein Abenteuer wie das meine interessierte ihn nicht, und auch sonst schien er kein konkretes Ziel im Leben anzupeilen. Er qualmte haufenweise Zigaretten und sein bevorzugter Geisteszustand war der Vollrausch. Obwohl er nur unwesentlich älter war als ich, graute es bereits an seinen Schläfen, und sein Bauch wuchs von Woche zu Woche.

Wir kannten uns von der Uni, wo er ein Jahr über mir ebenfalls Wirtschaft studiert hatte – ein Fach, für das wir uns hauptsächlich deshalb eingeschrieben hatten, weil die Immatrikulationsfrist abzulaufen drohte und uns ein Leben als Anwalt, Lehrer oder Arzt abschreckte ... Hauptsache wir durften uns Studenten nennen. Zu Beginn meines zweiten Semesters fragte er mich, ob ich es nicht auch einmal mit Segeln versuchen wolle. Er hatte es von Kindesbeinen an gelernt und leitete Kurse an der Sportfakultät, um sein klammes Budget aufzubessern. Ich ging mit und war sofort begeistert. Es kam mir vor wie ein Wunder, wie der Wind die Segel füllte und für Vortrieb sorgte, wie der Mast knarzte, das Boot krängte und sich der Druck, der auf dem Ruderblatt lastete, auf die Pinne und von dort auf die Hand des Steuermanns übertrug. Es fühlte sich an wie eine geheime Sprache, die es mir erlaubte, mit der Natur in Verbindung zu treten. Natürlich waren mir die vielen Boote auf dem See schon vorher aufgefallen, doch nie im Leben hätte ich es für möglich gehalten, dass nur zwei Stunden draußen auf dem Wasser mein Leben auf den Kopf stellen würden. Obwohl nur auf einem See und immer in Sichtweite des Ufers, wurde mir schlagartig bewusst, dass ich ein Seemann war. Von diesem Tag an begann ich, vom Blau des Meeres und der großen endlosen Fahrt zu träumen. Bald fingen wir an, das Boot auch außerhalb der genehmigten Ausbildungsstunden zu kapern. Wir verbrachten so viel Zeit auf dem See, unserem kleinen Ozean, wie nur irgend möglich.

Während ich mir in den Semesterferien in Francines Wäscherei die Finger an den heißen Trommeln verbrannte, weilte Paul im schönen Korsika, wo seine Eltern ein Gästehaus mit Bar betrieben und Segelkurse und Ausflüge anboten. Fünf Jahre zuvor hatten sie Hab und Gut verkauft, ihre Berufe als Ingenieur und Dolmetscherin aufgegeben und waren nach Bonifacio gezogen. Paul, ebenfalls ein Einzelkind, blieb alleine zurück und studierte. Einmal, einen unvergesslichen Sommer lang, hatte ich ihn dorthin begleitet. Ich half bei den Törns und sammelte die nötigen tausend Seemeilen und achtzehn Segeltage für den Hochseeschein. Ich prägte mir Sternbilder und

Planeten ein und lernte, wie man mit Hilfe eines Sextanten, einer Uhr und dem nautischen Almanach eine Standlinie berechnete und die Schiffsposition bestimmte. Bald navigierte ich selbst bei stürmischen Verhältnissen ruhig und sicher. Was auch immer man mir beibrachte, ich sog es auf wie ein Schwamm und verinnerlichte jede noch so kleine Einzelheit.

Spätestens in jenen Ferien sind Paul und ich, die wir zwar beide viele Leute kannten, aber bis dahin trotzdem eher Einzelgänger gewesen waren, zu unzertrennlichen Freunden geworden.

Zurück in Genf beschloss ich, es ihm gleichzutun und die Uni nach drei Jahren mit dem Bachelordiplom in der Tasche zu verlassen. Paul hatte vom Studieren die Schnauze voll und ich endlich einen Plan für die Zukunft.

Wir tauschten uns über die Vorkommnisse der Woche aus, wobei wir uns auch von der Woche davor oder der Woche von vor fünf Monaten hätten berichten können; es machte keinen Unterschied, sie waren alle gleich: ein ewiges Wiederkäuen des gleichen geschmacklosen Breis. Nur dem Pâquis und dem anbrechenden Sommer war es zu verdanken, dass wir nicht daran erstickten.

Die Lichter erloschen, der Lärm ebbte ab. In dem stockfinsteren Salon kehrte Ruhe ein. Nur noch das Klicken von Feuerzeugen und gelegentliches Räuspern waren zu hören. Niemand sprach ein Wort.

Dann durchbrachen zwölf markerschütternde Glockenschläge die Stille, gefolgt vom warmen Leuchten eines Scheinwerfers, der seinen einsamen Lichtkegel auf die noch leere Bühne warf. Begleitet von einem Einspieler mit Schlagzeug und Trompete öffnete sich der Vorhang, und hervor trat das schönste und zauberhafteste Wesen, das ich je gesehen hatte: Fleur, das Maskottchen, das dem *Palais Mascotte* seinen Namen gab und das Publikum durch das Programm führte. Sie zu sehen, war es, dem ich heimlich am meisten entgegenfieberte. Sie trug das gleiche Kostüm wie immer: weiße Ballerinas mit um die Knöchel gebundenen Stoffbändern, champagnerfarbene Strümpfe und einen kurz geschnittenen rot-weißen Rock. Dazu eine zugeknöpfte weiße Jacke mit rotem Stehkragen, roten Dreiviertelärmeln und goldenen Epauletten. Unter der Jacke zeichneten sich die Rundungen ihrer Brüste ab. Sie waren perfekt; nicht zu groß und nicht zu klein. Von ihrem Kopf, auf dem sie die Miniaturausgabe einer schwarzen Eisenbahnermütze trug, fiel langes, glänzendes rotes Haar in sanften Locken bis an ihre Taille. Ihr schlanker Körper bewegte sich mit gepardenhafter Leichtigkeit. Ich stellte mir vor, ihre pfirsichfarbenen Lippen zu küssen und ins Blau ihrer Augen einzutauchen. Ich musste mich regelrecht zwingen, meinen Blick von ihr abzuwenden, dabei hätte ich sie stundenlang betrachten können, ohne mich jemals an ihr sattzusehen. Ihre Anziehungskraft ging weit über ihre äußerliche Schönheit hinaus. Obschon ich kaum mehr von ihr wusste als ihren Namen, war ich zutiefst davon überzeugt, dass sie die begehrenswerteste, unterhaltsamste und treueste Gefährtin abgeben würde, die sich ein Abenteurer, wie ich dereinst einer sein würde, nur wünschen konnte. Sie war die Frau, die ich wollte. Sie oder keine. Aber auch bei dieser Sache gab es einen Haken: Ich hatte noch nie ein Wort mit ihr gewechselt. Unzählige Male schon hatte ich vergeblich versucht, sie anzusprechen, nur gelungen war es mir nie. Nach jeder Show verschwand sie sofort wie ein Geist in der Nacht. Gelegentlich sah ich sie auf der Straße, doch immer, wenn ich drauf und dran war, endlich den ersten Schritt zu tun, verließ mich der Mut, und ich bildete mir dann ein, der richtige Moment werde schon noch kommen. Doch das tat er nicht. Es war zum Davonlaufen. In ihrer Nähe brachte ich kein Bein vor das andere. Ihr erster Auftritt im *Mascotte* fiel ziemlich genau mit dem Antritt meiner Geiselhaft bei *Tarbes* zusammen. Seither schwirrte sie ständig in meinem Kopf herum und bewirkte dort spontane Lähmungserscheinungen, sobald unsere Wege sich kreuzten. Es war mir unbegreiflich, dass ich es in dieser ganzen Zeit nicht geschafft hatte, auch nur einen einzigen vernünftigen Satz zu ihr zu sagen. Gleichzeitig machte mich der Gedanke, dass sie womöglich einen Freund hatte, wahnsinnig. Es war erbärmlich.

»Bring ihr doch mal Blumen mit, da steht sie sicher drauf …«, stichelte Paul. Trotz meiner Verschwiegenheit in dieser Angelegenheit kannte er mich gut genug, um genau zu wissen, was vor sich ging.

Das Kratzen des Mikrofons verhinderte einen angemessenen Konter. Es ging los.

»Meine Damen und Herren! Ich bin Fleur und ich heiße Sie willkommen im spektakulären, fabulösen, atemberaubenden *Palais Mascotte*, wo wir, die schlaflosen Geschöpfe der Nacht, uns einfinden, um uns am köstlichen Nektar der Fantasie zu berauschen. Die Glocke hat Mitternacht geschlagen; machen Sie sich bereit für eine Stunde der Musik, der Kunst und der Magie!«

Unter dem Beifall des Publikums kündigte sie den ersten Auftritt an: »Begrüßen Sie mit mir Les Nains – Die Zwerge!«

Am liebsten wäre ich auf die Bühne gestürmt, hätte sie in einem Anfall von Draufgängertum hochgehoben, über die Schulter geworfen und einfach entführt, als wäre ich ein Pirat und sie meine Prise …

Wie Wegelagerer aus dem Unterholz krochen fünf mit Instrumenten bewaffnete, mickrige Gestalten auf die in Dämmerlicht getauchte Bühne. Auf ihren löchrigen schwarzen Rollkragenpullovern prangte das Abbild einer roten Faust. Die Strähnen ihrer bunten Perücken hingen in weiß geschminkte Gesichter. Um wie richtige Zwerge auszusehen – was sie zwar nicht waren, ihnen aber erstaunlich gut gelang –, rutschten sie mit auf Kniehöhe aufgenähten Filzpantoffeln, deren Spitzen unter nietenbesetzten Lederröcken hervorlugten, über den Boden. Ein Grünhaariger platzierte sich hinter einer Riesentrommel und fing an, sie mit zwei Suppenkellen arrhythmisch zu malträtieren. Alles, was man noch von ihm sah, waren seine rudernden Arme, wenn er für den nächsten Schlag ausholte. Ein anderer, mit hoch aufschießenden, pinkfarbenen Haaren, klimperte in einem am Klavier festgeschraubten Kindersitz auf den Tasten herum, ohne dem bemitleidenswerten Holzkasten auch nur eine im Ansatz erkennbare Melodie zu entlocken. Bassist und Gitarrist zupften in unregelmäßigem Takt und mit ruckelnden Köpfen die Saiten ihrer Instrumente, und die einzige Zwergin im Bunde saß in einem schwarzen Sattel auf dem Rücken eines ausgestopften Schafes, dessen weit aufgerissenes Maul direkt einem Albtraum entnommen schien. Ohne einen Ton zu treffen, schmetterte sie zu den wirren Klängen ihrer Kumpane anarchistische Kampfgesänge, propagierte Ordnung ohne Herrschaft und rief zur Zerschlagung der geltenden Strukturen auf. Mitten in diesem sich ständig verändernden Tosen, das nicht aus einzelnen Liedern bestand, sondern ein großes verstörendes Ganzes bildete, ohne Anfang oder Ende, tauchte unerwartet Fleur mit einem Blechkessel und einem Pinsel wieder auf. Sie rührte kräftig um und bestrich die Köpfe von Bass und Gitarre mit einer durchsichtigen, gelatineartigen Paste. Kaum dass sie fertig war, brachte ihr der Kellner im Tausch gegen Kessel und Pinsel eine Flasche Hochprozentiges und ein Feuerzeug. Mit feierlichem Brimborium präsentierte sie beides dem Publikum, setzte die Flasche an, hielt das Feuerzeug vor den Mund, drehte sich um und pustete zweimal in die Flamme, so dass die Instrumente sich entzündeten und der ganze Salon im Widerschein teuflischen Flackerns erstrahlte. Tobend, zupfend, krächzend, trommelnd und klimpernd wie Derwische steigerten sie ihren kakofonischen, felssturzartigen Wirbel in immer exzessivere Sphären. Am Höhepunkt angelangt, verstummten sie abrupt. Begleitet von einem letzten, furchterregenden Geheul der Zwergin löschten die beiden Brandmusikanten zischend ihre Werkzeuge, indem sie sie nacheinander in den eigens dafür präparierten Schafshintern schoben. Es hagelte Applaus und begeisterte Zurufe. Zufrieden mit ihrem Werk verneigten sie sich und schlurften rückwärts, die Köpfe am Boden nachschleifend, von der Bühne.

Die Reihe ging an zwei unmöglich auseinanderzuhaltende, blutleere Zwillingsschwestern, von denen die eine ganz nett sang und geübt mit dem Akkordeon hantierte, während die andere auf zwei Flöten gleichzeitig spielte. Der Kontrast zwischen den braven Lagerlieder-Schwestern und den brennenden Zwergen hätte größer nicht sein können und sorgte für einen Stimmungswechsel, der sich anfühlte wie eine falsche Abfahrt von der Autobahn. Entsprechend verhalten gab sich das Publikum.

»Das Gedudel ist ja nicht auszuhalten«, knurrte Paul. »Willst du eine Zigarette?« Ohne meine Antwort abzuwarten, steckte er zwischen seinen Lippen eine *Marocaine* an, nahm sie und stopfte sie mir in den Mund.

Zur allgemeinen Erleichterung spielten sie nur vier Stücke. Ihren größten Hit, eine märterliche Schnulze über zwei voneinander getrennte Liebende, hoben sie sich für den Schluss auf.

Mit emotionslosen Mienen nahmen sie den wohlwollenden Mindestbeifall entgegen und räumten das Feld.

»Meine Damen und Herren!«, während Fleur die nächste Ansage machte, rumpelte es hinter dem Vorhang, als ob jemand im Dunkeln gegen ein schweres Möbel gelaufen wäre, gefolgt von fremdländischem Fluchen, »nun beehrt uns ein Mann, der zum ersten Mal überhaupt außerhalb seiner Heimat auftritt. Begrüßen Sie herzlich aus dem fernen Weißrussland: Anatole! Mit seinem Stück *Goldregen.*«

Eingehüllt in braven Willkommensapplaus tat sich der Vorhang auf und spuckte einen volltrunkenen, splitternackten Mann aus, der unsicheren Schrittes auf die Bühne wankte. Über Schnüre, die zu seinen Händen führten, ließ er eine Marionette tanzen, deren riesiger platter Kopf mit einem Foto des Genfer Polizeikommandanten beklebt war. Sofort wogten Wellen der Begeisterung durch die Reihen. Der Kommandant, der wegen abfälliger Äußerungen über Ausländer und seines überharten Vorgehens gegen illegale Einwanderer stark in der Kritik stand, stieß bei der überwältigenden Mehrheit der Bevölkerung auf schrankenlose Ablehnung. Trotzdem hielt die Stadtregierung an ihm fest, da sie ihn erst wenige Monate zuvor selbst eingesetzt hatte und seine Entlassung einer Infragestellung der eigenen Urteilsfähigkeit gleichgekommen wäre. Ohne Umschweife oder einführendes Geplänkel legte sich Anatole sofort voll ins Zeug. In einem mitreißenden, komplett enthemmten Tanz inszenierte er einen bösartigen und kleingeistigen, von Eitelkeit und Geltungssucht getriebenen Mann, der auf seine Opfer einprügelte und sie verspottete. Doch er, Anatole, stellte sich dem Peiniger in den Weg.

»Mööördeeer!!«, schrie er mit aller Kraft, epileptisch zappelnd und wild umherstampfend. »Zur Hööllleee mit dir!« Fäden von Rotz und Geifer stoben durch die Luft, und bei jedem Aufstampfen klatschte sein Penis der Marionette seitlich ins Gesicht. Es war eine faszinierende Zurschaustellung absoluten Wahnsinns.

Das Publikum reagierte enthusiastisch auf diese machtvolle Inbrunst. Von wahren Beifallsstürmen getragen, taumelte er schweißnass umher, stürzte, rappelte sich wieder auf, furzte, schrie sich heiser und sabberte wie ein wütendes Lama. »Totschläger! ... Diktaaaator ...! Mooooonsteeeer ...!«

So ging es weiter, bis sich plötzlich aus den hinteren Reihen eine aufgebrachte Frau lautstark zu Wort meldete. Mit an den Körper gepressten Armen, die Hände zu Fäusten geballt, stand sie da und schäumte: »Das reicht! Was erlauben Sie sich!«

Die Leute wandten sich um und begannen zu tuscheln. Unruhe machte sich breit. Anatole bückte sich vor und reckte den Kopf. Die Marionette tanzte weiter.

Paul schlug mit der Faust auf den Tisch. »Das glaub ich jetzt nicht. Louis, ist das nicht seine Alte?«

Genauso war es. Wie es der Zufall wollte, war ausgerechnet in dieser Nacht Thérèse Chalifour, die von Haus aus sehr vermögende, von jeder zweiten Klatschspalte grinsende und den Künsten eng verbundene Gattin des Polizeikommandanten, persönlich anwesend. Daneben, überschminkt und mit einer sonderbaren Föhnfrisur, ihre Begleitung.

»Ich verbiete Ihnen, meinen Mann auf solch primitive Weise zu verunglimpfen!«

Ihr mutiges Einschreiten verfehlte die gewünschte Wirkung. Ganz im Gegenteil, denn nun war Anatole die ultimative Aufmerksamkeit für seinen Protest sicher, und zwar über die Grenzen des *Palais Mascotte* hinweg. Etwas Besseres hätte ihm kaum passieren können.

»Waaa-aaa-aaa! Haaaa!«, brüllte er und stellte sich quer an den Bühnenrand. »Aaaah! Aaaaah!«

Ohrenbetäubende Anfeuerungsrufe ertönten.

»Ooooh!«, schrie Anatole, und »aaaah!« Dann ließ er die Schnüre zu Boden fallen. Unter dem Gejohle der Zuschauer und dem völlig entgeisterten Blick des prominenten Gastes hielt er nun mit seiner Linken den beklebten Holzkopf und fasste mit der Rechten seinen Penis. Eine Grimasse ziehend, ging er leicht in die Knie, hielt die Marionette auf eine Armlänge Abstand und schiffte ihr in einem gewaltigen gelben Strahl mitten ins Gesicht.

Dass er von einem herbeigeeilten Kellner schnellstmöglich hinter den Vorhang gezerrt und ruhiggestellt wurde, verhinderte nicht, dass die hochgradig erboste Madame Chalifour mit ihrer verdatterten Freundin im Schlepptau polternd und wüste Drohungen ausstoßend hinausstürmte.

Anatoles Wahnsinn übertrug sich eins zu eins auf Teile des Publikums, die nun vollends durchdrehten. Reihenweise hielten sich die Leute vor Lachen die Bäuche; einige rollten, dem Ersticken nahe, über den Boden und wieder andere – dem Aussehen nach Anhänger der Zwerge – begannen, da nun alle Grenzen des Anstands überwunden schienen, Flaschen, Gläser und Schalen mit Knabberzeug gegen die Wände zu schleudern. Verängstigte Gäste drängten hinaus auf die Straße.

In Anbetracht des heillosen Durcheinanders blieb Fleur keine andere Wahl, als die Vorstellung abzubrechen. Fred wühlte sich durch die Menge, packte die Rabauken einen nach dem anderen am Kragen und beförderte sie mit der Empfehlung, sich im *Mascotte* nie wieder blicken zu lassen, auf die Straße. Es dauerte ein wenig, bis sich die Situation so weit beruhigt hatte, dass wenigstens die Scherben zusammengekehrt und der Barbetrieb wieder aufgenommen werden konnten. Diejenigen, die durch den zeitweise verwaisten Eingang hereingeschlichen kamen, fragten aufgeregt, was denn vorgefallen sei, und verfluchten ihr Schicksal, weil sie das größte aller Schauspiele verpasst hatten.

»Ich riech immer noch seine Pisse!«, jubelte Paul.

Er war ganz aus dem Häuschen, und ich tat, als hörte ich ihm zu. In Wirklichkeit aber hielt ich Ausschau nach Fleur. Zuerst erspähte ich die Zwerge und die Zwillingsschwestern, die sich mit ihrer Ausrüstung an der Bar vorbeiquetschten. Anatole war der Nächste; mit nacktem Oberkörper, einer viel zu weiten Stoffhose und kaputten Schuhen schlich er sich davon. Paul boxte mich in den Arm. Er hörte nicht auf zu schwärmen, gaffte nach wie vor auf die Bühne und merkte dabei nicht, dass ich die Bar anstarrte. Dann sah ich sie. Sie trug ein weißes Sommerkleid mit Sandalen, die Haare zusammengebunden. Zielstrebig ging sie bis an die Schwelle zur Garderobe, wo sie wartete, dass sich eine Lücke auftat. Einem Impuls folgend schnellte ich hoch, entschlossen, endlich zu ihr hinzugehen und diese unsichtbare Mauer, die mich schon viel zu lange von ihr trennte, niederzureißen. Doch wie bei all meinen Versuchen zuvor, kam ich auch diesmal nicht besonders weit; noch bevor ich einen einzigen Schritt machte, begegnete mir, völlig unvorbereitet, ihr Blick und ließ mich zu einem Betonklotz erstarren. Das Geschehen verlangsamte sich Stück für Stück, bis sich alles nur mehr in Zeitlupe abspielte, jede Sekunde eine kleine Ewigkeit. Mit offenem Mund stand ich da und starrte, blöd geworden, unschlüssig. Gedanken rasten durch meinen Kopf, kollidierten, rasten weiter, unkontrollierbar, kreuz und quer. Sie lächelte. Ich wusste nichts mehr. Die Tür zu der kleinen Diskothek im Keller ging auf; Musik dröhnte aus den Boxen. Dann war sie verschwunden. Einfach so, mit einem Wimpernschlag, und ich glotzte ins Nichts.

Ein Eiswürfel traf mich am Hinterkopf. Dazu Pauls Stimme: »Mann, was stehst du so in der Gegend rum? Bist du eine Vogelscheuche?«

»Ich muss auf die Toilette«, log ich und ging.

Ratlos hing ich über dem Waschbecken und schaufelte Wasser in mein überhitztes Gesicht. Eine weitere Chance war dahin …

Der Freitagmorgen grüßte mit Folterqualen. Wie ein Hammer, der auf den Amboss herniederdonnert, schlug das Blut unerbittlich gegen meinen Schädel. Mein Herz pumpte es mit solchem Druck in den hintersten Winkel meines verkaterten Körpers, dass meine Hände bei jedem Pulsschlag erzitterten.

Nach der Caipirinha und der Karaffe Gin hatten wir noch je zwei kurze Tequilas und eine Karaffe puren Absinth in uns hineingekippt. Ich erinnerte mich nur unscharf daran, wie ich ins Bett gekommen war, aber es musste so gegen drei gewesen sein. Das *Mascotte* schloss um diese Uhrzeit, und ich wusste, dass wir erst gegangen waren, als Fred uns mit einem »Es wird langsam Zeit, Jungs« dazu aufgefordert hatte.

Ich fühlte mich hundeelend. Der Ärmel, mit dem ich mir den kalten Schweiß aus dem Gesicht wischte, war klitschnass, und mein Atem, der sich zum Glück auf viele Kubikmeter Luft verteilte, stank nach reinem Alkohol. Heilfroh über den leeren Terminkalender hing ich, von der ständigen Gefahr einer kurzfristig anberaumten Sitzung geplagt, am Rande der Bewusstlosigkeit in meinem Stuhl und bereute, mich nicht krank gemeldet zu haben.

Claire, diese gute Seele, hatte sofort erkannt, dass es mit mir nicht zum Besten stand und mich, wann immer sie ihren Platz verließ, mit Tee und Wasser versorgt, was mir den Spießrutenlauf zum Automaten ersparte. Dankbar nahm ich auch die zwei Aspirin entgegen, die sie aus ihrer Handtasche zutage förderte. Auf Linderung wartete ich indessen vergeblich.

Émile, der ziemlich sicher keine Vorstellung davon besaß, wie sich so ein Höllenkater anfühlte, hatte bei meinem Erscheinen zwar verächtlich die Nase gerümpft, sich ansonsten aber mit Kommentaren zurückgehalten. Er war zu beschäftigt, um sich mit mir abzugeben.

Erwartungsgemäß litt auch Gaspar unter der, wie Paul es nannte, Irischen Grippe. Den ganzen Tag über vegetierte er, versteckt hinter heruntergelassenen Jalousien, in seinem Glaswürfel und ging jedem menschlichen Kontakt aus dem Weg. Lediglich Laura, die ihm diskret Fruchtsäfte aus dem Sandwichladen nebenan einflößte, bekam ihn zu Gesicht.

Voller Schuldgefühle dachte ich an meine schöne Strategie der Konfliktvermeidung, die ich mir ach so groß auf die Fahne geschrieben hatte. Bekäme Gaspar Wind von meinem Zustand, wäre es ruckzuck vorbei mit meinem unauffälligen Dasein. Er, der sich selbst jeden Verstoß erlaubte, verlangte von seinen Mitarbeitern allerhöchste Professionalität und totale Hingabe an die Unternehmensziele. Niemals hätte er ein Erscheinen wie das meine ungestraft gelassen. Für ihn waren Leute wie ich nichts weiter als Zahnrädchen, die seine Geldmaschine am Laufen hielten und die man bei der geringsten Auffälligkeit besser heute als morgen auswechselte.

Die Stunden bis zum Feierabend vergingen in unendlicher Langsamkeit. Alle zwei Minuten wanderten meine brennenden Augen auf die digitale Zeitanzeige. Ich wünschte mir nichts sehnlicher, als dass dieser nutzlose, verschwendete Tag endlich vorbeiging. Ich aß fast nichts, trank stattdessen literweise Wasser und Tee. Um den Schein zu wahren, startete ich einige Programme und verfasste fünf E-Mails, von denen ich jedoch keine einzige abschickte.

Um halb fünf, Gaspar war eben gegangen, wand ich mich aus meinem Stuhl und schleppte mich, verabschiedet von Claires Lächeln und Émiles Kopfschütteln, nach Hause, wo ich mich ohne Umwege ins Bett legte und tief und fest bis zum nächsten Mittag durchschlief.

Der Schlaf heilte meine Leiden. Ich stand am Fenster, rieb mir die Augen und linste in die Sonne, deren strahlend gelber Schein in mir den Appetit auf eine Holzfällerportion Spiegeleier weckte.

Im Wohnzimmer traf ich auf die Reste von Jérômes Frühstück, die auf und neben dem Esstisch darauf warteten zu vergammeln. Fliegen umschwirrten ein angebissenes Marmeladenbrot und der Inhalt eines umgekippten Joghurts verschmolz mit dem Teppich. Müsliflocken lösten sich in der Milch in ihre Bestandteile auf. Sein Reinlichkeitsfimmel erstreckte sich leider nicht auf den Haushalt, was in Kombination mit meiner eigenen hohen Schmutztoleranz zwangsläufig zu einer gewissen häuslichen Verwahrlosung führte.

Ich ließ die Unordnung Unordnung sein, setzte Kaffee auf und schlug vier Eier und eine Packung Bratspeck in die Pfanne. Während das Wasser kochte und es auf dem Herd brutzelte, befragte ich mein Handy nach dem Wetter. Die Vorhersage lautete auf Nordostwind der Stärke vier bis sechs – perfekte Bedingungen für ein kleines Wettrennen in Einhandjollen. Sofort schrieb ich Paul und forderte ihn zum Duell.

Seine Antwort kam postwendend: »Bin dabei. Du hast keine Chance.«

Für gewöhnlich mieteten wir uns bei schönem Wetter

einfach ein Boot und fuhren gemütlich zusammen raus. Aber manchmal, so wie heute, waren die Bedingungen einfach so gut, dass man sie zu etwas Besonderem nutzen musste.

Wir kämpften stets mit harten Bandagen. Vortrittsregeln galten nicht, es wurde geschnitten und abgedrängt. Die einzige Regel lautete, der vorgeschriebenen Strecke zu folgen. Dem Sieger gebührten Ruhm und Ehre. Der Verlierer bezahlte das Abendessen. Der Kurs führte vom Hafen vorbei am Leuchtturm, um die Boje beim botanischen Garten und wieder zurück. Von Beginn weg lag ich eine halbe Bootslänge zurück. Ich lauerte auf einen Fehler, um vorbeizuziehen, aber diesen Gefallen tat Paul mir nicht. Stattdessen war ich es, dem ein Fehler unterlief. Bei einem gewagten Überholversuch glitt mir die Schot aus den Fingern, ich verlor den Druck im Segel und damit meine ganze Geschwindigkeit. Paul zog davon, und meine Niederlage war besiegelt. Zu allem Überfluss legte ich an der Boje auch noch eine stümperhafte Halse hin, was meinen Rückstand weiter vergrößerte.

Als ich im Ziel ankam, hockte Paul bereits auf der Pier, die Jolle vorschriftsmäßig vertäut, und blies genüsslich Rauchkringel in die Luft, die aufstiegen wie Indianerzeichen in der Prärie.

»Ich bin der Gott des Segelns«, posaunte er. »Und ich will Pfeffersteaks auf der Île Rousseau.«

In einem nahegelegenen Restaurant ließen wir uns die gebratenen Steaks und ein paar Beilagen einpacken und setzten uns auf der Flussinsel auf eine Bank. Der Himmel war wolkenfrei. Es blieb lange hell, und als es dann Nacht wurde und uns der Wein ausging, machten wir uns auf die

Socken. Paul wollte unbedingt noch in einer Bar haltmachen und sich den Rest geben. Aber durch gutes Zureden und die Aussicht auf einen katerlosen Sonntag im Freibad gelang es mir schließlich, ihn davon abzubringen.

4 IMMER ÄRGER BEI DER ARBEIT

Als Gaspar am Montagmorgen den Lift betrat, war klar, dass es früher oder später Ärger geben würde. Im allerletzten Moment, kurz bevor der helle Spalt in der Schiebetür sich schloss, steckte er seinen Schlangenlederschuh dazwischen und drängte sichtlich genervt und mit zusammengepressten Zähnen hinein. Seine Mundwinkel zuckten wie bei einem gereizten Tiger. Im Laufe der Zeit hatte ich gelernt, die Zeichen einer kurz bevorstehenden Eruption zu deuten, und verzichtete daher auf eine Begrüßungsfloskel, um ihn nicht zu einer Antwort zu nötigen. Stattdessen wählte ich ein dezentes Kopfnicken, das als Begrüßung durchging, hingegen keiner Erwiderung bedurfte. Gaspar war, warum auch immer, geladen und würde den erstbesten Anlass nutzen, um der Welt seine schlechte Laune ins Gesicht zu speien.

Gegen zehn Uhr war es schließlich so weit. Im Glaswürfel sitzend drosch er so laut und heftig auf die Tastatur ein, dass Laura, die sich gerade anschickte, ihm einen Stapel Dokumente zu bringen, auf dem Absatz kehrtmachte und wieder auf ihrem Stuhl Platz nahm. Wutentbrannt stand er auf und kam direkt auf uns zu. Der Boden vibrierte unter seinen stampfenden Füßen. Wir zogen die Köpfe ein, und insgeheim hoffte jeder, dass es den anderen treffen würde.

Dieses Mal hatte er es auf Claire abgesehen.

»Was soll der Mist?«, bellte er sie an.

Niemand wusste, wovon er sprach, auch sie nicht.

Gaspar räusperte sich und tippte mit dem Finger ungeduldig auf seiner Gürtelschnalle herum. Zwei Schweißperlen folgten den Rillen seines finsteren Gesichts. Als er keine Antwort bekam, verlor er die Fassung.

»Alles ist weg! Das Geld ... die Wertpapiere ... Das ganze verdammte System ist leer! Leeeeeer!!!«

Das allgegenwärtige Tastengeklapper verstummte. Die Leute drehten sich nach uns um.

Valérie stand am Drucker und verdrehte die Augen. Sie verstand sofort, worum es ging: Gaspar hatte sich in *Phoenix* eingeloggt, um Bargeld- und Wertpapierbestände zu überprüfen. Das entsprechende Modul stand bereits vollumfänglich in Betrieb. Weil aber gerade ein Update lief, war kein Datenzugriff möglich, was er als Chef der Abteilung eigentlich hätte wissen müssen. Und da Claire bei Softwareproblemen die erste Ansprechpartnerin war, musste sie jetzt dran glauben.

»Wir lassen ein Update laufen«, antwortete sie trocken. »Das dauert ungefähr eine Stunde. Aber das stand alles in der E-Mail, die ich letzte Woche an die halbe Firma verschickt hatte. Du warst auch im Verteiler.«

Seine Gesichtsfarbe wechselte von Hellrot auf hochgiftiges Dunkelpurpur.

Die stets freundliche Claire konnte es nicht leiden, wenn sie angeschrien wurde, schon gar nicht ungerechtfertigt. Laut und unerschrocken fuhr sie fort: »Im Übrigen ist auf der Zugangsseite ein fett gedruckter und rot hinterlegter Warnhinweis angebracht, der besagt, dass der Service aufgrund von Wartungsarbeiten bis elf Uhr unterbrochen sein wird. Außerdem …«

»Genug! Es reicht.« Mit einer schneidenden Handbewegung brachte er sie zum Schweigen.

Seine Lippen bebten. Couragierte Gegenwehr kannte er nicht. Er stand kurz vor dem endgültigen Überkochen. Aber er musste sich zusammenreißen, denn Claire war durch das Wissen, das sie sich im Laufe des Projekts angeeignet hatte, praktisch unverzichtbar geworden. Sie zu ersetzen, hätte die Bank wertvolle Zeit und eine dicke Stange Geld gekostet. Das ganze Projekt geriete in Verzug. Zu weit durfte aber auch sie es nicht treiben. Jeder andere wäre längst mit einem Stiefel im Hintern auf der Straße gelandet. Sie balancierte am Abgrund.

Am liebsten hätte ich ihr für ihren Mut auf die Schulter geklopft. In Anbetracht der angespannten Situation wäre dies jedoch reinster Selbstmord gewesen.

Während ich mich also tief in meinem Inneren freute, bemerkte ich nicht, wie Gaspar den Kopf von Claire abwandte und stattdessen mich fixierte.

»Was gibt es da zu grinsen?«, fragte er mit sich überschlagender Stimme.

»Was, wie …«, stammelte ich überrumpelt. Hatte ich etwa unbewusst gelächelt? »Aber ich habe doch gar nicht …« Ich sprach den Satz nicht zu Ende. Es war zu spät.

Die eben erlittene Schmach hatte seine Wut ins Unermessliche gesteigert. Da kam ein Prügelknabe gerade recht.

Gaspar schnaubte wie ein Ochse bergauf vor dem Heuwagen. Kleine Tropfen stoben ihm aus der Nase. Sein Gesicht krampfte sich im Wahnsinn. »Erst lachst du über mich und dann fehlt dir der Mumm, es zuzugeben. Wenn es hier etwas zu lachen gibt, dann lach laut wie ein richtiger Mann und nicht heimlich wie ein dummer Schuljunge. Aber dafür taugst du nicht. Hörst du, dafür taugst du nicht!«

Mit zittriger Hand wischte er sich die Schweißperlen von der Stirn und schien sich plötzlich der erschrockenen Blicke seiner Mitarbeiter gewahr zu werden. Er atmete schwer. Um Beherrschung bemüht, fuhr er in normaler Lautstärke fort: »Wie weit bis du mit deinen Prozessen?«

Dank der künstlichen Überstunden war ich schon weiter als vorgesehen. »Eine Woche vor Plan. Vielleicht zwei.«

»Wann hast du sie mir zuletzt gezeigt?«

»Vor vier Wochen.«

»Du druckst alles, was du seither gemacht hast, aus, und erscheinst damit morgen früh um Punkt neun Uhr in meinem Büro, kapiert?«

»Ja.«

Er stampfte davon.

»Eine reichlich unüberlegte Aktion«, bemerkte Émile.

»Halt die Klappe.«

Claire fasste mich am Arm. »Ach Louis, es tut mir ja so leid, das ist alles meine Schuld. Ich hätte ihn nicht provozieren dürfen …«

»Lass nur, du kannst nichts dafür. Hab ich wirklich gegrinst?«

Sie nickte und unterdrückte dabei erfolglos ein Lächeln. »Ja. Glücklich und zufrieden wie ein Lämmlein.«

»Mist …«

Ich hatte Gaspar ernsthaft verärgert. Eines war klar: Meine Arbeit musste absolut fehlerfrei sein, sonst nahm er mich auseinander.

Ich machte mich sofort an die Arbeit und speicherte die Prozesse der letzten vier Wochen, fünfundzwanzig an der Zahl, in einem eigenen Ordner. Dann suchte ich die Originalnotizen heraus und nahm alle, Stück für Stück, noch einmal genau unter die Lupe. Es dauerte Stunden. Da und dort waren ein paar kleinere Korrekturen nötig, aber gröbere Schnitzer fand ich glücklicherweise keine. Trotzdem buckelte ich bis kurz vor Mitternacht im verlassenen Büro vor dem Computer. Als ich ging, wog mein Kopf schwer wie Blei. Ich wollte nur noch nach Hause, etwas Kleines essen und dann ab ins Bett. Zum Drucken war am Morgen noch Zeit genug.

Die Tür zum Kontrollraum stand offen. Peter streckte den Kopf heraus und wünschte mir eine gute Nacht. Anscheinend hatte er nicht erwartet, so spät noch auf jemanden zu treffen. Der stämmige Sicherheitsmann mit den kurzen Beinen leitete den rotierenden Ein-Mann-Wachdienst, zu dem seit Jahren auch seine Kollegen Clive, Roger und Stéphane gehörten.

Auf dem Heimweg dachte ich an Fleur. Ich fragte mich, was sie wohl machte, wenn sie nicht im *Mascotte* auftrat. Höchstwahrscheinlich war sie Studentin. Ich tippte auf Sprachen oder Musik. Vielleicht sogar beides. Bestimmt konnte sie ganz ausgezeichnet Klavier oder Gitarre spielen und Spanisch sprechen. Was auch immer es sein mochte, viel wichtiger war, dass sie keinen Freund hatte. Ich stand mir selbst schon genug im Weg, da konnte ich Konkurrenz nicht gebrauchen. Warum nur schaffte ich es nicht, sie anzusprechen und mit ihr zu reden?

Über meiner diesbezüglichen Unfähigkeit brütend, kam

ich zur Haustür herein. Dort traf ich Jérôme mit entblößtem Oberkörper und hinter dem Rücken gefesselten Händen auf dem Esstisch kniend an. Vor ihm lag, ausgestreckt, mit Früchten und geschnittener Chorizo-Wurst belegt, eine nackte Frau. Aus den Lautsprechern dröhnte in voller Stärke *Por una cabeza.*

Überrascht sah er mich an. »Ich dachte, du schläfst«, erklärte er mit vollem Mund. Dass Schlafen bei diesem Lärm schlecht möglich war, kam ihm gar nicht erst in den Sinn.

»Wie ich sehe, hast du schon wieder mein Essen geklaut.«

»Oh nein, mein Lieber. Denk an die Regeln. Du hast nichts gesagt!«

Die Frau stützte sich auf die Ellbogen. Das Essen rutschte ihr von der Brust.

»Das ist Tess. Tess, sag hallo zu Louis. Er wohnt hier.«

»Hallo, Louis.«

»Ciao, Tess.«

»Ich wollte dir sowieso gerade mein Zimmer zeigen, nicht wahr? Hopp-hopp. Ciao, Louis. Sag ciao zu Louis.«

»Ciao-ciao.«

»Viel Spaß.«

Völlig ungeniert folgte sie Jérôme in dessen Zimmer.

Ich schaltete die Musik aus und öffnete den Kühlschrank. Er gab nichts her außer einer vertrockneten Salatgurke und einer Tube Mayonnaise. Meine Einkäufe hatten erneut anderweitig Verwendung gefunden. Zerquetschte Mangos, Reste von Trauben, verschmierte Granatäpfel, Ananasscheiben und angebissene Wurststücke klebten auf dem Tisch und an den Stühlen und leuchteten in Form von fruchtigen Fußabdrücken quer durch das Wohnzimmer und den Gang bis zu Jérômes Schlafzimmer im Teppich. Wer diese Schweinerei aufwischte – sicher nicht ich –, musste hart im Nehmen sein.

Jérôme besaß wirklich ein einzigartiges Talent. Immer wieder schaffte er es, Frauen, die ihn kaum kannten, zu solchen Abenteuern zu bewegen. Letzten Sommer zum Beispiel hatte ich ihn von meinem Zimmerfenster aus beobachtet, wie er mitten in der Nacht im Innenhof mit einem Strumpf über dem Kopf versuchte, zwei Frauen in Unterwäsche und einen kläffenden Chihuahua einzufangen.

Da sonst nichts da war und mein Magen knurrte, suchte ich den Tisch nach etwas Verwertbarem ab. Ich fand eine heil gebliebene Mangohälfte und eine Orange und ging ins Bett.

Ich träumte gerade von Fleur und einem braunen Holzboot mit weißen Segeln, als mein Handy vibrierte. Müde tastete ich im Dunkeln den Nachttisch ab und hielt es ans Ohr.

Es war Paul. Er lallte. »Loouiiiis …!«

»Was willst du?«

»Hihi – zu dir will ich. Zu diiiihiiir, hicks.«

Ich setzte mich auf. Es war halb drei Uhr in der Nacht. »Bist du schon wieder besoffen?«

»Hahaa … ein gaaanz klitzekleines bisschen vielleicht …«

»Wo bist du? Geh nach Hause.«

»Vor deiner … hicks … Tür. Vor deiner Tühüür bin ich. Looouuiiis! Aaaufmachen!«

»Verschwinde, ich will schlafen.«

»Loouuiiiis. Das … hicks … hicks … das ist ein Notfall.«

»Hau ab.«

»Nein.« Die Klingel ging los und hörte nicht mehr auf. Ding-dong, ding-dong, ding-dong …

»Verflucht noch mal, Paul, hör auf damit. Du weckst noch das ganze Haus.«

Aber er schellte munter weiter und hörte erst auf, als ich aus dem Bett sprang und den Türöffner drückte.

Die Nasenwurzel massierend, stellte ich mich in Boxershorts auf die Türschwelle, bereit, ihn umgehend aufs Sofa schlafen zu schicken oder nach Hause zu komplimentieren. Aus Jérômes Schlafzimmer drang derweil lautes Stöhnen.

Schritte ertönten im Treppenhaus. Er war nicht allein. Ein Bier zischte und es roch nach Zigarettenrauch.

Schwankend und von Schluckauf geschüttelt zog sich Paul das Geländer hoch. Hinter ihm folgte mit kurzen Trippelschritten eine aufgetakelte Blondine im Ledermini. Ihre Leopardenpumps klopften wie Stockschläge auf den Holzstufen. Glänzendes Haarspray hielt ihre füllige Mähne in Form und verlieh ihr im hellen Licht des Treppenhauses einen falschen Heiligenschein. Durch das blaue Netztop schimmerte ein gelber BH. So sah also der Notfall aus: eine Prostituierte.

Gebeugt wie ein alter Mann kam er auf mich zu und drückte mich fest an sich. »Das ist Lorena«, sagte er und hickste. »Ich hab doch so dünne Wände, und meine … hicks … Nachbarn sind Denunzianten …« Er lachte, als fände er das Wort Denunzianten besonders komisch. »Ich hab doch schon so viele Beschwerden. Ich ersuch um … hicks … Asyl, hochfisziell.«

Das Gestöhne aus Jérômes Schlafzimmer schwoll an.

Ich nahm ihn beiseite. »Mann, Paul, lass die Finger von der Tante. Du bist ja total dicht.«

»Hehe, schön locker bleiben«, wehrte sich Lorena, die gleichzeitig Bier trank, Kaugummi kaute und rauchte. »Ich pass schon auf deinen Freund auf. Ist nicht der Erste. Komm, lass uns rein.«

»Paul, ist das wirklich dein Ernst?«

»Mein voller Oberernst. Lorena ist wunder … hicks … voll.«

Er wollte nicht auf mich hören. Da er sowieso viel zu besoffen war, um noch einen hochzukriegen, ließ ich ihn gewähren. »Na gut, meinetwegen«, sagte ich. Und zu Lorena: »Geh, sobald ihr fertig seid, ich will schlafen. Und bleibt vom Esstisch weg.«

Lorena drängte sich an mir vorbei hinein. »Was für ein Saustall …«

»Danke, danke, edler Ritter in der … hicks … größten Not.« Paul verbeugte sich theatralisch, schwenkte den Kopf und stieß laut jaulend gegen die Kommode.

Ich ging ins Bett und starrte an die Decke. Tess' nicht enden wollendes Gestöhne raubte mir den letzten Nerv. Warum nur musste die Welt ausgerechnet in dieser Nacht so ein Irrenhaus sein? Wie zum Beweis dafür, dass ich nur von Gestörten umgeben war, brach im Wohnzimmer ein wilder Streit los. Paul hatte erst jetzt begriffen, dass Lorena eine Bezahlung erwartete – und zwar im Voraus. Doch er weigerte sich rundheraus, auch nur eine müde Münze lockerzumachen. Er dachte nicht daran. Von Tess' schneller werdendem Stöhnen untermalt, keifte Lorena: »Sag mal, bist du bekloppt?! Glaubst du etwa, mit einem wie dir treib ich's umsonst?«

»Nie bezahl ich für dich. Kannst du gleich ver … hicks … gessen! Niieee!«

Es reichte. Endgültig.

Ich stürmte ins Wohnzimmer und forderte Lorena zum Gehen auf. Paul wollte ich sicherheitshalber dabehalten, aber er schüttelte trotzig den Kopf. Kurzerhand setzte ich beide auf die Straße.

Wieder unter der Bettdecke musste ich feststellen, dass der Streit draußen nun vollends eskalierte. Sie schrien sich in voller Lautstärke an.

Tess stöhnte.

Wenn das so weiterging, kreuzten demnächst die Bullen auf. Ich musste etwas unternehmen. Aufs Neue quälte ich mich aus dem Bett und zog einen Hunderter aus der Brieftasche.

Vor dem Haus erwartete mich ein Bild der Erbärmlichkeit: Lorena zerrte den mitten auf der Straße am Boden kauernden Paul beidhändig an den Haaren und zeterte: »Du elender Betrüger, gib mir mein Geld!«

Ich ging dazwischen. Lorena schimpfte entsetzlich und wollte sich überhaupt nicht mehr beruhigen. Sie schlug wild um sich. Ich packte sie am Handgelenk und hielt sie mir vom Leib. Im Schatten auf der anderen Straßenseite näherten sich die Umrisse eines Mannes. Er blieb stehen und beobachtete uns. Ich kümmerte mich nicht weiter um ihn, denn vom Ende der Straße her steuerte ein Streifenwagen direkt auf uns zu.

Ich streckte Lorena den Schein entgegen und sagte: »Nimm das und halt die Klappe!«

Sie steckte das Geld ein und gab augenblicklich Ruhe.

Der Wagen stoppte. Auf der Beifahrerseite stieg ein fetter Polizist aus. Der zweite Uniformierte streckte lässig den Ellbogen aus dem Fenster. Die Hände in seine runden Hüften gestützt, fragte er streng: »Was geht hier vor?«

»Nichts, Monsieur«, antwortete Lorena zuckersüß. »Unser Freund hier hat bloß einen leichten Schwips. Wir sind gerade dabei, ihn heimzubringen.«

Der Polizist tippte Paul mit der Schuhspitze an. Paul japste und rollte auf den Rücken.

»Der ist ja volltrunken! Wir drehen jetzt eine Runde um den Block. Wenn wir wieder hier vorbeikommen und ihr ihn bis dahin nicht weggeschafft habt, landet er in der Ausnüchterungszelle. Das wird teuer.«

»Alles klar, machen wir«, versprach ich.

»Sie«, mahnte er mich, »das ist kein Saunaklub hier. Ziehen Sie sich gefälligst an, wenn Sie aus dem Haus gehen. Und hört mit dem Geschrei auf, sonst setzt es eine Anzeige wegen Ruhestörung.«

Er stieg ein. Der Wagen fuhr rückwärts davon.

Ich fasste Paul unter den Armen und versuchte, ihn hochzuheben. »Lorena, hilf mir mal.«

»Pff. Hilf dir doch selbst.« Sie stolzierte in entgegengesetzter Richtung zur Polizei davon.

Der Schattenmann nahm den gleichen Weg wie Lorena, zur Rue des Alpes. Ich sah ihm nach. In einiger Entfernung blieb er stehen und wandte sich um. Mich traf fast der Schlag. Es war Gaspar.

Ich fluchte, was das Zeug hielt. Aus lauter Wut hätte ich beinahe den Rückspiegel eines geparkten Autos abgetreten. Was trieb Gaspar mitten in der Nacht im Pâquis? Das war absolut nicht seine Gegend. Sonst hockte er immer in diesen aufgeblasenen Altstadt-Bars herum – warum nicht heute? Er hatte alles mitangesehen, die ganze Szene: wie Lorena Paul an den Haaren gezerrt hatte, wie wir von diesem Polizisten zurechtgewiesen wurden und wie ich ihr halb nackt Geld zugesteckt hatte. Und das ausgerechnet jetzt, da er ohnehin schon wütend auf mich war. Verdammt! Das war schlecht. Ganz schlecht. So wie ich Gaspar kannte, würde er das Ganze zu meinen Ungunsten interpretieren und dann gegen mich verwenden. Was wirklich passiert war oder ob ihn meine Freizeit etwas anging oder nicht, zählte dabei herzlich wenig. Vermutlich würde er es als »unprofessionelles und rufschädigendes Verhalten« oder etwas in der Art bezeichnen, ich sah es schon kommen. Mein ruhiges Dahinwerkeln war akut gefährdet. Fluchend verwarf ich die Hände und bückte mich zu Paul hinunter:

»Mann, hast du eine Ahnung, wer das war? Das war mein Boss, Gaspar. Der Geistesgestörte. So eine Scheiße!«

Er stöhnte nur und streckte sich am Boden aus.

Seine Motorik hatte ihn verlassen. Ich musste ihn heimbringen. Wenigstens wohnte er ganz in der Nähe. Ob ich mir vorher noch eine Hose anziehen sollte? Nicht, dass man mich noch als Sittenstrolch einbuchtete. Das wäre die Kirsche auf der Torte gewesen. Vor der Haustür merkte ich, dass ich meine Schlüssel vergessen hatte. Jérôme aus dem Bett zu klingeln könnte dauern. In Anbetracht der Umstände war es besser, das Feld zu räumen, als den Bullen ein zweites Mal zu begegnen. Unweigerlich fing ich an zu lachen und hob Paul hoch. Das alles war einfach zu absurd. Er wimmerte und schniefte wie ein kleiner Junge. Seinen Arm um meinen Hals gelegt, schleppte ich ihn Schritt für Schritt neben mir her.

Aus *Michas Taverne* torkelten die Schnapsleichen. Ausgemergelte Säufer, für die es keine Hoffnung mehr gab. In den Imbissbuden stopften nachtschwärmende Studenten, denen Arbeitstage und Wochenenden gleichviel waren, fettige Burger und Kebabs in sich hinein. Und mittendrin schleifte ich in Unterhosen meinen Kumpel durch die Gegend.

Vor dem Wohnhaus in der Rue Abraham-Gevray setzte ich ihn auf den Boden und kramte seinen Schlüssel aus der Hosentasche. Es gab keinen Lift. Ich schleppte ihn die ganzen sechs Stockwerke hoch. Oben angekommen, legte ich ihn in Seitenlage ins Bett und wischte mir den Schweiß von der Stirn. Dann stellte ich den Wecker auf halb neun.

Paul redete wirres Zeug. Er war kaum zu verstehen. Die einzigen Wörter, die ich zweifelsfrei verstehen konnte, waren »Bastarde« und »gefeuert«.

»Die haben dich gefeuert?«, fragte ich, erhielt aber keine Antwort.

Möglicherweise hatte er sich deswegen volllaufen lassen. Wie auch immer. Die Nacht war zu weit fortgeschritten, um dem nachzugehen. Ich hatte andere Probleme.

Nach der Polizei Ausschau haltend, huschte ich durch die Nacht. Jérôme brauchte entsetzlich lange, bis er aufmachte.

Als ich endlich wieder im Bett lag und Ruhe einkehrte, war ich zu aufgewühlt, um noch schlafen zu können. Die Sache mit Gaspar barg ziemlich Zündstoff. Vielleicht, so hoffte ich, hatte er mich ja gar nicht erkannt; vielleicht war die Schattengestalt ja auch jemand ganz anderes gewesen …

Warme, nach frischen Brötchen duftende Papierbögen glitten auf die Ablage. Es war exakt neun Uhr und es herrschte volle Betriebsamkeit. Übermüdet und angespannt klopfte ich bei Gaspar an.

»Mach die Tür zu«, befahl er.

Ich gehorchte und breitete den Papierstapel auf dem Tisch aus.

Er musterte mich. »Wie viele sind es?«

»Fünfundzwanzig.«

Dicke Ringe hingen unter seinen Augen. Er lutschte ein Bonbon. Als überflöge er die Seiten eines veralteten Modekatalogs, blätterte er die Ausdrucke durch. Nach zwanzig Sekunden war er fertig. »Ich sehe sie mir später an.« Seine Miene verfinsterte sich.

Ich ahnte, was nun kam und versuchte, mir nichts anmerken zu lassen.

Er stand auf, schnalzte mit der Zunge und ging vor der Fensterwand auf und ab. »Da verzichtet man einmal im Leben auf ein Taxi ...« Er sprach mit kalter und harter Stimme. »Nichts Böses ahnend nehme ich nach einem netten Abend bei Freunden den Heimweg unter die Füße und was sehe ich: dich und deinen Junkiefreund, wie ihr es euch von einer billigen Hure besorgen lasst und euch dann auch noch weigert zu bezahlen. Ihr werdet gar handgreiflich, so dass am Ende die Polizei anrücken muss. Eine Keilerei mit einer Nutte, mitten auf der Straße. Nuttenprellerei in Unterhosen!« Sein Zeigefinger schnellte mir entgegen. »Was fällt dir ein, dich so zu benehmen!«

»Gaspar, so war das nicht. Ich schlief ... mein Kumpel hat mich aus dem Bett geholt. Ich wollte ihm doch nur helfen ...«

»Versuch nicht, mich für dumm zu verkaufen! Diese Räubergeschichten kannst du einem anderen auftischen.«

Zum Glück war der Glaswürfel einigermaßen schalldicht und Laura nicht an ihrem Platz. Diese Geschichte hätte sie unmöglich für sich behalten können.

Er stellte sich an den Tisch und verschränkte die Arme vor der Brust. »Deinen Lebenswandel kann ich dir schlecht vorschreiben. Wenn du dich allerdings in der Öffentlichkeit derart unzivilisiert verhältst und damit den Ruf unseres hoch angesehenen Hauses beschmutzt, dann …«

Ich schüttelte den Kopf und wollte ihm widersprechen, aber ich kam nicht zu Wort.

»Du scheinst unterfordert zu sein. Sonst würdest du dir derartige Eskapaden nicht leisten. Ein paar Stunden arbeiten, Dienst nach Vorschrift, nur immer schön die Vorgaben einhalten, mich vor meinen eigenen Leuten auslachen und dann nichts wie raus hier und die Sau rauslassen.«

Seine Worte schnürten mir die Kehle zu.

»Wenn du glaubst, du kannst mir auf der Nase herumtanzen, hast du dich gewaltig geschnitten. Die Vorgabe lautet auf fünf Prozesse die Woche, richtig?«

»Ja.«

»Dann nehme ich hiermit eine Planänderung vor. Von heute an sind es zwölf. Jeden Montag, beginnend mit dem nächsten, Punkt neun Uhr, wirst du mir zwölf neue Prozesse auf den Tisch legen und mir zu jedem einen knappen mündlichen Bericht liefern.«

Ich schluckte leer. Zwölf Prozesse, das war Wahnsinn.

»Und wenn du damit durch bist, werden wir eine neue Aufgabe für dich finden. Ein kluger Junge wie du braucht Förderung.« Mit besonderer Giftigkeit fügte er hinzu:

»Nicht, dass du mir auf noch mehr dumme Gedanken kommst. Pass gut auf: Ich gebe dir eine zweite Chance. Es ist deine letzte. Du tätest gut daran, sie zu nutzen. Vergiss nicht: Im Umkreis von zweihundert Kilometern kenne ich jeden, der etwas zu sagen hat, und ich bin mir sicher, dass niemand einen Mitarbeiter mit einer Schwäche für Drogen und Nutten gebrauchen kann. Hier, und nur hier bei mir, bist du gut aufgehoben. Keine Sorge, wenn du dich anstrengst, werde ich dein kleines Geheimnis für mich behalten. Verscherz es dir also nicht mit mir. Hast du kapiert?«

»Aber …«

»Nichts aber! Ob du kapiert hast, habe ich gefragt.«

»Ja.«

»Gut. Und jetzt raus.«

Ich stieg direkt in den Lift und verließ das Gebäude. Ich brauchte frische Luft, meine Beine zitterten.

Es war noch schlimmer gelaufen, als ich befürchtet hatte. Von nun an musste ich wie ein Hund nach seiner Pfeife tanzen. Tat ich es nicht, schaffte ich mir einen mächtigen Feind, dem es ein Leichtes war, mir das Leben zur Hölle zu machen. Das war seine Rache dafür, dass ich geschmunzelt hatte, nur darum ging es. Nun konnte er mich in die Mangel nehmen, ohne dass es nach Willkür aussah. Was in der Nacht tatsächlich vorgefallen war, kümmerte ihn kein bisschen.

Zurück an meinem Platz fragte Claire, was passiert war. Ich erzählte ihr von den zwölf Prozessen. Das nächtliche Intermezzo verschwieg ich. Ich erwähnte nur, dass er mit meiner Einstellung nicht zufrieden sei. Sie entschuldigte sich hundertmal und sagte, es sei alles ihre Schuld.

Ich winkte ab und drang darauf, dass das eigentliche Thema nicht das Schmunzeln gewesen und es ausschließlich meine Schuld sei. Sie solle sich meinetwegen nicht unnötig schlecht fühlen.

»Nein wirklich, Claire«, mischte Émile sich schadenfroh ein, »hör auf ihn. Ausnahmsweise hat er recht.«

Über den Tisch hinweg fuhr ich ihn an: »Halt einfach dein Maul, Émile, sonst …«

»Sonst was? Willst du mir eine reinhauen?«

»Jungs, Jungs. Reißt euch zusammen. Wie alt seid ihr?«

Um Beherrschung ringend, starrte ich auf den Sperrbildschirm und stellte mir krampfhaft mein Segelboot vor. Ruhig bleiben, sagte ich zu mir selbst. Bleib ruhig. Ich durfte mich nicht provozieren lassen. Ich musste durchhalten. Durchhalten und ruhig bleiben. Mein Tag würde kommen.

Ich verschaffte mir einen Überblick. Irgendwie musste ich das Wochenziel erreichen. Ich verschob Sitzungen vor und durchforstete meinen Ordner nach Entwürfen, was jedoch nicht viel einbrachte. Sodann suchte ich mir aus meinen Notizen die mutmaßlich einfachsten Prozesse heraus und machte mich an die Arbeit. Es war schwer, die Wut auf Gaspar und Émile zu unterdrücken und mich zu konzentrieren. Diesem Wirklichkeitsverdreher und diesem kleinen Kläffer von Émile, beiden hätte ich zu gerne das Maul gestopft. Ich dachte an mein Boot. Weiße Segel. Unendlicher Ozean. Blauer Himmel. Durchhalten. Ruhig bleiben …

Als ich ging, buckelten nur noch Émile und ein paar Versprengte vor ihren Flimmerkisten. Mein Hirn gab heute nichts mehr her. Ich würde einfach am nächsten Morgen früher aufstehen. Am Rande der Nacht, im Zwielicht des sich zu Ende neigenden Tages, wartete ich an der Ampel beim Pont du Mont-Blanc. Ich löste meinen Krawattenknoten und meine Augen folgten einem froschgrünen Lieferwagen, der über die Brücke fuhr. Dabei trafen sie auf eine Schönheit in einem hellblauen Kleid und Sandalen, die geradewegs auf den Zebrastreifen zusteuerte. Es war Fleur. Sofort schlug mein Herz höher.

Sie stellte sich direkt neben mich. Jetzt oder nie!

»Salut«, sagte ich und schaute ihr tief in die Augen.

»Salut«, sagte sie.

Die Ampel schaltete auf Grün und die Leute setzten sich in Bewegung. Nur ich blieb stehen. Meine Beine machten keinen Wank. Sie zögerte, wartete darauf, dass ich etwas sagte, aber ich gaffte sie nur an wie ein verschrecktes Reh die nahenden Autolichter und wusste nicht, was ich tun oder lassen sollte. Es war, als hätte ein Windstoß alle Gedanken und jeden Funken Verstand aus meinem Kopf gefegt.

Sie grinste und sagte: »Man sieht sich.«

Die Ampel sprang zurück auf Rot und ich stand immer noch da und sah ihr nach. Ich Dummkopf.

Aber sie hatte »man sieht sich« gesagt, was bedeutete, dass sie mich wiedererkannt hatte. Immerhin, das war doch was. Für einen kurzen Moment vergaß ich alles: meine eigene Trotteligkeit und auch den ganzen Ärger mit Gaspar. Mir kam eine Idee. Keine besonders gute, aber möglicherweise würde sie mir helfen, das Eis zu brechen. Wenn ich mir einen vorgefertigten Text ausdächte und einprägte, bräuchte ich nicht nach Worten zu suchen, wenn sie mir das nächste Mal über den Weg lief.

In einem orientalischen Imbiss grübelte ich bei einer Portion Falafel darüber nach und kam zum Schluss, dass es am besten wäre, sie ohne Umschweife auf einen Drink einzuladen. Keine ausufernden Reden, nicht lange fackeln. Einfach hallo sagen und fragen. Keine Ausreden mehr. Es war endlich an der Zeit, etwas zu wagen, selbst wenn ich damit das Risiko einging, eine Abfuhr zu kassieren …

Zu Hause kroch Jérôme über den Boden und rieb mit einer Schuhbürste und Seifenwasser die Flecken aus dem Teppich. Seine Tatkraft und mein neuer Vorsatz inspirierten mich trotz meiner Müdigkeit dazu, ebenfalls Ordnung zu schaffen und meinen Wäscheberg – es waren ganze vier Trommeln – in die Waschmaschine zu stopfen und das zwanzigminütige Kurzprogramm laufen zu lassen. Den Haufen mit den Hemden verfrachtete ich in einen Plastiksack, den ich am nächsten Morgen bei der Wäscherei abgeben wollte. Zwischen den Waschgängen bezahlte ich am Laptop offene Rechnungen und versuchte erfolglos, Paul an die Strippe zu bekommen.

Erst kurz vor Mitternacht rief er zurück und erzählte mir, dass man ihn entlassen habe. Keine vierundzwanzig Stunden und einen fulminanten Absturz später schien ihn das jedoch kaum noch zu kümmern. Sorglos und voller Vorfreude verkündete er: »Schon ab nächster Woche bin ich freigestellt und bekomm drei Monatsgehälter obendrein. Ist doch super, oder?«

»Sag mal, du hörst dich nicht an wie jemand, den man gerade rausgeschmissen hat.«

»Na ja, gestern, da fand ich das noch schlimm. Ziemlich schlimm sogar. Ich mein, wer wird schon gern gefeuert? Keiner – selbst wenn man den Job gehasst hat. Aber jetzt, wo ich drüber nachgedacht hab, ist's eigentlich grad der rechte Zeitpunkt für was Neues.«

»Was Neues?«

»Erzähl ich dir dann. Ist noch nicht ganz spruchreif.«

»Scheint ja was Gewichtiges zu sein, wenn du so ein Geheimnis daraus machst. Deinetwegen stecke ich ganz schön in der Tinte.«

»Warum denn?«

»Erinnerst du dich überhaupt an letzte Nacht?«

»Ich weiß noch, dass ich mich mit dieser Lorena gestritten hab und dass da ein Polizist war.« Er lachte. »Und du in Unterhosen.« Er lachte lauter. »Und dass du an meinem Bett gesessen und den Wecker gestellt hast.«

An Gaspar erinnerte er sich nicht mehr. Ich erzählte es ihm. Und auch, dass er mich heute Morgen in die Mangel genommen hatte und mich jetzt auspresste wie eine Zitrone. »Ab heute bin ich sein Leibeigener.«

Paul fand das wahnsinnig lustig. Er hörte gar nicht mehr auf zu lachen. »Ach du Kacke, Louis, das tut mir leid. Echt. Nee, das wollt ich nicht, das musst du mir glauben.«

»Das hilft mir jetzt auch nicht weiter.«

»Mach dir keinen Kopf. Das pendelt sich schon wieder ein.«

»Du kennst Gaspar nicht.«

»Was soll ich machen? Passiert ist passiert. Ein Vorschlag zur Güte: Für Samstag reservier ich uns die *Yarrabee* – den ganzen Tag. Und du sorgst für den Proviant. Ich weiß, das macht es nicht ungeschehen, aber besser als nix. Oder soll ich zu Gaspar gehen und ihm alles erklären?«

»Bloß nicht.«

»Eben.«

»Donnerstag im *Mascotte*?«, fragte ich.

»Ich passe. Meine Leber ist schon geschwollen genug. Wir seh'n uns Samstag früh.«

5 DIE GALÉRIE FLEUR

Schwarze blitzewabernde Wolken zogen sich über der Stadt zusammen. Der Wind strich durch die Bäume und kräuselte die Wasseroberfläche. Es roch nach Sturm und Regen. Eine Stunde blieb noch, bis es losging, schätzte ich. Das reichte für einen kleinen Spaziergang durch den Parc Saint-Jean. Ich hatte zwölf Stunden durchgearbeitet und dabei kaum mehr getan, als meine Arme zu bewegen und ab und zu mit den Füßen zu wackeln. Das übliche Donnerstagabend-programm im *Mascotte* fiel aus. Und bevor ich es mir mit einer Pizza auf dem Sofa gemütlich machte und mich dem Studium der Andamanensee widmete, die seit einiger Zeit meine Seglerfantasien befeuerte, brauchte ich Bewegung.

Als ich an die Stelle kam, an der eigentlich der Zugang zum Park hätte sein sollen, fand ich eine weitläufig umzäunte Baustelle vor. Betreten verboten. Hinter der Absperrung standen zwei kleine Bagger und ein gelber Bauwagen. Überall türmten sich Erdhaufen. Eine Tafel informierte über die Umgestaltung und zeigte ein animiertes Bild mit dichterem Baumbestand, einem Steinbrunnen und grünen anstatt roten Bänken. Ich ging um die Baustelle herum und folgte entgegen der Verkehrsrichtung einer schmalen Einbahnstraße, die leicht bergan um die Anlage herumführte und in eine zweispurige Straße mündete. Ein schneidend kühler Hauch kam mir entgegen. Der Wind frischte auf.

Und wie zum Beweis, dass meine Wetterprognosen grundsätzlich nichts taugten, schossen Blitze aus den Wolken und schlugen wenige Kilometer entfernt mit heftigem Donnern ein. Wenn ich es noch trockenen Fußes nach Hause schaffen wollte, musste ich mich beeilen.

Ich folgte weiter der Einbahnstraße. Zwanzig Meter trennten mich von der Abzweigung, da betrat eine rothaarige Frau mit einem luftigen Sommerkleid mein Blickfeld. Ich traute meinen Augen nicht. Es war Fleur. Sie trug eine ausgebeulte Stofftasche über der Schulter und ging schnell. Offenbar rechnete sie damit, dass es jeden Moment zu regnen anfing. Sie verschwand auf dem Bürgersteig hinter der Absperrung. Ich rannte hoch und sah sie die Straßenseite wechseln. Dass ich ihr in so kurzer Zeit gleich zweimal begegnete, glich einem kleinen Wunder. Ein Wunder, das nicht sinnlos verpuffen durfte. Geh hin und lade sie zu einem Drink ein, ermahnte ich mich selbst. Sei kein Angsthase, du hast es dir fest vorgenommen. Bevor ich Zeit hatte, es mir anders zu überlegen, heftete ich mich an ihre Fersen. Sie huschte den Boulevard James-Fazy hinauf, der wie ausgestorben dalag. Ich folgte ihr, vorbei an geschlossenen Läden und umgewehten Fahrrädern. Unsere Kleider flatterten im Wind. Die Bäume bogen sich. Sie verschwand in einem Hauseingang, und ich dachte schon, sie sei mir entwischt. Doch dann ging in einem Schaufenster Licht an und ein leuchtendes Viereck hob sich vom Grau der Umgebung ab. Im nächsten Augenblick öffnete der Himmel seine Schleusen. Dicke schwere Regentropfen prasselten wie Gewehrfeuer auf die geparkten Autos. Das Wasser spritzte kniehoch vom Boden in alle Richtungen auf, so dass man nicht einmal unter den Vordächern mehr sicher war. Innerhalb von Sekunden bildeten sich an den Bordsteinen rasch anwachsende Rinnsale. Fontänen schossen aus den Fallrohren und die Temperatur sackte um mehrere Grad ab. Ich befand mich mitten in einer Sintflut. Das Jackett über den Kopf gezogen, rannte ich vor das beleuchtete Schaufenster. »Galérie Fleur« stand darauf. Ich schob eine herabhängende Ranke Efeu zur Seite, der rundherum die Fassade erklomm, und spähte in einen kalkweißen Raum, der gewölbt war wie ein alter Keller und nicht mehr als fünf auf fünf Meter maß. In der Mitte, genau am höchsten Punkt, baumelte eine einzelne nackte Glühbirne, die ein angenehm helles Licht verbreitete. An den seitlichen Wänden hingen, einander gegenüber, in gleichmäßigen Abständen ungerahmte Bilder, auf denen ich Landschaften und, ich war mir nicht ganz sicher, schemenhaft Menschen erkannte. An der hinteren Wand befand sich links ein Waschbecken, rechts ein weißer Schrank und dazwischen eine Tür. Fleur rückte sorgfältig ein Bild zurecht und machte ein paar Schritte rückwärts, um sich zu vergewissern, dass es gerade hing. Es dauerte nicht lange, bis sie mich bemerkte. Sie sah mich an. Ihr Gesichtsausdruck schien zu sagen: Was zum Teufel macht der da im Regen? Zögerlich deutete ich zum Eingang. Jetzt gab es kein Zurück mehr. Sie öffnete und streckte den Kopf heraus, zog ihn aber gleich wieder ein.

»Kann ich dir helfen?« Der Regen dämpfte ihre Stimme.

»Ich bin Louis«, sagte ich etwas ungelenk.

»Hallo, Louis«, antwortete sie und stutzte. »Dich kenne ich doch.«

»Ja, kann sein, irgendwie.« Der Regen durchweichte meine Kleider.

»Irgendwie?« Sie lachte und hielt die Tür auf. »Na dann, komm rein.«

Ich schlüpfte an ihr vorbei ins Trockene.

Sie streckte mir die Hand entgegen. »Ich bin Fleur. Brrr – deine Hand ist ja eiskalt. Was machst du draußen bei dem Wetter?«

»Ich war auf dem Umweg ... also auf dem Heimweg über einen Umweg. Ich wollte mir ein bisschen die Beine vertreten. Dann hat es angefangen ...« Das hörte sich zwar dämlich an und unterschlug gewisse Aspekte der Wahrheit, war aber auch nicht gelogen. Wenigstens verließen Wörter meinen Mund.

Sie zeigte auf einen Stuhl. »Bitte, setz dich.«

Ich nahm an einem schweren Eisentisch Platz, auf dem eine uralte Registrierkasse stand. Daneben verbreiteten späte Frühlingsblumen in einer bunten Vase ihren süßen Duft.

»Möchtest du einen Tee?«

»Gerne.«

Sie holte einen Wasserkocher aus dem Schrank und füllte ihn auf. »Du und dein Kumpel, ihr seid oft im *Mascotte*, nicht wahr?«

Ich nickte.

»Ich bin das Maskottchen«, sagte sie.

»Ja, ich weiß ... Wir haben donnerstags einen Tisch, Paul und ich. Das *Mascotte* ist unser Stammlokal.«

»Und ihr trinkt gerne Gin. Eine große Karaffe. Das typische Fluoreszieren fällt mir jedes Mal auf.«

»Na ja, ganz so groß sind die Karaffen nun auch wieder nicht ...«

Sie lachte. »Ich wollte damit nicht andeuten, dass ihr Schnapsnasen seid.«

»Sind die Bilder alle von dir?«, fragte ich aus Neugier – und um das Gespräch von meinen donnerstäglichen Trinkgewohnheiten wegzuführen.

Sie nickte.

»Du bist also eigentlich Malerin und gleich noch deine eigene Galeristin?«

»Ich versuche es zumindest.«

»Und ich dachte immer, du wärst eine Studentin, die sich im *Mascotte* etwas dazuverdient.«

»Mit dem Dazuverdienen liegst du nicht ganz falsch. Ohne diese Auftritte könnte ich meinen Laden dichtmachen. Aber ich tue es nicht nur des Geldes wegen, es macht mir auch sehr viel Spaß.« Sie goss Lindenblütentee auf und reichte mir eine dampfende Tasse und eine Zuckerdose. »Wir sind uns schon vorgestern begegnet, an der Kreuzung beim Pont du Mont-Blanc; erinnerst du dich? Du hast dort auf jemanden gewartet.«

»Gewartet?«, fragte ich verdattert.

»Du bist bei Grün nicht losgelaufen.«

»Ach ja, stimmt ...« Ich war überrascht und froh, dass sie meine Kopflosigkeit auf diese Weise interpretierte – wenigstens eine Peinlichkeit, die mir erspart blieb.

Der Regen peitschte gegen die Scheibe. Blitze leuchteten und Donner krachte. Ich war vom Kopf bis zu den Zehen restlos durchnässt, aber das war mir vollkommen gleich, denn ich saß in Fleurs Galerie und trank Tee mit ihr. Das war der Drink, den ich mir gewünscht hatte. Das Schwierigste war überstanden. »Darf ich sie mir ansehen?«

»Die Bilder? Sicher. Wenn du magst, gebe ich dir eine kleine Führung.«

»Gerne.« Es war mir unangenehm, dass ich alles volltropfte, aber sie beschwichtigte. Der Boden sei nicht heikel und trockne schnell.

Bei den Bildern handelte es sich um eine Serie mit dem Namen *La côte – Küste*. Sie war das Resultat einer Sommerreise von A Coruña im Nordwesten Spaniens um die Iberische Halbinsel herum und die französische Mittelmeerküste entlang bis nach Marseille.

»Küsten sind voller Gegensätze«, erläuterte sie während unseres Rundgangs ihre Herangehensweise, »Sattheit und Kargheit, Licht und Schatten, Leichtigkeit und Kraft, Schönheit und Schroffheit, Geborgenheit und Gefahr. Oft findet sich alles gleichzeitig an einem Ort. Und trotzdem ist es am Ende meist nur ein einzelner Eindruck, der haften bleibt. Eindrücke und Stimmungen lassen sich am besten mit dem Pinsel einfangen. Viel besser als mit einer Kamera. Dass die Bilder erst Monate später auf der Basis von Notizen und Skizzen entstanden sind, war zusätzlich hilfreich, weil ich mich an viele Details teilweise nicht mehr erinnerte und mich dadurch auf das Wesentliche beschränken musste. Beim Malen habe ich Elemente hervorgehoben, vernachlässigt oder abgeändert, bis das Bild die Stimmung aus meiner Erinnerung wiedergab. Die Kamera lässt sich zwar auf unendlich viele Arten einstellen, doch am Ende schafft sie nur ein Abbild der sichtbaren Umwelt; ein Gemälde hingegen erlaubt die Anreicherung eines Abbilds mit Emotionen, was die Visualisierung eines persönlichen Eindrucks überhaupt erst ermöglicht …«

Sie führte mich von einem Bild zum nächsten und sprach begeistert von Motiven und Maltechniken. Die Pinselstriche waren grob und die Ölfarben satt. Trotz fehlender

Details – sie nannte es abstrakten Realismus – wirkten die Szenen so lebendig, als befände man sich selbst darin.

Ich blieb vor einem Bild stehen und betrachtete es. Es war das größte von allen; man tauchte geradezu hinein: Ich spähte über einen Steinwall. Vor mir ein Strand. Mittagszeit. Windstille. Fußspuren eines Unbekannten zerflossen Welle für Welle in der trägen Mittelmeerbrandung. Im Hintergrund die Umrisse einer von linsenförmigen Wolken bedeckten Ortschaft.

Auf dem weißen Kärtchen darunter stand:

L'été aux Saintes-Maries-de-la-Mer –
Sommer in Saintes-Maries-de-la-Mer
2014

ÖL AUF LEINWAND, 100 X 130 CM

Ein Bild hatte es mir ganz besonders angetan. Es hieß *L'horizon* – Horizont und zeigte schematisch einen Weg aus Betonplatten, der hinaus auf eine Klippe zu einem eckigen weißen Gebäude führte, von dessen Dach ein Lampenhaus aufragte.

»Es sieht nicht unbedingt danach aus, aber es ist ein Leuchtturm«, erklärte sie mir.

Links des Weges stand eine niedrige weiße Säule mit einer blauen Plakette darauf, deren Inschrift verwaschen und unleserlich war. Je länger ich das Bild betrachtete, desto stärker breitete sich in mir das Fernweh aus. Die Farbe des Meeres war blau und freundlich und der Himmel einladend warm.

»Es steht für Aufbruch. Die Sehnsucht nach dem Neuen, dem Unbekannten.«

»Es gefällt mir.«

Sie schmunzelte, als ich ihr das sagte und meinte, es sei erst kürzlich fertig geworden. »Erst wollte ich es überhaupt nicht malen.«

»Warum nicht?«

»Ich fürchtete, es könnte kitschig werden. Aber es ist dann doch einigermaßen gut herausgekommen.«

»Ich verstehe ja nicht viel von Kunst, aber ich finde es großartig.«

Sie strahlte über das ganze Gesicht. Ich sah sie an, bemüht, meine Nervosität zu verbergen.

Das letzte Stück in der Reihe passte stilistisch nicht zu den anderen: Es war quadratisch und bestand aus scharfkantigen bunten Scherben, die ein Gesicht formten. Es stammte aus einer vorherigen Serie, hatte aber noch keinen Abnehmer gefunden.

»Ich mag alle Stile und wechsle hin und her«, antwortete sie auf meine diesbezügliche Frage. »Nur Stillleben mag ich nicht; die haben etwas Deprimierendes. Es muss schon lebendig sein. Wenn ich könnte«, platzte es aus ihr heraus, »wäre ich ständig auf Reisen und würde überall, wo ich hinkäme, malen, was ich gerade antreffe: Landschaften, Menschen, Tiere oder gleich alles zusammen …«

Damit schöpfte sie, ohne es zu ahnen, kräftig Wasser auf meine Mühlen. »Dann geht es dir ähnlich wie mir«, hob ich an. »Ich spare, damit ich mir ein Boot kaufen und um die Welt segeln kann. Genau genommen ist das der einzige Grund, weshalb ich jeden Morgen zur Arbeit gehe.«

»Ein Segler und noch dazu ein Abenteurer«, sagte sie amüsiert, »sieh an, sieh an.« Ihr Blick fiel auf die unwettergeplagte Straße. »Sieht nicht gut aus. Hast du Hunger?«

»Ich möchte keine Umstände machen …« Ihre Ungezwungenheit machte sie noch liebenswerter.

»Ach woher. Ich wollte sowieso gerade essen. Erwarte einfach nicht zu viel, mein Kühlschrank ist die reinste Wüste. Die Tasse kannst du auf dem Tisch da abstellen.«

Ich nahm ihr die Stofftasche ab. Sie enthielt ein ganzes Arsenal an Acrylfarben. Über die Hintertür betraten wir das Treppenhaus und stiegen in den ersten Stock. Unterwegs begegneten wir ihrem Vermieter, einem älteren Herrn namens Longchamp, der mit seiner Frau die oberen Stockwerke bewohnte. Er stank nach Schnaps und kaute auf einer erloschenen Zigarre herum. Oben angekommen stellte ich die Töpfe vorsichtig in ein windschiefes Regal, das vor Malutensilien überquoll: Tücher, Töpfe, Flaschen mit unbekannten Flüssigkeiten, Pinsel, Schaber und dergleichen mehr.

Ihr Studio maß keine zwanzig Quadratmeter. Aber es war hübsch. Ein hohes Fenster ging auf den Hinterhof. Es reichte vom Holzboden bis unter die Decke und war von schwarzen Längs- und Querstreben durchzogen. Die obere Hälfte ließ sich mittels eines Metallhebels nach außen kippen. Es stand offen. Ein schmaler Vorsprung verhinderte, dass Regen eindrang. Die Einrichtung war spartanisch: an der Wand ein Bett, neben dem Fenster ein Bücherregal, daneben eine Kochnische, ein Kühlschrank und ein kurzer Esstisch. Eine schmale Tür, die mindestens fünf Zentimeter vom Boden abstand, führte zu einem winzigen Badezimmer. Vor dem Fenster stand einc Staffelei mit einem unfertigen Bild, darauf ein paar Striche und Farbflecken.

Blitz und Donner hatten sich beruhigt, aber es goss immer noch wie aus Kübeln.

»Hier drin arbeite ich. Die Galerie ist zu klein und lässt sich schlecht lüften. Abends stelle ich alles raus auf den Flur.«

»Gute Idee. Farb- und Lösungsmitteldämpfe sollen ja angeblich blöd machen.« Noch während ich das sagte, hätte ich mich ohrfeigen können. Offenbar funktionierte mein Verstand in ihrer Anwesenheit immer noch nicht ganz richtig.

Glücklicherweise nahm sie es mit Humor. »Wenn man lüftet und nicht gleich die Nase in den Topf hält, geht's einigermaßen.«

Sie deckte den Tisch und schälte über dem Spülbecken eine Mango. Unterdessen nahm ich das Studio, alias Atelier, in Augenschein. Ihre Kleider hingen, von einer sonderbaren Konstruktion gehalten, von der Decke.

»Das ist mein fliegender Kleiderschrank«, sagte sie und sah auf. »Den kann man runterlassen und wieder hochziehen. Das spart Platz.«

Die Drähte dreier entbeinter Wäscheständer hielten allerlei Kleidungsstücke und Stoffsäcke. An den Ecken waren Schnüre befestigt, die über angebrachte Rollen zu einer Hauptrolle gelenkt wurden, welche die Schnüre der Wand entlang nach unten lenkte, wo sie auf Hüfthöhe mit einem waschechten Seemannsknoten um einen Metallbeschlag gesteckt waren.

»Ziemlich erfinderisch. Wo hast du den Kopfschlag gelernt?«

»Was ist ein Kopfschlag?«

»Das hier ist ein Kopfschlag.« Ich deutete auf den Knoten.

»Echt? Wusste ich gar nicht. Ich habe in Portugal ein Fischerboot fotografiert. Auf der Fotografie ist mir später dann dieser Knoten aufgefallen, mit dem ein Schiffstau um einen Pfosten gewickelt worden war. Er schien mir nützlich zu sein, und da habe ich ihn einfach nachgemacht.«

Es gab in Joghurt verrührte Fruchtschnitze, dazu eine Tomatensuppe aus dem Beutel und heißen Ingwertee. »Mehr ist nicht da.«

»Für jemanden in nassen Kleidern ist das ein Festmahl.«

Sie bot mir eine Decke an, aber ich wollte nicht wie ein Waschlappen aussehen und lehnte ab.

Sie erzählte mir, dass sie in Aubervilliers, einem Vorort von Paris, aufgewachsen war und an der Kunstakademie studiert hatte. Danach lebte sie mit ihrer Freundin Julie, einer Bildhauerin, eine Weile in einer Bruchbude an der Gare du Nord. Nach Genf hatte sie der Zufall verschlagen. Auf dem Rückweg von ihrer Sommerreise hatte sie einen dreitägigen Zwischenstopp in Lyon eingelegt und den Aufenthalt für einen kleinen Ausflug nach Genf genutzt, wo sie auf eine alte Buchhandlung mit einem Zu-verkaufen-Schild im Schaufenster gestoßen war. Die Vorstellung, den Verkauf ihrer Bilder selbst in die Hand zu nehmen und von niemandem abhängig zu sein, hatte sie schon immer gereizt, und der Laden mit dem Efeu rundherum und dem Bahnhof in Sichtweite gefiel ihr. Sie ging hinein und stellte fest, dass kaum mehr als ein wenig Staubwischen und ein Neuanstrich nötig waren, um eine Galerie daraus zu machen. Das Angebot war umso interessanter, da im Mietpreis auch das Studio inbegriffen war. Ihr ganzes bisheriges Leben hatte sie in Paris verbracht und die Stadt, von ihrer gerade getätigten Reise und einigen wenigen Kurzausflügen abgesehen, nie verlassen. Schon seit Längerem hatte sie den Wunsch nach einer Veränderung verspürt und so wagte sie ohne großes Nachdenken den Sprung ins Ungewisse.

»Hätte ich mich nicht ein paar Monate vorher von meinem Freund getrennt, wer weiß …, vermutlich wäre ich noch in Paris.«

Ich stieß einen innerlichen Freudenschrei aus und heuchelte: »Tut mir leid, dass es nicht geklappt hat.«

»Muss es nicht. Er war ein Trottel.«

Noch nie hatte sich das Wort Trottel in meinen Ohren besser angehört.

»Was ist mit dir, bist du von hier?«

»Nicht direkt«, antwortete ich. »Ich komme aus Montreux, vom anderen Ende des Sees. Ich kam fürs Studium und bin geblieben. So läuft's bei den meisten.«

»Und sobald du genug auf der Seite hast, kann's losgehen, richtig?«

»Das ist der Plan.«

»Was tust du, wenn dir unterwegs das Geld ausgeht?«

»Hafenarbeit, keine Ahnung, irgendwas findet sich immer. Ich brauche eben einen Puffer.«

»Und was für einen …«

»Na ja, es geht. Ich werde mich eben einschränken müssen und nicht in Saus und Braus leben können, aber darauf kommt es mir nicht an. Ich will einfach unterwegs sein; das ist das Wichtigste.«

»Dein Kumpel, begleitet er dich?«

»Nein, Paul hält das Ganze für eine Schnapsidee.«

Sie lachte. »Aber du musst doch jemanden haben, der mit dir kommt.«

»Bis jetzt nicht. Aber bis dahin ist es ja noch ein Weilchen …«

Wir hatten die gleiche Wellenlänge. Das Gespräch entwickelte sich wie von selbst und wir hüpften von einem Thema zum nächsten. Die Zeit verflog im Nu.

Ich fragte sie, weshalb sie sich nach jeder Vorstellung immer gleich davonstahl.

Sie sagte, die Zeit zum Malen sei knapp und die Zeit zum Feiern noch knapper. Meistens setze sie sich direkt vor die Staffelei und schlafe dann aus, andersherum eher selten, weil sie ein Morgenmuffel sei. »Ich öffne erst kurz vor Mittag. Früher aufzumachen würde nicht viel bringen. Kunst verkauft sich schlecht am Morgen.«

Sie ließ durchblicken, dass die Galerie nicht besonders gut lief und ihr die bevorstehende Ferienzeit, während der die Stadt sich leeren und die Verkäufe weiter sinken würden, Sorgen bereitete. Umso wichtiger war die Stelle im *Mascotte*.

Nirgendwo existierten Anzeichen für materiellen Überfluss. Gelegenheit zur Zerstreuung boten einzig ein alter Laptop, ein kleines Radio und einige Bücher, darunter ein paar Romane und ein dicker Bildband über die Architektur der Renaissance. Kein Gegenstand hätte sich entfernen lassen, ohne dass dadurch ein Mangel entstanden wäre. Sie besaß nur, was sie wirklich brauchte. Ihrem Optimismus und ihrer Heiterkeit tat diese Verknappung allerdings keinen Abbruch.

»Das wird schon«, versicherte sie. »Irgendwann kann ich davon leben und auch wieder auf Reisen gehen.«

Reisen, mein Lieblingsthema. Ich fragte, wo sie am liebsten hinreisen würde.

»Ich glaube, es gibt überall etwas zu sehen. Aber wenn ich wählen dürfte, dann ginge ich zuerst in die Südsee. Ich würde Einheimische in bunten Tapa-Tüchern und Blumen im Haar malen, so wie Gauguin.«

Über Polynesien hatte ich viel gelesen. Dabei war mir auch Gauguin mehrmals begegnet. Ich nutzte die Gelegenheit, um ein bisschen anzugeben: »Soweit ich weiß, ist er auf Hiva Oa, einer der Marquesas-Inseln, begraben, wo er seine letzten Lebensjahre verbrachte.«

»Oho, Monsieur kennt sich mit Gauguin aus«, erwiderte sie heiter.

»Ich weiß sogar noch mehr«, fügte ich schmunzelnd an. »Er hat sich für die Rechte der Einheimischen stark gemacht, insbesondere auf seiner zweiten und letzten Reise, und sich dabei mächtig Ärger mit der Obrigkeit eingehandelt. Ein waschechter Rebell, dieser Gauguin.«

»Und bevor er zum zweiten Mal losgefahren ist«, fügte sie hinzu, »hat seine Geliebte in Paris das ganze Atelier ausgeräumt und ist abgehauen. Nur die Bilder hat sie dagelassen. Das muss man sich mal vorstellen: Alles klaut sie ihm, aber das Wertvollste rührt sie nicht an.«

Wir lachten und rührten in unserer kalt gewordenen Suppe. Einige Sekunden lang erwiderte sie meinen Blick, ehe sie wegsah.

Keine Ahnung, wie lange wir noch geredet hätten, wenn nicht der Regen aufgehört und sie auf ihr Handydisplay geschaut hätte. »Oje, oje. Ich will dich ja nicht rauswerfen, aber es ist schon Viertel vor elf und um Mitternacht ist mein Auftritt. Du und Paul, kommt ihr auch?«

»Heute nicht, Paul ist angeschlagen. Aber bald wieder.« Zögerlich stand ich auf und nahm mein immer noch feuchtes Jackett von der Stuhllehne. Es gefiel mir nicht, einfach so zu gehen, und ich überlegte, was ich sagen könnte. Dabei kam ich mir vor wie ein dummer, unbeholfener Schuljunge. Ich wollte sie wiedersehen! »Danke für das Essen und den Tee …«

»Gern geschehen. Es war sehr unterhaltsam.«

Etwas verlegen stand ich vor ihr. Nach ihrer Nummer wurde sie sicher ständig gefragt. Außerdem wollte ich nicht aufdringlich erscheinen. Ich sagte einfach, was mir gerade einfiel: »Nach der Arbeit sitze ich manchmal beim Leuchtturm. Falls du da zufällig mal vorbeikommst, kannst du dich ja zu mir setzen. Dann können wir weiter plaudern.«

»Ja, warum nicht. Das lässt sich einrichten.« Ihre Wangen leuchteten rot. »Bis bald, Kolumbus.«

Ich reichte ihr die Hand und stammelte: »Ich … ich finde schon selbst raus.« Beim Hinausgehen fühlte ich mich, als schwebte ich einige Zentimeter über dem Boden.

Zwischen den düsteren Wolkentürmen funkelten vereinzelt die Sterne. Ich spazierte die wenigen Hundert Meter in die Rue de Neuchâtel und atmete glücklich die nach Regen duftende Luft. An Schlaf war nicht zu denken, dazu war ich viel zu aufgeregt. Ich brauchte Bier. Mindestens. Natürlich wäre ich am liebsten ins *Mascotte* gegangen, zu Fleur. Aber nach unserer Begegnung gerade eben wäre ich mir vorgekommen wie ein Stalker. Dann eben *Michas Taverne*.

Die ersten Minuten in *Michas Taverne* verlangten eine gewisse Resistenz gegenüber dem Geruch, der bei den Stammgästen als »Eau de merde«, eine Mischung aus Parfüm und Scheiße, bekannt war. Der Bartresen dieser aus der Zeit gefallenen Spelunke war nichts weiter als ein auf zwei Holzfässer genageltes Brett, mit einem Durchgang zu beiden Seiten, gerade breit genug, dass Björn, ein ungepflegter Däne unbestimmbaren Alters, dessen kugeliger Bierbauch stets dasselbe, ärmellose quer gestreifte Unterhemd ausbeulte, und der noch ungepflegtere Micha hindurchpassten. Die Kundschaft bestand zu zwei Dritteln aus abgehalfterten Prostituierten und perspektivlosen Alkoholikern, die hier für wenig Geld viel Bier bekamen, und zu einem Drittel aus Studenten und Laufkundschaft, wobei letztere ihrem Namen meist schon nach dem ersten Bier alle Ehre machten und das Weite suchten. Entgegen jeder Logik lief der Laden wie geschmiert.

Ich setzte mich an einen wackeligen Balkontisch, von dem der weiße Lack in Fetzen abblätterte. Es dauerte geschlagene zwanzig Minuten, ehe der etwas hüftlahme Micha endlich meine Bestellung aufnahm. Anstatt ab einer gewissen Uhrzeit auf reinen Barbetrieb umzustellen, zog er es vor, sich zwischen überfüllten Tischen und Bänken durchzuzwängen. Vor langer Zeit, in einem früheren Leben, hatte er im Rang eines ordentlichen Professors an der Universität von Lausanne Ethik und politische Philosophie unterrichtet. Nach eigenen Angaben hatte er aufgehört, weil er die Gesellschaft der Säufer derjenigen der Studenten vorzog. Er schlurfte mit seinen Filzpantoffeln durch die Gegend und zog bei jedem Schritt den hinteren Fuß nach. Dabei machte er ein Gesicht, als steckte hinter jeder Bewegung ein gewaltiger Kraftakt, den ein Mann seines Alters kaum mehr zu bewältigen imstande war. Ein dichter Kranz wild wuchernder Haare zierte eine speckige Halbglatze. Er trug die gleiche blaue Latzhose, die er immer trug. Auch hielt er es nicht für nötig, unter den Trägern ein Hemd anzuziehen, um seinen Mitmenschen den Anblick seines haarigen Rückens zu ersparen. Aus Socken machte er sich ebenfalls nichts. Er stank bestialisch nach Schweiß und Zigarillos. Zur Begrüßung ließ er hinter seinen dreckigen kariösen Zähnen ein pferdeartiges Wiehern aufsteigen. Menschen wie er gediehen nur an Orten wie dem Pâquis. Überall sonst zerfielen sie zu Staub wie Vampire bei Sonnenlicht.

Während ich auf mein Bier wartete, dachte ich über Fleur nach und meine Einladung zum Leuchtturm. Je länger ich überlegte, desto dämlicher und kindischer kam mir das Ganze vor. Vielleicht wären etwas mehr Mut und ein konkreterer Vorschlag doch besser gewesen. Ich entschied, dass, sollte ich sie nicht innerhalb einer Woche wiedersehen – die Bühne des *Mascotte* zählte nicht –, ich in die Galerie zurückginge. Die Sache besaß einen gewissen Schwung und der musste unbedingt erhalten bleiben.

»Huhuu, Louis!« Luna kam hereingeschneit und wackelte winkend auf mich zu. Unterwegs kniff sie den brummelnden Björn in die Seite und bestellte Bier. Sie sah aus wie eine Litfaßsäule: Rote Turnschuhe, dunkelgrüne Strümpfe, ein gelbes Kleid mit aufgedruckter Zahnpastawerbung und dazu eine blaue Perücke und blaue Lippen. Erstaunlicherweise stand ihr dieser ganze Firlefanz. Sie sah richtig gut aus.

»Luna, salut.«

»Mannomann … zwölf Stunden kellnern im *Lusitania*, was führe ich nur für ein schreckliches Leben. Ich muss mich sofort betrinken.«

Das *Lusitania* war ein portugiesisches Restaurant zwei Querstraßen weiter.

Polternd, dass der Schaum überlief, stellte Björn zwei Humpen auf den ächzenden Tisch. Allem Anschein nach ging es erheblich schneller, wenn man bei ihm bestellte.

Luna mochte nahezu alle Bewegungsabläufe verweiblicht haben, doch beim Biertrinken verriet sie sich. Sie trank in langen gierigen Schlucken – wie ein durstiger Mann eben – und leckte sich danach genüsslich den Schaum von den Lippen.

»Ah, das tut gut. Erzähl, was gibt's Neues?«

Da ich sowieso an nichts anderes denken konnte, sagte ich: »Kennst du Fleur, das Mädchen aus dem *Mascotte*?«

»Das *Mascotte* ... da helfe ich immer am liebsten aus, bei diesen Verrückten. Ach, diese Mitternachtsvorstellung ist ja soo toll. Da würde ich gerne mal wieder hinter der Bar stehen. Schade, haben sie im Moment keinen Bedarf. Aber was schwafle ich schon wieder, danach hast du ja überhaupt nicht gefragt ... Also eigentlich kann ich nicht viel über sie sagen. Nur dass sie Französin ist und nach jeder Vorstellung immer gleich verschwindet. Wohin weiß ich nicht. Hm. Sie ist wirklich zauberhaft. Warum fragst du?«

»Wusstest du, dass sie Malerin ist?«

»Malerin, wirklich? Und ich dachte immer, sie sei Studentin und verdiene sich etwas dazu.«

»Heute kam ich zufällig an ihrer Galerie auf dem Boulevard James-Fazy vorbei.«

»Eine eigene Galerie! Nicht schlecht, Herr Specht. Hat sie Talent?«

»Ich bin kein Kunstexperte, aber ich finde, sie malt ganz ausgezeichnet. Irgendwie haben ihre Bilder etwas Besonderes.«

Sie kniff die Augen zusammen. »Aha. Soso ... Dein Besuch in der Galerie war also rein zufällig? Und da du zufällig da warst, hast du auch gleich einen Blick auf sie geworfen, was? Jetzt sitzt du hier und nippst verträumt an deinem Bier. Du bist doch in die Kleine verknallt, gib's zu.« Sie drückte meine Hand. »Sag schon. Wem willst du was vormachen, Schnuckelchen? Doch bestimmt nicht mir.«

»Ach was«, sagte ich und zog meine Hand weg.

Sie machte ein trauriges Gesicht. »Sei doch froh. Die ganze Welt ist verliebt. Sogar Björn, dieses Kamel, hat seit Neustem eine Freundin. Nur ich bin immer alleine. Ich habe keinen, der mit mir durch dick und dünn geht. Die meisten halten mich ja sowieso für abartig.«

Im einen Augenblick war sie bester Laune und im nächsten todunglücklich, so wie jetzt gerade. Dazwischen gab es nicht viel. Daher auch ihr Name: Luna, wie der Mond. Hell und leuchtend, wenn sie fröhlich war, finster, wenn es ihr schlecht ging und tagsüber bevorzugt unsichtbar. Sie war zweiunddreißig und lebte schon mehr als ihr halbes Leben im Pâquis, alleine, ohne Ausbildung oder feste Arbeit und ohne Kontakt zu ihren Eltern und ihren vier Brüdern, die nichts mit ihr zu tun haben wollten. Ihr sehnlichster Wunsch war ein fester Freund.

Sechs Bier, eine Packung Zigaretten und ein Satz warmer Worte halfen, sie aufzumuntern.

6 EIN LANGER TAG

Trotz der Bonbons, die sie ständig lutschte, roch Valéries Atem nach Aschenbecher. Ihr extragroßer Pullover sah aus wie eine Abdeckplane für Gartenmöbel und die teuren Diamantringe gruben sich tief ins Fleisch ihrer dicken Finger. Mit dem Ziel, den ersten der vielen verworrenen Prozesse der Buchhaltungsabteilung aufzunehmen, verbrachte ich den ganzen Freitagnachmittag mit ihr. Es war die erste von vier dreistündigen Sitzungen, und sie begann damit, dass Valérie sich ausgiebig in ein besticktes Taschentuch schnäuzte. Anschließend erfasste sie ein solch monumentaler Hustenanfall, dass der Konferenztisch ins Wanken geriet und ihre Bonbons in alle Richtungen davonrollten. Um ihr das Herumkriechen auf dem Boden zu ersparen, drehte ich eine Runde um den Tisch und sammelte sie ein. Der Anfall dauerte mehrere Minuten. In der Absicht zu helfen, reichte ich ihr ein Glas Wasser, das sie jedoch nicht ruhig zu halten vermochte und sich übers Dekolleté kippte. Sofort war ich mit einem Stapel Papiertücher zur Stelle. Schwer hustend und nach Atem ringend trocknete sie sich ungelenk ab, wobei sie versehentlich einen Teil ihrer nikotinpflasterbeklebten Riesenbrust entblößte. Seit das Rauchen in Büros verboten war, war sie auf diese Dinger angewiesen, weil sie sonst doppelt so viele Zigarettenpausen hätte einlegen müssen und kaum arbeitsfähig gewesen wäre.

»Alles in Ordnung?«

»Geht schon, geht schon«, röchelte sie.

Es entwickelte sich ein mühsames Frage-Antwort-Spiel. Im Laufe der Jahre hatte sie sich an ein bestimmtes Vorgehen gewöhnt. Von Veränderungen wollte sie nichts wissen, selbst wenn sie ihr das Leben erleichterten. Da bisher alles funktionierte, sah sie keinen Sinn darin, den Status quo anzutasten. Meine Fragen strafte sie mit verächtlichem Schnauben. Jede noch so knappe Antwort musste ich mir hart erkämpfen, was mir nicht eben leichtfiel, da mich dieser *Phoenix*-Blödsinn doch selbst nicht interessierte. Ich dachte an mein Segelboot und biss die Zähne zusammen.

Am Ende überzogen wir eine volle Stunde, bis ich die zur Erreichung meiner verschärften Wochenziele benötigten Informationen endlich zusammengeklaubt hatte.

Valérie zog genervt von dannen.

Damit war die Arbeitswoche aber noch nicht ganz durchgestanden. Weil Gaspar am Montag keine Zeit für mich hatte, hatte er den Wochenrapport auf neun Uhr am Freitagabend vorverlegt, gleich im Anschluss an die ordentliche Vorstandssitzung, die der einzige Grund war, weshalb er sich so spät überhaupt noch im Büro aufhielt. Ich nutzte die verbleibende Zeit, um alles noch einmal zu kontrollieren und ein wenig für die nächste Woche vorzuarbeiten.

Als er auftauchte, glitt gerade der letzte Ausdruck auf die Ablage.

»Pack dein Zeug, wir gehen einen trinken«, sagte er und holte seine Aktentasche aus dem Glaswürfel.

Mit einem von Gummibändern zusammengehaltenen Papierrohr trottete ich neben ihm her durch die Stadt. Sein

Durst musste gewaltig sein, denn er legte ein horrendes Tempo vor. Wir hetzten regelrecht über die Brücke und durch die Altstadt. Unterwegs kamen wir an Alfie vorbei, der seine Zuhörer unterhielt, indem er die Gitarre abwechselnd wie ein Linkshänder und dann wieder wie ein Rechtshänder spielte, was zu hörenswerten melodiösen Verzerrungen führte.

Ich grüßte ihn. Er streckte mir die Zunge heraus.

»Kennst du diesen Affen?«, fragte Gaspar und stöhnte: »Warum wundert mich das nicht …«

»Das ist Alfie«, sagte ich trotzig.

»Alfie ist ein Verlierer. Du solltest aufhören, dich mit Verlierern abzugeben, sonst wirst du selbst einer, kapiert?«

Die Bar hieß *Bohème* und lag versteckt ganz am Ende einer verwinkelten Gasse, in der sich gepflegte Häuser mit schmalen Balkonen und niedrigen Eingängen dicht aneinanderreihten. Ich hatte noch nie von ihr gehört. Gäste und Angestellte wirkten wie überzeichnete Filmfiguren. Ein alter Mann im abgewetzten Frack klimperte mit der Schlampigkeit des gescheiterten Genies, das sich als Bordellpianist verdingen muss, auf einem Flügel herum. Dem Barkeeper in seiner grünen Weste standen die grauen Haare zu Berge, als stünde er unter Strom, und aus einem Grund, den weder Gaspar noch ich begriffen, trugen die in schwarze Schürzen gewickelten Kellnerinnen goldene Espadrilles mit rosaroten Federn an den Fersen. An der Bar kauerte ein dickbäuchiger Mann mit einer krummen Zigarre im Mundwinkel und ließ, in Selbstgespräche versunken, den Zeigefinger in der Luft kreisen.

Wir nahmen in einer Sitzgruppe aus rissigem Leder Platz. Ich fühlte mich wie im Kino kurz vor Vorstellungsbeginn. Gaspar fasste eine vorbeigehende Kellnerin am Arm und bestellte zwei doppelte irische Single Malts.

»Fang an.«

Ich rollte das Bündel auf dem Tisch aus und begann mit einem Prozess der Dokumentenlogistik. Mit einem Stift verdeutlichte ich ihm die wesentlichen Passagen. Noch nicht in der Hälfte angelangt, wedelte er schon mit der Hand, als wollte er eine lästige Fliege verscheuchen. »Gut, gut. Bring den nächsten.«

In diesem Tempo, begleitet von hastigem Whiskeykonsum, zu dem er mich eindringlich aufforderte, ging es weiter. Ich mochte keinen Whiskey – schon gar nicht auf nüchternen Magen.

Noch drei Prozesse fehlten, als eine gut aussehende Brünette neben ihm auftauchte und sich auf seiner Armlehne postierte. »Bonsoir, Gaspar«, wisperte sie. »Lange nicht mehr gesehen.« Sie sah aus wie die typische Geschäftsfrau um die vierzig: Zweiteiler, schlank, leicht angesäuert und willig.

Zunächst wirkte er überrascht. Dann stellte er uns vor. Ihr Name war Claudia.

Die Art und Weise ihres Umgangs legte den Schluss nahe, dass sie früher einmal eine Affäre gehabt hatten. Ähnlich wie Jérôme machte sich auch Gaspar nichts aus festen Bindungen. An offiziellen Anlässen erschien er aus Prinzip immer solo, um potenzielle Gespielinnen nicht abzuschrecken. Wo immer er auftauchte, stürzte er sich direkt auf die schönsten Frauen, gab erst den Casanova und wurde mit steigendem Alkoholpegel immer hemmungsloser. Jetzt, im umgekehrten Fall, da eine Frau sich an ihn heranmachte, verhielt er sich zwar immer noch einigermaßen zuvorkommend, legte aber gleichzeitig eine unterschwellige, nicht übersehbare Geringschätzung an den Tag.

Claudia hatte schon einen leichten Schwips und rutschte, absichtlich oder nicht, von der Lehne herunter auf seinen Schoß. Gaspar ächzte und verzog das Gesicht.

»Oh du Armer, habe ich dir wehgetan? Das tut mir aber leid.« Sie kicherte und streichelte mitleidsvoll seine Wange.

»Alles gut«, sagte er. Er griff in die Innentasche seines Jacketts und zog einen Schlüsselbund hervor, den sie ihm allem Anschein nach versehentlich in die Rippen gestoßen hatte.

Während Claudia ihm etwas ins Ohr flüsterte, fiel mein Blick auf einen der Schlüssel. Er war blau und eindeutig älterer Machart. Er war länger und dicker als die anderen, besaß einen Kopf in Wappenform und einen großen gezackten Bart. Ich wunderte mich, dass ausgerechnet Gaspar, der zwar regelmäßig modische Wagnisse einging, sonst aber eher auf Zweckmäßigkeit gepolt war, sich die Mühe machte, so ein sperriges Ding mit sich herumzutragen.

Claudia stand auf.

»In zehn Minuten sind wir fertig«, raunte er ihr zu. »Besorg schon mal eine Flasche Champagner und warte an der Bar.« Dann wandte er sich wieder mir zu. »Du hast es gehört: zehn Minuten.«

Keine fünf Minuten später verließ ich das *Bohème* und stopfte die Unterlagen in den erstbesten Mülleimer. Mit einem Dosenbier vom Kiosk bekämpfte ich den Whiskeygeschmack in meinem Mund und trottete heimwärts.

7 UNERWARTETE VERÄNDERUNG

Ein elektrischer Putzwagen folgte dem Bordstein und kehrte mit seinen Drehbürsten sorgfältig den Dreck zusammen. In den morgendlichen Straßen roch es nach frischem Brot und in den schattigen Mauern steckte noch die Kühle der vergangenen Nacht. Paul lehnte entspannt an der Hausecke, die Hände in den Taschen seiner orangefarbenen Badehose vergraben. Genau wie ich hatte er einen vollgepackten Seesack geschultert.

»Ahoi«, grüßte er, »soll gut Wind geben.«

»Sieht ganz danach aus.« Mehr als das Wetter interessierten mich seine angedeuteten Neuigkeiten. »Sag, was hast du zu verkünden?«

»Geduld, Geduld. Ich erzähl's dir, sowie wir auf dem Wasser sind. Vorab nur so viel: Es wird fantastisch.«

»Dann nichts wie hin.«

Um dem Ansturm der Wochenendsegler, die die Wartezeiten in die Länge zogen, aus dem Weg zu gehen, standen wir pünktlich zur Öffnungszeit am Schalter und füllten das altbekannte Formular aus. Der Sohn des Betreibers, ein hageres Bürschchen von dreizehn oder vierzehn Jahren, führte uns zur *Yarrabee*, einer neun Meter langen Segeljacht. Sie war zwar schon älteren Baujahrs, hatte aber ein Teakdeck und besonders schön gearbeitete Beschläge und Armaturen. Sie kostete etwas mehr als die gewöhnlichen

Fließbandboote und wir mieteten sie nur zu besonderen Anlässen, zum Beispiel an unseren Geburtstagen. Während Paul und der Junge die Persenning entfernten und die Checkliste abarbeiteten, verstaute ich meinen Seesack samt Proviant in der Backskiste und warf einen Blick unter Deck in den kleinen Salon. Wie erwartet gab es keinerlei Grund zur Beanstandung. Auf die Checkliste folgten die Einweisung in die Bedienung des Motors und die Standardpredigt zu den Vortrittsregeln und dem gebotenen Abstand zu Ufer und geschützten Wasserpflanzen, die wir mittlerweile auf Punkt und Komma auswendig kannten.

Mit einem seemännischen »Handbreit« beschloss der Junge die Prozedur. Paul steckte ihm einen Zehner zu und drückte den Anlasser.

»So viel Trinkgeld hast du ihm noch nie gegeben«, bemerkte ich.

»Ich hab eben gute Laune …«

Unter dem gutmütigen Tuckern des altersschwachen Motors gondelten wir an den Anlegestellen vorbei zum Hafen hinaus. Ich hisste das Großsegel und die Genua. Der Wind blies dicke Bäuche in das Tuch und die *Yarrabee* neigte sich zur Seite. Paul machte den Motor aus.

»Das Wichtigste darf natürlich nicht fehlen«, sagte er und zog die blaue Kapitänsmütze aus seiner Hosentasche, die er einst als Kind von einem korsischen Fischer geschenkt bekommen hatte. Er hatte sie immer dabei. Nur bei Wettfahrten ließ er sie zu Hause, aus Angst sie im Eifer des Gefechts zu verlieren. Sie war sein Heiligtum.

Wir glitten vorbei an Cologny, Collonge-Bellerive und Corsier und bewunderten das sattgrüne, von Weinreben, gepflegten Häusern und Wegen durchzogene hügelige

Land, hinter dem sich die gewaltigen schneebedeckten Gipfel der Alpen auftürmten.

Mit jeder Meile wurde der Jet d'Eau kleiner, bis er nur noch aussah wie der Blas eines Wals und schließlich ganz mit der Umgebung verschmolz.

Paul streckte die Beine aus und blinzelte in die Sonne. »So, jetzt kann ich's dir sagen ... Ich hab gründlich nachgedacht über mich und die Zukunft, einfach über alles.«

Es kam nicht oft vor, dass er einen ernsthaften Ton anschlug. Umso aufmerksamer hörte ich zu.

»Mir ist klar geworden, dass ich endlich aufhören muss, meine Zeit mit Dingen zu verplempern, an denen mir nichts liegt. Wie du dir unschwer vorstellen kannst, mein ich damit zuallererst diese Rumhockerei im Büro. Das ist einfach nichts für mich, und es ist mir ein Rätsel, wie ich jemals hab glauben können, dass diese Arbeit auf irgendeine Weise gut für mich sein könnt. Ich hab immer Leute bewundert, die wissen, was sie wollen im Leben. So wie du.«

»Ich ...?«

»Ja, du. Du tust etwas, das du eigentlich hasst. Aber du tust es für etwas, das du liebst. Jeden Tag zottelst du in diese Mistbank, daddelst vollkommen sinnentleertes Zeug in eine Plastikkiste und lässt dich von einem arroganten Dämlack rumkommandieren. Warum? Weil du einen Traum hast. Du willst frei sein und um die Welt schippern. Dummerweise fehlt dir dafür aber das Geld. Also musst du, bis du es hast – ich bin ja, nebenbei bemerkt, immer noch der Meinung, dass es viel zu wenig ist –, also, bis du es hast, musst du wohl oder übel den Bückling geben. Was ich damit sagen will, ist Folgendes: Im Gegensatz zu dir gibt's für mich keinen vernünftigen Grund, mit alledem weiterzumachen. Und wär ich nicht gefeuert worden, wer weiß, wie lang ich noch gebraucht hätt, um das zu begreifen …«

Seine bildhafte Darstellung leuchtete mir zwar ein, doch ich wusste nicht, worauf er hinauswollte. »Was hast du vor?«

Er streckte die Arme aus und verkündete: »Ich geh nach Korsika und werd in der Segelschule meiner Eltern einsteigen!«

Ich versuchte, etwas zu sagen, aber die Worte blieben mir im Halse stecken.

»Das hätt ich schon längst tun sollen«, fuhr er hellauf begeistert fort. »Da kann ich den ganzen Tag Ausflüge fahren und den Leuten das Segeln beibringen. Was brauch ich mehr?«

Mir war sofort sonnenklar, dass er das Richtige tat. Er hatte oft davon gesprochen, irgendwann diesen Schritt zu machen. Doch bis vor wenigen Augenblicken war ich wie selbstverständlich davon ausgegangen, dass dies erst später, frühestens in ein paar Jahren, der Fall sein würde.

»Eine kluge Entscheidung«, gab ich pflichtschuldig zu Protokoll und versuchte, meine Bestürzung vor ihm zu verbergen. Bange fragte ich: »Wann fährst du?«

Seine Antwort haute mich fast um: »Am Montag.«

»Diesen Montag?«

»Ja. Worauf soll ich noch warten? Ein Nachmieter steht bereit und die alten Möbel nimmt er auch. Kaum war das Inserat aufgeschaltet, hatt ich bereits zehn Anfragen. Der Vertrag ist unterschrieben. Morgen kommt mein Vater und hilft mir, die Wohnung zu putzen und mein Zeug ins Auto zu laden; ist ja nicht viel. Am Montagmorgen ist dann Wohnungsübergabe. Danach fahren wir runter nach Savona und nehmen die Fähre nach Bastia.«

»Das nenn ich mal eine faustdicke Überraschung …«

»Ach komm, jetzt schau nicht so finster. Du bist immer willkommen.«

»Ja, es ist nur … Das geht alles so schnell.«

»Es ist eben Zeit, Nägel mit Köpfen zu machen. Bald bist du an der Reihe.«

»In neun Jahren, wenn ich Glück habe …«

»Ach du Kacke«, prustete er. »So lange noch? Ich dacht, es wäre weniger. Meine Güte, neun verdammte Jahre … Du hast mein Mitleid.«

Auch wenn mir eigentlich nicht danach zumute war, ließ ich mich von seinem Lachen anstecken.

»Und falls es dir vorher den Deckel lupft«, bot er hochvergnügt an, »kannst jederzeit bei uns anheuern. Mach dich einfach auf ein mieses Gehalt gefasst.«

»Haha, lach du nur. Am Ende komme ich noch darauf zurück.« Ich machte die Backskiste auf. »Ist noch ein bisschen früh, aber ich denke, darauf sollten wir einen trinken.«

»Nur her mit dem Saft.«

Ich kramte in meinem Seesack nach der Weißweinflasche und holte zwei Weingläser aus der Bordküche. Seine Ankündigung hatte mich auf dem falschen Fuß erwischt. Nie hatte ich einen Gedanken daran verschwendet, wie es ohne ihn sein könnte; er gehörte einfach dazu. Er war mein einziger richtiger Freund. Natürlich wünschte ich mir nur das Beste für ihn, deshalb wollte ich auch nicht den Spielverderber geben. Ich fühlte mich nur etwas überrumpelt. Es würde sich schon alles einrenken, sagte ich mir. Ich konnte ja trotzdem Spaß haben. Irgendwie. Ich beschloss, ein guter Freund zu sein, und sprach einen Toast aus: »Auf Käpt'n Paul!«

Er prostete mir zu: »Auf die Zukunft!«

Eine Böe schoss in die Segel und brachte den Wein zum Überschwappen. Paul leckte seine nasse Hand und lachte aufgedreht.

Wir segelten weit hinaus. Die Stadt schrumpfte zu einem kleinen grauen Fleck unter einem von schnurgeraden Kondensstreifen durchzogenen Himmel. Auf den anfänglichen Schock folgte die Einsicht, dass es mehr lohnte, unser vorerst letztes gemeinsames Wochenende zu genießen, anstatt Trübsal zu blasen. Wir entschieden, noch einmal einen ganz besonderen Ort anzulaufen. Er befand sich an einem der abgelegensten Abschnitte des ganzen Sees, dessen dicht bewachsenes Steilufer von Besuchern gemieden wurde. Bis dorthin war es ein weiter Weg. Um nicht ständig im Zickzack gegen den Wind kreuzen zu müssen und unnötig Zeit zu verlieren, holten wir in einem langen Schlag weit aus, fast bis ans Nordufer. Dort wendeten wir und peilten in einem noch längeren Schlag unser Ziel an. Je näher wir kamen, desto wachsamer beobachteten wir die Umgebung. Begegneten uns andere Segler oder Motorboote, änderten wir den Kurs und nahmen ihn erst wieder auf, wenn wir uns unbeobachtet wussten. Diese Geheimniskrämerei hatte einen Grund: Vor drei Jahren, während einer zweitägigen Ausfahrt, waren wir an einer ruhigen Stelle vor Anker gegangen und an Land geschwommen. Dabei entdeckten wir hinter einer schmalen verwucherten Durchfahrt, die gerade breit und tief genug für ein Segelboot wie die *Yarrabee* war, eine kleine Lagune. Selbst aus der Nähe und im Winter, wenn die Bäume ihr Kleid verloren, war die Passage so gut wie unsichtbar. Obwohl wir dort noch nie eine Menschenseele angetroffen hatten, wäre es unrealistisch gewesen zu glauben, dass nur wir sie kannten. Dennoch: Je weniger Leute Wind davon bekamen, desto besser.

Paul führte das Kommando. »Los, hol die Segel ein!«

Gesagt, getan. Der Motor gurgelte schwächlich und die *Yarrabee* verschwand hinter einer Wand aus Pflanzen. Zweige und Blätter streiften Mast und Wanten. Ich wechselte zwischen Backbord und Steuerbord hin und her, um den Abstand zu den spitzen Steinbrocken am Ufer zu kontrollieren. Der Spielraum betrug zu beiden Seiten weniger als einen halben Meter, genauso unter dem Kiel. Der Mast vibrierte unter den ständigen Erschütterungen durch das Grünzeug. Mit einem kleineren Boot wäre es bedeutend leichter und nervenschonender vonstattengegangen. Wir mussten höllisch aufpassen. Doch dann war es geschafft und wir trieben auf eine kreisrunde Wasserfläche mit einem Durchmesser von circa dreißig Metern hinaus. Das steile, dicht mit Bäumen bewachsene Gelände, von denen einige schräg auf das Wasser hinauswuchsen, machte den Zugang auf dem Landweg praktisch unmöglich. Wegen der dichten Vegetation, die sich in der glasklaren Oberfläche spiegelte, nannten wir sie die »Grüne Lagune«. Selbst aus der Luft müsste man ganz genau hinsehen, um einen Blick auf dieses kleine Paradies erhaschen zu können.

Paul positionierte das Boot genau in der Mitte. Damit

wir nicht wegtrieben, sprangen wir – er vom Heck aus, ich vom Bug – ins Wasser und brachten Uferleinen aus, die wir um zwei Buchen wickelten.

Die Sonne brannte im Zenit und trocknete unsere Körper und Badehosen im Handumdrehen. Hungrig von der ganzen Segelei breiteten wir auf dem Vordeck eine Decke aus und aßen zu Mittag. Es gab Käse, Schinken, Olivenpaste, Brot und Dörrtomaten. Unseren Durst löschten wir mit kühlem Weißwein und Sprudelwasser. Paul glühte vor Vorfreude.

»Ha! Stell dir vor, wie schön braun ich sein werde. Ich glaub, ich kauf mir eine Pfeife wie ein richtiger Seebär.« Er lachte. »Aah, tut das gut!«

Mit vollen Bäuchen legten wir uns in die Sonne, rauchten und dösten eine ganze Weile vor uns hin. Mit halb offenen Augen sah ich einen Bussard über der Lagune kreisen, Bienen und Hummeln summten.

Paul reckte den Kopf und weidete sich an dem wunderbaren Anblick. »Mann, ist das schön hier …«

»Dann präg es dir gut ein«, riet ich ihm. »So bald wirst du es nämlich nicht wieder zu Gesicht bekommen – wenn überhaupt.«

»Hm. Ja, das ist wohl so …«, sagte er und schwang sich unerwartet flink auf die Beine: »Wer zuerst in der Höhle auftaucht.« Er machte einen Satz und hechtete über die Reling.

Ich sprang hinterher. Das kühle Nass vertrieb sofort jede mittägliche Schläfrigkeit.

Im Inneren eines Felsvorsprungs lag eine Höhle, deren Zugang sich mehrere Meter unter der Wasseroberfläche befand. An ihrem höchsten Punkt leuchtete ein schmaler, von Wurzeln überwucherter Spalt, der für ein wenig frische Luft und schummriges Licht sorgte. Paul war der bessere Schwimmer, doch wenn es ums Tauchen ging, hängte ich ihn locker ab.

»Du hast mich getreten«, beschwerte er sich, nachdem er hinter mir aufgetaucht war. Dabei hatte ich ihn bestenfalls mit den Zehenspitzen touchiert.

»Gejammer eines Verlierers! Wenn du dich traust, kriegst du eine Revanche.«

»Schon gut, ich geb mich geschlagen.« Er schöpfte Atem und deutete mit dem Daumen an die Wand hinter uns. »Also wenn ich ein paar Kilos weniger hätt, würd ich jetzt glatt noch mal in die hintere Kammer tauchen. Aber das lassen wir besser, sonst bleib ich noch stecken.«

»Ist wohl klüger.«

Ein weiterer Tunnel verband die Höhle mit einer zweiten Kammer, in der es noch kühler, dazu stockdunkel und alles in allem ziemlich ungastlich war. Zu Erkundungszwecken mit einer wasserdichten Taschenlampe ausgestattet waren wir ein einziges Mal hineingetaucht. Paul, seinerzeit etwas schlanker, hatte sich in dem engen Tunnel damals schon Bauch und Rücken aufgekratzt.

»Dann lieber freier Fall«, sagte ich und tauchte ab.

Die zweite Besonderheit unserer Geheimattraktion war eine krumme alte Eiche, die schräg über die Lagune wuchs und sich perfekt als Sprungturm eignete. Von allen Bäumen war sie der mächtigste. Ihr Stamm war so dick, dass wir ihn selbst zu zweit nicht zu umfassen vermochten. Ich hievte mich auf den ersten Ast, Paul folgte. Wie auf einer Rundtreppe stiegen wir vorsichtig hoch, von Ast zu Ast, durch die Krone, bis es kein Weiterkommen mehr gab. Mit kribbelnden Armen und Beinen überblickten wir die grün schimmernde Lagune unter uns. Dicke Forellen glitten an der zwischen den zwei Leinen schwebenden *Yarrabee* vorbei. Wir befanden uns knapp über dem Schiffsmast in etwa fünfzehn Metern Höhe. Zwischen den Spitzen der dicht stehenden Tannen leuchtete stahlblau der See. Auf dem Deck hüpften zwei Spatzen herum und pickten Brotkrumen. Es war herrlich.

»Es gibt nur einen Weg nach unten«, grinste Paul. »Bereit?«

»Immer.«

Hinaufzukommen war verhältnismäßig einfach. Doch den gleichen Weg zurückzugehen, war gefährlich; man rutschte leicht aus oder verfehlte einen Griff. Ein Sturz konnte böse enden.

Vorsichtig setzten wir einen Fuß vor den anderen und tasteten uns zum Absprungpunkt vor.

Nebeneinanderstehend und mit Gänsehaut, auf federnden Ästen, die gerade kräftig genug waren, uns zu tragen, starrten wir nach unten.

Paul balancierte sich aus und stellte sich bolzengerade hin. Er lachte: »Mann, ist das hoch. Auf drei?«

»Auf drei.«

Er begann zu zählen: »Eins – zwei – los!«

Ein Schritt ins Leere und wir sausten, die Beine über Kreuz und die Arme eng anliegend, wie Pfeile durch die Luft und hinein ins Wasser. Es war unvergleichlich. Wenn man springt, existiert nur der Augenblick, nichts sonst. Das ganze Leben verdichtet sich auf diesen einen puren, reinen Moment. Noch Minuten später strömt das Adrenalin durch die Adern und lässt einen innerlich jubeln. Wir streckten uns auf dem Deck aus und genossen die warmen Sonnenstrahlen.

Bei einer Tüte Macarons berichtete ich Paul von meiner Begegnung mit Fleur.

Er schüttelte den Kopf und kritisierte meine Vorgehensweise: »Nachschleichen und darauf hoffen, dass eins zum andern kommt, hast du das aus dem Handbuch für Angsthasen?« Er neigte diesbezüglich zum Draufgängertum – mit eher überschaubarem Erfolg.

»Was soll ich sagen, es hat sich eben so ergeben.«

»Musst dich nicht rechtfertigen. Ich nehm dich doch nur auf den Arm.« Er stand auf, holte den Rotwein und sagte: »Einen Platz wie diesen muss man zu zweit erleben. Allein bringt das nix. Sollt da tatsächlich was draus werden, dann bring sie her – vorausgesetzt sie schwört, niemandem was zu verraten.«

»Du scheinst dir wohl ziemlich sicher zu sein, dass das nichts wird?«

»So hab ich das nicht gemeint. Ich sag nur, dass eine Frau wie die jeden Mann haben kann. Betracht es als Motivationsspritze: Du und Fleur, allein in der Grünen Lagune …« Prustend entkorkte er die Flasche. »Wenn wir schon beim Thema sind: Soll ich die Tischreservation im *Mascotte* auf dich übertragen?«

Die Vorstellung, alleine an dem Tischlein zu sitzen und dann gönnerhaft einem Fremden den freien Platz anzubieten, machte mich nicht besonders an. »Nein, zieh sie zurück. Ich brauche keinen Tisch nur für mich, Fred lässt mich auch ohne Reservation rein.«

Als es Zeit war aufzubrechen, bestimmte ein Münzwurf Paul als denjenigen, der die Leinen lösen musste. Murrend sprang er ins Wasser, erklomm erst das steile Ufer auf der Landseite, schwamm dann zum Gestade auf der Seeseite und zwängte sich schließlich durch das dichte Unterholz. Während ich die Leinen zu Bunschen aufschoss, den Motor anwarf und das Boot in Position brachte, ging er auf Beobachtungsposten.

Die Augen mit der Hand beschirmend, erkundete er das Treiben auf dem See. »Keiner da. Fahr los!«

Er lotste mich durch den Engpass. An der schmalsten Stelle sprang er auf.

Der Wind hatte im Vergleich zum Morgen leicht zugelegt. Mit schönen Bäuchen in den Segeln nahmen wir den gleichen Weg zurück, den wir gekommen waren.

Paul kramte in seinem Seesack und förderte einen mit Armagnac gefüllten Flachmann zutage.

»Sag mal, willst du dich schon auf dem Boot besaufen?«

»Klar doch«, krächzte er mit verwehten Haaren und einer glühenden Zigarette im Mundwinkel. »Heute werden wir's noch mal richtig krachen lassen.«

Pauls Dachwohnung in der Rue Abraham-Gevray war klein und überteuert. An den Holzfenstern löste sich die Farbe und im Winter fiel zuverlässig die Heizung aus. Wohnraum im Zentrum war derart begehrt, dass die Vermieter jede noch so schäbige Kammer in Rekordzeit für gutes Geld losbrachten. Nicht selten wurden dabei selbst die gesetzlich vorgeschriebenen Instandhaltungsarbeiten erst nach Eingang eines Beschwerdebriefes getätigt.

Während er singend unter der Dusche stand, lehnte ich an der Dachschräge und schaute hinab auf die Straße, an der sich die geparkten Autos reihten. Bilder und Poster waren bereits entfernt worden und warteten in einer Ecke auf ihr neues Zuhause. Zurück blieben helle Rechtecke an den Wänden. Mir war heiß von der Sonne und dem Armagnac. Zahllose Gedanken kreisten gleichzeitig in meinem Kopf. Ich dachte an Paul, der bald weg sein würde, an Fleur und ihre Galerie, die Segelei, an Gaspar, die bevorstehende Nacht und die Zukunft, die wer weiß was brachte …

»Weiter geht's.« Paul kam in Unterhosen aus dem dampfenden Badezimmer und zog sich an.

Nach einem Zwischenhalt in meiner Bleibe, den ich für eine ausgiebige Dusche und Paul für einen Campari nutzte, schufen wir uns in *Wenzels Crêperie* einen soliden Boden. Wenig später saßen wir im *Roi-Soleil* an der Bar und tranken Wodka, den Paul, der die Spendierhosen anhatte, freigiebig an jeden ausgab, der aussah, als könnte er einen vertragen. Ganz zur Freude Anupams offerierte er den Damen Dom Pérignon und Bellinis, wofür sie sich mit Küsschen auf seine Pausbacken revanchierten. So drückte er denn auch ein Auge zu, als wir uns zu zweit auf seinen Thron setzten und uns zur allgemeinen Belustigung schminken ließen. Gegen Mitternacht stürzten wir uns mit bunt bemalten Papageiengesichtern ins Getümmel des Pâquis.

»Ha! Auf ins *Mascotte*!«, johlte Paul. »Und nach der Show stürmst du die Bühne und schnappst dir Fleur! Yey!«

»Fred lässt uns so nicht rein.« Mit uns meinte ich vor allem ihn, der sich in Schlangenlinien fortbewegte. Ich selbst hatte auch so meine Mühe und verspürte nur geringe Lust, mich vor Fleur zu blamieren. Für Leute in unserem Zustand und mit unserem Aussehen kam nur noch ein Ort infrage: *Michas Taverne*, wo alles egal war, solange nur der Zapfhahn nicht versiegte. Durch den vielen Zigarettenrauch herrschte eine Sicht wie an einem Herbstmorgen im Moor. Es wurde fröhlich gelärmt und gesungen. Wir landeten an einem Tisch mit vier Männern und drei Frauen – wie sich bald herausstellte Freunde von Björn, die extra für das Wochenende aus Dänemark angereist waren. Paul gab sich mit einem gewöhnlichen Drink nicht mehr zufrieden. Mitten im Gespräch mit den Dänen, die uns rasch ins Herz schlossen, stand er auf und torkelte zum Türbalken, über dem an einem Nagel ein rostfleckiges Waldhorn hing. Er blies, so fest er konnte, hinein, um mit einem krummen Tuten zu bestellen, was ihm gerade noch gefehlt hatte: den Stiefel. Die Stammgäste hielten inne, hoben anerkennend das Glas und tranken auf sein Wohl. Da *Michas Taverne* nicht Teil der zivilisierten Welt war, handelte es sich beim Stiefel nicht um einen normalen Glasstiefel, sondern um einen echten, gebrauchten Reitstiefel aus zähem Leder, der bis zum Schaft mit Bier gefüllt und nach Gebrauch wieder verkehrt herum aufgehängt, jedoch nie ausgewaschen wurde, was dem Bier eine besonders würzige Note verlieh.

Gegen drei Uhr morgens hingen wir auf einer mondbeschienenen Bank am Quai Wilson wie angeschlagene Boxer in den Seilen. Hätte Paul sich den Stiefel nach einem Viertel nicht aus Übermut über den Kopf gekippt, hätte ich ihn vermutlich wieder nach Hause tragen müssen. So aber saß er da, beförderte eine halb volle Coladose ächzend in den Abfalleimer und brabbelte: »Das war's, mein Freund. Aus und vorbei. Finito, Genf. Korsika, ich komme, hihi … Kommst mich bald besuchen, ja?«

»Mach ich. Und du lässt von dir hören.«

»Klar doch.« Er legte den Arm um meine Schultern und kramte in seiner Hosentasche. »Da, für dich …« Er drückte mir die blaue Kapitänsmütze auf den Kopf. »Soll dir Glück bringen und dich immer dran erinnern, dass du ein Seemann bist.« Dann raffte er sich auf. »Zeit zu gehen. Morgen wird ein anstrengender Tag.«

Gemeinsam machten wir die paar Schritte bis zu der Kreuzung, an der sich unsere Wege schon so oft getrennt hatten. Dieses Mal würde es für länger sein. Wir umarmten uns.

»Mast- und Schotbruch«, sagte ich.

»Mast- und Schotbruch, mein Freund. Du wirst mir fehlen.«

Ich hob die Mütze zum Gruß, er verbeugte sich. Dann verschluckte ihn die Nacht.

8 EIN BITTERSÜSSER SOMMER

Weil ich Fleur gegenüber möglichst locker und unaufdringlich wirken wollte, hatte ich sie unverbindlich zum Leuchtturm eingeladen, ohne einen konkreten Terminvorschlag zu machen. Zwar hatte sie zugesagt, doch wann und wo stand in den Sternen. Nur dass es am Abend nach der Arbeit sein würde, stand fest. Es existierte also nichts weiter als eine vage Verabredung ohne Zeitangabe. Zusätzlich bestand auch noch die Möglichkeit, dass sie es sich anders überlegte und überhaupt nicht auftauchte. Da ich sie unbedingt wiedersehen wollte, bedeutete das, dass ich so oft wie möglich vor Ort sein musste, damit wir uns auch wirklich trafen – immer vorausgesetzt, dass sie ihre Meinung nicht änderte. Ich hatte mir eine Frist von einer Woche gesetzt: Sollte sie bis dahin nicht kommen, würde ich sie in ihrer Galerie besuchen und sie kurzerhand zum Essen einladen. Diese Option erschien mir bedeutend unangenehmer als ein Wiedersehen beim Leuchtturm, aber es musste sein, selbst wenn ich damit das Risiko einging, abgewiesen zu werden. Ich konnte und wollte nicht mehr warten; schon zu viel Zeit hatte ich mit albernen Mutmaßungen und Fantastereien vergeudet. Gaspars verschärfte Vorgaben hatten meine tägliche Arbeitszeit schmerzhaft verlängert, so dass mir, wollte ich zeitig aus dem Büro kommen, nichts anderes übrig blieb, als schon um halb sieben bei

Tarbes auf der Matte zu stehen und bis sechs Uhr durchzuarbeiten. Mehr als eine kurze Sandwichpause am Mittag gönnte ich mir nicht.

So eilte ich am Montag nach getaner Arbeit auf direktestem Wege zum Leuchtturm, kaufte eine Zeitung, einen kleinen Happen zu essen und wartete. Und dann wartete ich und wartete und wartete weiter. Ich verfütterte Brot an gierige Möwen und tigerte auf der Mole herum. Ich suchte mit den Augen die Promenade von links nach rechts ab und wieder zurück. Ständig sah ich nach der Zeit. Zum Zeitunglesen war ich zu unruhig. Stunde um Stunde schlug ich mir so um die Ohren. Vergeblich. Die Nacht brach über die Stadt herein, ohne die geringste Spur von ihr.

Am nächsten Tag das gleiche Bild. Ich ging früh zur Arbeit, um so schnell wie möglich beim Leuchtturm sein zu können. Wieder wartete und wartete ich, spielte unkonzentriert Schach gegen mein Handy, lümmelte auf der Mole herum und fütterte die Möwen. Ich erwartete sie jede Minute. Wieder kaufte ich mir eine Zeitung und las sie nicht. Auch an diesem Abend wartete ich vergeblich.

Sie erschien nicht. Nicht am Montag, nicht am Dienstag und auch nicht am Mittwoch.

Am Donnerstag, dem letzten Tag meiner selbst gesetzten Wochenfrist, erschien ich nach einer schlaflosen Nacht schon um sechs Uhr morgens als Allererster bei der Arbeit. Mich trieb die Frage um, warum sie noch nicht gekommen war, ob sie womöglich nur aus Höflichkeit zugesagt hatte, um mich loszuwerden, und in Wirklichkeit überhaupt kein Interesse hatte. Falls dem so wäre, was hätte es dann überhaupt für einen Sinn, noch einmal in die Galerie zu gehen? Weshalb sollte sie eine Einladung zum Abendessen akzeptieren, wenn sie mich doch gar nicht sehen wollte? Übermüdet und zweifelnd brachte ich die Stunden im Büro hinter mich.

Und einmal mehr saß ich auf der Bank beim Leuchtturm, neben mir die Zeitung, und schaute nachdenklich auf den See hinaus. Wolken zogen in unendlicher Langsamkeit über einen von weit gereistem Saharastaub rot gepuderten Abendhimmel. Ein Marienkäfer landete auf meiner Hand und krabbelte meinen Zeigefinger hoch. Als müsste er seine Kräfte bündeln, verharrte er einen Moment, ehe er wieder davonflog. Leute kamen und gingen. Was wohl Paul gerade tat? Eine Stunde verging und dann noch eine. Touristenschiffe legten am Steg an, tauschten alte Fahrgäste gegen neue und steuerten den nächsten Hafen an. Ich stand auf, kaufte ein *Schweppes* und setzte mich zurück auf meine Bank, saß da, schnippte Kieselsteinchen in den See und betrachtete die sich von ihrem Eintauchpunkt ausbreitenden konzentrischen Wellenkreise.

Da sagte plötzlich eine Engelsstimme hinter mir: »Guten Abend, Monsieur.«

Ich drehte mich um, und da stand sie, endlich, als ob sie meinen inneren Zähler abgelesen hätte, in einem hellblauen luftigen Kleid und mit glänzenden roten Haaren. Der dünne Lederriemen ihrer kleinen schwarzen Handtasche zeichnete einen feinen Abdruck in die Haut ihrer Schulter.

»Fleur!« Ich ließ die Steinchen zu Boden rieseln, stand auf und wischte meine staubigen Hände an meiner Anzughose ab, bevor ich ihr meine saubere Rechte entgegenstreckte. »Schön, dass du da bist. Bitte nimm Platz.«

Sie setzte sich neben mich. »Hier sitzt du also und liest Zeitung.«

»Zeitung?« Ihr Anblick machte mich ganz benommen. Sie deutete auf das zerknüllte Blatt zwischen uns.

»Ach so.« Kein einziges Wort hatte ich gelesen, die ganze Woche nicht. Ich wollte fragen, ob sie heute ein Bild verkauft hatte, aber sie war schneller.

»Dann hast du die Sache mit Anatole sicher mitbekommen. Eine unglaubliche Geschichte.«

»Der pinkelnde Weißrusse?«

Sie lachte über meine Ausdrucksweise. »Genau der.«

»Was ist mit ihm?«

»Ich dachte, du liest Zeitung? Es steht dick und fett auf der zweiten Seite. Die ganze Stadt spricht darüber. Hast du es nicht mitgekriegt?«

Ich schüttelte den Kopf. »Nein. Was ist passiert?« Unschlüssig, ob ich es auffalten sollte oder nicht, besah ich mir das Papierknäuel.

»Nein, lass, ich erzähl's dir.« Sie war ganz aufgeregt und konnte es kaum erwarten, mir, der ich tatsächlich nichts davon mitbekommen hatte, zu berichten. »Es ist wie aus einem schlechten Kinofilm. Kennst du Chalifour, den Polizeikommandanten?«

»Diesen aufgeblasenen Pinsel kennt doch jeder. Hat es etwa damit zu tun, dass seine Frau an dem Abend im *Mascotte* war?« Es war erstaunlich, wie schnell wir uns schon wieder in ein Thema vertieften.

»Genau ...« Folgendes war passiert: Madame Chalifour hatte ihrem Mann natürlich sofort von Anatoles höhnischer Darbietung berichtet, woraufhin er ihm am nächsten Tag sogleich zwei Polizisten zwecks Beschattung an die Fersen heftete. Angeblich existierte Anatole in den Polizeicomputern nicht; sie kannten nicht einmal seinen

Nachnamen. Man hätte ihn einfach kontrollieren und seine Personalien feststellen können, aber Chalifour wollte ihn unbedingt bei einer Straftat ertappen, damit er ihm so richtig die Hölle heißmachen konnte. Er war überzeugt, etwas zu finden, wenn er ihn nur lange genug observierte – das hatte er in einem Interview sogar zugegeben. Er sehe sich als Kammerjäger, prahlte er darin, der Ungeziefer ausräuchere. Zunächst blieb Anatole unauffällig. Er konsumierte zwar Unmengen an Gras und Kokain, trieb jedoch keinen Handel damit. Chalifour wollte mehr. Also wurde die Observierung fortgesetzt. Schließlich wurde er beobachtet, wie er zwei Prostituierte in ein Haus führte und es geraume Zeit später stark beduselt und lediglich mit Unterhosen bekleidet wieder verließ. Auf dem Weg zurück ins Pâquis, wo er unangemeldet bei einem Kleinkriminellen hauste, traf er auf eine japanische Reisegruppe. Nicht mehr Herr seiner Sinne sah er sich bemüßigt, eine Dame aus der Gruppe zwecks Aushändigung einer Zigarette zu bedrängen, bis diese – zutiefst erschrocken – ihm ein ganzes Päckchen überreichte. Daraufhin führte er einen wirren Tanz auf, der die armen Touristen derart verunsicherte, dass sie die Flucht ergriffen. Kreischend wie ein Irrer, rannte er hinter ihnen her und trieb sie durch die Straßen bis zur Rue Kléberg, wo den Uniformierten letztlich keine andere Wahl blieb, als ihn einzukassieren.

Ich brach in schallendes Gelächter aus. Auch Fleur konnte sich kaum zurückhalten.

»Jetzt hat er Anzeigen wegen Verstößen gegen das Betäubungsmittelgesetz, Erregung öffentlichen Ärgernisses und Nötigung am Hals; und sogar wegen Förderung der Prostitution wollen sie ihn drankriegen.«

»Schweine.«

»Das ist aber noch nicht das Schlimmste. Er wird auch wegen rechtswidriger Einreise angeklagt.«

»Rechtswidrige Einreise?«

»Er ist ein Illegaler. Er hat keine Aufenthaltsbewilligung. Das rückt sein Bühnenstück plötzlich in ein ganz neues Licht. Wir wussten nichts davon.«

»Oje, das ist übel. Was passiert jetzt mit ihm?

»Er sitzt in Untersuchungshaft. Polizei und Staatsanwaltschaft versuchen, ihn als gefährlichen Junkie darzustellen, der sich noch dazu illegal im Land aufhält und deswegen so schnell wie möglich abzuschieben ist. Die Lage ist ziemlich ernst.«

»Hat er einen Anwalt?«

»Du kennst bestimmt Enrico, den Geschäftsführer des *Mascotte* ...«

»Klar.«

»Er steht in Kontakt mit einer Menschenrechtsorganisation. Die kommen für einen Rechtsbeistand auf. Viel mehr können wir nicht tun. Am Ende wird das Gericht entscheiden.«

»Dann hoffen wir mal das Beste.«

»Es geht noch weiter: Nach Anatoles Verhaftung sind zwei Polizisten bei Enrico anmarschiert und haben mit dem Entzug der Schanklizenz gedroht, sollte sich herausstellen, dass im *Mascotte* unsittliches Verhalten gefördert wird.«

»Der denkt wohl, er sei in einer Bananenrepublik, wo er machen kann, was er will. Lächerlich, dieser Typ.«

»Wegen der Schanklizenz müssten wir uns keine Sorgen machen, meinte Enrico. Das sei nur ein Bluff.

Anatole hingegen steht mit einem Bein im Flieger nach Minsk.«

Sie blätterte in der Zeitung und zeigte mir einen Artikel mit der Überschrift »Wenn zwei Clowns sich streiten« – gemeint waren natürlich Chalifour, der die öffentliche Moral und Sicherheit gefährdet sah, obschon es sich in Wahrheit um nichts weiter als einen persönlichen Rachefeldzug handelte, und der verrückte Anatole, der sich seinem Anwalt zufolge auf die universelle Freiheit der Künste berief.

»Wie konnte ich nichts davon mitbekommen?«, dachte ich laut. Normalerweise war ich immer gut informiert. Ich war einfach zu sehr mit anderen Dingen beschäftigt gewesen …

»Wärst du dieses Wochenende ins *Mascotte* gekommen, wüsstest du bestens Bescheid.«

Ich erzählte ihr von Samstagabend und zeigte ihr ein Foto unserer kunterbunten Gesichtsbemalung, das wir auf dem Weg zu *Mischas Taverne* aufgenommen hatten. »Mit der ganzen Schminke hätte uns Fred doch nur weggeschickt.«

Wieder dieses wunderbare Lachen.

Sie fragte, was es zu Feiern gegeben habe, und da erzählte ich, dass Paul Genf gegen Korsika getauscht hatte, um ein Seebär zu werden.

»Und nun sitzt du hier ganz alleine auf dem Trockenen … Stammst du auch aus einer Seglerfamilie?«

»Nein. Paul hat es mir beigebracht. Er gab Segelkurse an der Uni. Meine Eltern hatten mit Wassersport nichts am Hut.«

»Hatten …?«, fragte sie vorsichtig.

»Sie sind tot.«

Ihr Gesichtsausdruck wechselte von fröhlich auf betroffen. »Das tut mir leid.«

»Macht nichts, kannst du ja nicht wissen.« Sie sah mich an, als wollte sie sagen, dass ich nicht darüber reden müsse. Aber das machte mir nichts aus. Es lag Jahre zurück.

Nach einer kurzen Pause sagte ich: »Sie haben Schnürsenkel hergestellt.« Das brachte mich immer selbst zum Lachen, und ich sah, dass sie es ebenfalls lustig fand, es sich aber nicht anmerken lassen wollte.

»Deine Eltern waren Schnürsenkelfabrikanten?«

»Ja wirklich. Es ist tragikomisch. Die Eltern meines Vaters haben ihnen die Firma vererbt. Sie war klein und schon, als sie sie Ende der Achtziger übernahmen, lief es nicht sonderlich gut. Erst machten ihnen die Klettverschlüsse zu schaffen, dann gab ihnen die Konkurrenz aus Fernost den Rest. Sie gingen bankrott. Kurz nach der Pleite kamen sie auf dem Rückweg von ihrem wöchentlichen Kinoabend von der verregneten Straße ab und prallten gegen einen Baum. Mein Vater saß am Steuer. Er fuhr, wie er Geschäfte machte: sorglos und unkonzentriert. Und meine Mutter tat vermutlich, was sie immer tat: dasitzen und die Dinge geschehen lassen. Es passierte drei Wochen bevor ich mit dem Studium anfing.«

»Muss schwer gewesen sein.«

»Anfangs schon. Aber irgendwann fängt man sich wieder und es geht weiter. Man kann ja nicht ewig den Kopf hängen lassen.« Mit weiteren Details verschonte ich sie. Allen voran, dass ich aufgrund der Schuldenlast das Erbe ausschlagen musste, um selbst schuldenfrei zu bleiben, und das Glück hatte, dass die Gemeinde für die Bestattungskosten aufkam.

»Hast du Geschwister?«, fragte sie.

»Nein, keine Verwandtschaft. Du?«

»Eine Schwester und meine Eltern.« Sie stammte aus ärmlichen Verhältnissen. Ihr Vater hielt Kunst für eine Freizeitbeschäftigung degenerierter reicher Leute, die nichts Besseres zu tun hatten, und konnte ihrer Vorliebe für die Malerei nichts abgewinnen. Ihre Mutter, deren Liebe für Pflanzen sie ihren Namen verdankte, litt unter den ständigen Tobsuchtsanfällen ihres Vaters und wurde depressiv. Ihre zwei Jahre ältere Schwester Céline hatte diese Umstände bald satt und zog mit fünfzehn in einer Nacht-und-Nebel-Aktion von zu Hause aus. Seither hatte sie sie kaum noch gesehen.

Nach diesem Ausflug in die Welt der Familiengeschichten wandten wir uns wieder erbaulicheren Themen zu. Fleur sprach von ihrer Zeit an der Kunstakademie. Auf meine Frage, wann sie ihr erstes Bild verkauft habe, erzählte sie eine Anekdote, die ihr besonders im Gedächtnis haften geblieben war. »Das übernahm mein damaliger Freund, es war im letzten Jahr meines Studiums. Er hatte zwei Pizzen bestellt und dann gemerkt, dass er kein Geld dabeihatte. Ich war im Wohnzimmer und ihm war es peinlich. Also hat er einfach ein Bild von der Wand genommen und es dem Pizzaboten gegeben, der es tatsächlich als Bezahlung akzeptierte.«

»War das der Trottel, den du letztes Mal erwähnt hast?«

»Genau der«, lachte sie. »Spätestens da hätte ich es wissen müssen. Aber es ging dann noch eine Weile. Ich dachte, er würde sich bessern – ein kolossaler Irrtum.«

Unsere Gespräche kreisten wieder um alles Mögliche. Es gab kein Thema, das sie langweilte oder das ihr zu abgehoben war. Literatur und Architektur interessierten sie genauso wie Geografie, Film oder meine gescheiterten Kurzbeziehungen. Wir sprachen von fernen Orten, die wir gerne besuchen würden, kamen dabei schnell überein, dass ein Leben auf Reisen das beste überhaupt sein müsse, diskutierten über Geschichte und Gesellschaft, rätselten über den Verbleib Bruno Mansers, sprangen hin und her und vergaßen die Welt um uns herum. Der Platz zwischen uns schwand Zentimeter für Zentimeter. Und je näher wir uns kamen, desto stärker fühlte ich eine elektrische Spannung. Manchmal, wenn sie lachte, berührten sich unsere Arme oder Hände, das machte mich jedes Mal fast verrückt.

Dann vibrierte das Handy in ihrer Handtasche. Sie sah auf den Bildschirm und nahm ab.

»Enrico? Sicher, keine Sorge, ich bin gleich da.« Sie legte auf. »Ich muss mich beeilen. Die Zeit, die Zeit.«

Wir standen einander gegenüber und sahen uns in die Augen.

»Also dann …«, sagte ich.

»Tja …«, sagte sie.

Dann fasste ich mir ein Herz und lud sie ein, diesen Sonntag mit mir segeln zu gehen. »Wir fahren gemütlich raus und springen ins Wasser.«

Ihre Augen leuchteten. »Gerne. Wann und wo?«

»Ich miete uns ein Boot auf halb eins. Um zwölf da drüben bei der Brücke?«

»Abgemacht.« Sie machte einen Schritt rückwärts und strich eine Strähne aus ihrem Gesicht. »Ich muss jetzt wirklich los. Bis Sonntag.«

»Bis Sonntag.«

Ich war der König der Welt.

Den Freitag und den Samstag verbrachte ich in erster Linie damit, auf den Sonntag zu warten. Beide Tage kamen mir absolut überflüssig vor, und wäre es physikalisch irgendwie möglich gewesen, hätte ich sie einfach übersprungen. Alles was ich wollte, war, so schnell wie möglich wieder mit Fleur zusammen zu sein.

Mit nur zwei Tagen Vorlaufzeit bei besten Wettervorhersagen ein Segelboot zu ergattern, erwies sich als ziemlich schwierig. Als ich am Freitagmorgen die Mietstation anrief, sagte man mir, es sei alles ausgebucht. Ich ließ mich auf die Warteliste setzen – in den allermeisten Fällen kein sonderlich erfolgversprechendes Unterfangen. Zähneknirschend hatte ich mich schon damit abgefunden, auf das Motorboot umzusatteln, das ich vorsichtshalber bei einer anderen Station reserviert hatte. Eine Herabstufung der Windprognose sorgte dann dafür, dass im letzten Moment mein Handy klingelte, so dass ich doch noch ein Segelboot bekam. Und als ob das nicht schon Glück genug gewesen wäre, handelte es sich bei dem frei gewordenen Stück auch noch um die *Yarrabee*. Den korrigierten Prognosen zufolge sollte lediglich ein laues Lüftchen wehen, das gerade eben reichte, um vorwärtszukommen. Was mich sonst vielleicht geärgert hätte, freute mich jetzt. Schließlich hatte ich Fleur zum Segeln eingeladen und nicht zum Motorbootfahren. Dankend übernahm ich die Miete. Dann rief ich bei der anderen Station an, um das Motorboot zu stornieren. Man wies mich darauf hin, dass das so kurzfristig nicht mehr möglich sei und sie in jedem

Fall den vollen Preis von zweihundertzwanzig Franken von meiner Kreditkarte abzögen. Selbst das war mir egal, Hauptsache, ich bekam meinen Segler.

Als ich an der Brücke eintraf, war sie schon da. Anders als bisher redeten wir nicht viel. Sie entfernte die Persenning, während ich die Checkliste durchging. Im Cockpit saßen wir einander gegenüber. Sie funkelte, als wäre sie ein Edelstein, in dem sich das Licht in allen Farben bricht; Zähne, Lippen, Haare, die blauen Augen mit dem grünen Schimmer und die Sonnencreme auf ihrer Haut. Sie war wunderschön.

Wir schaukelten hinaus zur Pointe-à-la-Bise. Dort drehten wir bei und legten uns in die Sonne. Sie sagte: »Es ist schön hier.«

Das Herz schlug mir bis zum Hals.

Dann sprangen wir ins Wasser, und sie tauchte direkt vor mir auf. Ohne nachzudenken, küsste ich sie. Ihre Lippen waren kühl und schmeckten nach Seewasser. Ihr nasses Haar roch nach Blumen. Sie schloss ihre Arme um mich.

In der Folgewoche trafen wir uns nur ein einziges Mal. Fleur war der Meinung, es sei besser, nichts zu überstürzen. Das sah ich natürlich anders, doch erschien es mir weder klug noch angebracht, sie zu drängen.

Zum Glück hielt die künstlich geschaffene Distanz nicht lange. Am folgenden Wochenende, in der Nacht vor unserem zweiten Segelausflug, ging die Türklingel los. Ich wachte auf und dachte erst, Paul sei zurückgekehrt. Aber es war Fleur. Sie kam direkt aus dem *Mascotte* und roch nach Rauch und Schminke. Ohne ein Wort zu sagen, fiel sie mir um den Hals. Von da an waren wir unzertrennlich und verbrachten jede freie Minute gemeinsam. Wir gingen schwimmen, sonnenbaden oder schlenderten den See entlang. Wenn wir auf dem Bett lagen und lasen, lag ihr Kopf auf meinem Bauch, und wenn sie malte, hing ich in ihrer Wohnung herum und studierte Seekarten und Reiseberichte. Arbeitete sie bis tief in die Nacht, schlief ich irgendwann ein und stolperte frühmorgens, wenn ich zur Arbeit ging, über die Staffelei im Flur. Das darauf befindliche Bild blieb mit viel Glück stets unversehrt.

Jeden Sonntag mietete ich ein Boot. Wir fuhren hinaus und ich brachte ihr den Manöverkreis und die wichtigsten Knoten bei. Während der zweiten Ausfahrt fragte sie mich, ob ich sie auf meine Abenteuerfahrt mitnehmen würde. Sie träume ja selbst von einem Leben auf Reisen und von fremden Ländern und die Enge an Bord störe sie nicht, solange es nur ausreichend Platz für ihre Malutensilien gebe. Einsam auf mich allein gestellt, sei ich in meinem Leichtsinn doch sowieso dem Schiffbruch geweiht, und überhaupt sei es schöner, zu zweit zu reisen. Sobald es mit der Galerie wieder besser laufe, werde sie auch ihren finanziellen Beitrag nach besten Kräften leisten. Darüber hinaus könne sie Landaufenthalte nutzen, um Bilder zu malen, mit deren Verkauf etwas Geld in die Bordkasse käme. Selbstverständlich war ich einverstanden. Mehr als das: Mir fiel ein tonnenschwerer Brocken vom Herzen. Anfänglich hatte mich nämlich noch die Sorge umgetrieben, ob sie überhaupt bereit war, an meinem Abenteuer teilzunehmen. Denn wäre sie es nicht, hätte mich das in ein unmögliches Dilemma gestürzt, eine schreckliche Situation, in der ich mich zwischen ihr und meinem Lebenstraum entscheiden müsste. Ich hielt es für verfrüht, sie jetzt schon danach zu fragen, wo wir doch gerade erst zusammengekommen waren, und so trug ich die Ungewissheit ständig mit mir herum. Fleur bewies ein gutes Gespür und erlöste mich von meinen Sorgen. Ich sagte ihr, sie solle sich über Geld nicht den Kopf zerbrechen, für mich sei es das größte Geschenk, wenn sie nur mitkäme. Nun, da die wichtigsten Fragen geklärt waren, konnte ich unsere gemeinsame Zeit frei von Bedenken genießen. Wir schwelgten dahin in unserem kleinen Glück, und hin und wieder musste ich mich kneifen, wenn ich mir vor Augen hielt, dass Fleur tatsächlich meine Freundin war.

Aus Juni wurde Juli und über der Stadt lag eine noch nie da gewesene bleierne Hitze. Auf heiße Tage folgten tropische Nächte und unter den Bewohnern des Pâquis kam es in Mode, kübelweise kaltes Wasser von den Fenstern auf die Passanten zu kippen. Wer nicht auf eine Dusche aus war, musste auf der Hut sein. Aber nicht nur manche Menschen verhielten sich merkwürdig; Jérôme behauptete steif und fest, er habe eine Katze in den See springen sehen. Es passte ins Bild dieses einzigartigen Sommers, dass auch der Fall Anatole eine erfreuliche Wendung nahm: In einem umfangreichen Gutachten wies der vom Gericht bestellte Psychiater auf den nicht einwandfreien Geisteszustand des Beschuldigten hin, betonte aber gleichzeitig, dass geeignete Behandlungsmethoden zur Verfügung stünden. Der von der Menschenrechtsorganisation bestellte frisch patentierte Anwalt hielt ein flammendes Plädoyer über den Geist der Toleranz, die Freiheit der Künste und die humanitäre Tradition der Stadt Genf. Entgegen der Forderung der Staatsanwaltschaft, welche die sofortige Ausweisung nach Weißrussland verlangte, zeigte sich die

Richterin gnädig und verurteilte den Angeklagten lediglich zu drei Monaten auf Bewährung und einer Verhaltenstherapie zu Lasten der Staatskasse. Außerdem wurde eine vorläufige Aufenthaltsbewilligung erteilt, nachdem sein Anwalt glaubhaft darlegte, dass einem Künstler und politischen Aktivisten von Anatoles Format in der Heimat mindestens die Folter drohe. Aus lauter Dankbarkeit für das milde Urteil warf sich Anatole vor der Richterin zu Boden und pries ihr gutes und edles Herz. Die im Saal anwesenden Schaulustigen jubelten. Der Jubel verwandelte sich in Freudentaumel, als der federführende Staatsanwalt, im Wissen um die Sympathien, die der verrückte Künstler bei Medien und Bevölkerung genoss, sowie aufgrund des fehlenden Glaubens an eine Kursänderung der nächsthöheren Instanz, direkt nach der Verhandlung Reportern gegenüber verkündete, auf eine Berufung zu verzichten und das Urteil zu akzeptieren. Es war der Vorbote von Chalifours Niedergang. Nur wenige Tage darauf sah er sich nach einem anmaßenden Auftritt in der Ständigen Vertretung der Republik Madagaskar gezwungen zurückzutreten, nachdem er in einem Anfall fehlgeleiteter Kumpelhaftigkeit den madagassischen Konsul vor versammelter Presse als »Lemurenlümmel« bezeichnet hatte.

Unter dem Eindruck der Ereignisse wog Pauls Abwesenheit weniger schwer, als es sonst der Fall gewesen wäre. Nichtsdestotrotz vermisste ich seine Gesellschaft. Telefonieren war nicht so sehr unsere Sache und so vernahmen wir kaum etwas voneinander. Aber einmal, an einem Abend, wechselten wir eifrig ein paar Nachrichten: Er schrieb, dass er sich gut eingelebt habe, und schickte mir ein Foto seines kleinen Zimmers mit Meerblick. Ich kommentierte: Gratulation zum süßen Leben. Gewohnt freimütig antwortete er: Gratulation zur scharfen Freundin.

Wo die Sonne scheint, ist auch der Schatten nicht weit. Uns erschien er in Form des Alltags, der sich unserer glücklichen Zweisamkeit mit aller Macht entgegenstellte. Auf jeden mühsamen Tag, der verging, folgte einer, der noch mühseliger war. Ich stand unter ständigem Produktionsstress. Um meine Prozesse fertigzubekommen, schmorte ich täglich zwölf Stunden oder mehr vor dem Computer. Im Büro war es kochend heiß und stickig wie in einer Sauna. Zum Schutz vor kalten Wintern gab es überall Heizungen. Klimaanlagen hingegen, die für Kühlung hätten sorgen können, waren in kaum einem Gebäude verbaut. Den Architekten konnte man dennoch keinen Vorwurf machen und auch nicht den Meteorologen, die es ihnen hätten sagen können, denn dieser Wahnsinnssommer war präzedenzlos. Trotz der Hitze bestand Gaspar auf der Krawattenpflicht. Zugleich verbot er das Tragen von kurzärmligen Hemden, da man diese aus Gründen des guten Geschmacks unmöglich mit einer Krawatte kombinieren könne. Dies hatte zur Folge, dass die Männer schweißgebadet herumliefen. Für die Frauen galt ein striktes Sandalenverbot. Die einzige portable Klimaanlage, die er zuließ, befand sich in seinem Glaswürfel. Eine weitere, so behauptete er absurderweise, beschwöre unweigerlich einen Kurzschluss herauf. Trotz der kühlen Luft, die ihm den lieben langen Tag um die Ohren wirbelte, befand sich seine Laune auf luziferischem Niveau. Bei der geringsten Kleinigkeit lupfte es ihm den Deckel. So trieb ihn eine vertauschte Abfolge von Aktivitäten in einem Kontoeröffnungsprozess derart zur Weißglut, dass er mich aus dem Glaswürfel jagte und mir die Ausdrucke hinterherwarf.

Für Fleur lief es noch schlechter. Wie erwartet gingen die Verkäufe saisonal bedingt zurück. Dass sie allerdings ganze drei Wochen lang kein einziges Bild verkaufen würde, damit hatte sie nicht gerechnet. Zu dem bereits bestehenden zweimonatigen Mietrückstand, den sie mir aus Scham lange verheimlicht hatte, kam ein weiterer Monat hinzu. Die Situation war ernst. Wenn Longchamp nicht bald Geld sah, war es aus mit der Galerie. Mein Angebot, ihr das Geld zu leihen, schmetterte sie mit einem messerscharfen »Niemals!« ab. Sie wollte nicht in meiner Schuld stehen. Meinen nächsten Schachzug, nämlich ihr das Bild *L'horizon* abzukaufen, das mir so gefiel, sah sie voraus und machte es mir kurzerhand zum Geschenk. Weitere Rettungsversuche, insbesondere eine Direktzahlung an Longchamp, die ich angesichts ihrer Not in Erwägung zog, wurden mir strikt untersagt. »Meine Probleme dürfen nicht zu deinen werden«, lautete ihre Losung. Sie unternahm alles, um die Verkäufe anzukurbeln, und senkte die ohnehin schon reduzierten Preise um weitere, ruinöse fünfzig Prozent. Im letzten Akt ihrer Verzweiflung ging sie gar dazu über, auf dem Bürgersteig auszustellen. Der Überlebenskampf zehrte an ihren Nerven und ihr Selbstvertrauen erlitt schwer Schlagseite. Nichtsdestoweniger stellte sie sich mutig der Schlacht. Sie suchte das Gespräch mit Longchamp und versuchte, ihn von einem weiteren Aufschub zu überzeugen – vergeblich.

»An Ihren Absichten zweifle ich nicht, Mademoiselle Fleur«, eröffnete er ihr, »wohl aber an Ihrem Geschäftssinn. Wenn ich Ihnen einen Rat geben darf: Konzentrieren Sie sich auf das Malen und überlassen Sie den Verkauf einem Profi mit den richtigen Kontakten. Sie haben achtundvierzig Stunden, um die ausstehende Miete zu beschaffen.«

Da er auch Bilder als Zahlungsmittel ausschloss, war die letzte Karte in einem Spiel, in dem sie schwer ins Hintertreffen geraten war und trotzdem tapfer gekämpft hatte, gespielt. Die Frist verstrich.

Als ich kurz darauf, an einem warmen Abend Ende Juli, die Galerie betrat, saß sie aufgelöst auf ihrem Stuhl hinter der leeren Kasse und weinte bittere Tränen der Niederlage. In der Hand hielt sie die Kündigung für Galerie und Studio auf Ende August.

Ich schloss sie in die Arme und besah gleichzeitig das Einschreiben.

»Eine einmonatige Kündigungsfrist? Ist das überhaupt rechtens?«

»Ist doch jetzt egal«, wimmerte sie. »Es ist vorbei.«

Es ging drunter und drüber. Keine zwei Tage nach Eingang der Kündigung führte Longchamp eine Gruppe von Mietinteressenten durch die Räumlichkeiten. Am nächsten Morgen informierte er Fleur dann, dass ein auf südafrikanische Tropfen spezialisierter Weinhändler, der seit Längerem auf der Suche nach einer Niederlassung in der Stadt gewesen war, den Zuschlag erhalte. Longchamp nutzte die Gunst der Stunde, verdoppelte den Mietzins für den Verkaufsraum und vermietete das Studio separat an einen Doktoranden, der auf Anfang September einzog. Der Weinhändler, ein umtriebiger Geselle mittleren Alters, dem Fleurs Notlage nicht entgangen war, bot ihr an, die Augustmiete zu übernehmen, wenn sie sich bereit erklärte, die Galerie umgehend zu räumen. Sie willigte ein. Um dem Schuldenzuwachs zusätzlich entgegenzuwirken, schlug ich vor, dem Doktoranden einen Einzugstermin ab Anfang August anzubieten, was dieser dankend annahm.

Fleur blieben damit nur zwei Tage bis zur Schlüsselübergabe.

Jérôme erwies sich als verlässlicher Freund und war einverstanden, sie bei uns aufzunehmen. Allerdings mahnte er in einem kryptischen Appell zur Vorsicht: »Pass bloß auf. Sei auf der Hut.«

Ich verstand nicht und fragte, was er damit meine.

»Du befindest dich in einer heiklen Situation …«

»Ich? Inwiefern?«

»Ist doch offensichtlich: Du hast Kohle, sie nicht. Außerdem plant ihr zusammenzubleiben … Na, klingelt's?«

»Nein.«

»Also manchmal bist du echt schwer von Begriff.« Er schüttelte den Kopf. Im Flüsterton weihte er mich in seine Bedenken ein: »Hör zu, du weißt, ich mag Fleur. Sehr sogar. Und ich hoffe, ihr werdet glücklich miteinander. Das wünsche ich euch wirklich. Aber es ist doch ziemlich offensichtlich, dass sie im Moment etwas durch den Wind ist – wer könnte es ihr verdenken … Jedenfalls, in solchen Situationen passieren halt manchmal gewisse Sachen. Du weißt schon … schlimme Dinge …«

»Sag mal, wovon redest du?«

»Hast du Tomaten auf den Augen?« Er schüttelte mich, so als wollte er mich aus einem Albtraum aufwecken. »Ich muss wohl noch deutlicher werden, Mann!« Seine kräftigen Hände massierten druckvoll meine Schultern. »In der jetzigen Situation ist ihr eindeutig an einer Stärkung eurer Beziehung gelegen.«

»Sprich Klartext!«

»Soll heißen, dass sie bald zu dir kommen und dir mitteilen wird, dass sie schwanger ist. Es tue ihr leid, sie könne es sich selbst nicht erklären, wo ihr doch immer so gut aufgepasst habt, bla, bla, bla … Aber so sei es nun mal und eine Abtreibung komme nicht infrage, es sei doch schließlich ein kleines Lebewesen, das da in ihr heranwachse.« Er musterte mich mit aufrichtiger Sorge.

»Entspann dich«, erwiderte ich und konnte mir zu seinem Missfallen ein Lachen nicht verkneifen. »Glaub mir: Von Kindern sind wir meilenweit entfernt. So viele Meilen, dass du sie überhaupt nicht zählen kannst. Mach dir keine Sorgen.«

»Sag nie, ich hätte dich nicht gewarnt. Und pass immer gut auf, mein Lieber, pass immer gut auf. Hier …« Mit der Güte eines Vaters, der seinem Sohn einen Zehner zusteckt, drückte er mir zwei Kondome in die Hand.

Fleur erhielt keine Verschnaufpause. Es galt zu räumen und zu putzen. Und zwar zügig. Ihre Habseligkeiten landeten entweder auf der Sammelstelle oder in meinem Schlafzimmer, das sich immer mehr in eine Rumpelkammer verwandelte. Die Bilder, die zuvor an den kalkweißen Wänden der Galerie so prächtig zur Geltung gekommen waren, lehnten nun trostlos an der vergilbten Tapete. Im Einbauschrank schrumpfte mein Einflussbereich auf die Hälfte zusammen. Zwei Kartonschachteln mit Geschirr, Töpfen, Gläsern und anderen Haushaltsgegenständen standen in einer Ecke, umgeben von meinen aufgestapelten Büchern, deren freiheitliche Existenz auf dem Teppich ein jähes Ende fand. Die Malutensilien harrten im Putzschrank, dem einzigen Ort, an dem noch genug Platz war, ihrer Verwendung. Um Jérômes Sorge um die Gesundheit seines Gehirns und seiner Atemwege Rechnung zu tragen, wurde die Staffelei in der hinteren Wohnzimmerecke am stets offenen Fenster aufgebaut, wo die Dämpfe gut abziehen konnten. Die alte Registrierkasse, von der sie sich nicht trennen wollte, fand Eingang in Jérômes rappelvollen Modehimmel auf dem Dachboden. Das übrige Mobiliar transportierte sie mit einem quietschenden Handkarren auf die Sammelstelle. Sie war bankrott und verbot mir, einen Transporter zu mieten. Wenn ich ihr helfen wolle, so könne ich ihr dabei zur Hand gehen, das Bett und den Eisentisch auf den Karren zu hieven. Also dehnte ich meine Mittagspause auf eineinhalb Stunden aus – mehr war aufgrund des Produktionszwangs unmöglich drin – und kehrte danach mit durchgeschwitztem Hemd ins Büro zurück. Besonders ans Herz ging ihr die Demontage des fliegenden Kleiderschranks, den sie einst mit so viel Einfallsreichtum installiert hatte. Obwohl sie ihr Möglichstes tat, die Situation mit Fassung zu tragen und nicht zu klagen, war sie offensichtlich schwer enttäuscht und deprimiert. Sie redete nur das Nötigste und vegetierte die Tage nach der Übergabe antriebslos dahin, hing in der Wohnung herum, ohne sich irgendeiner sinnvollen Tätigkeit zu widmen, und setzte kaum einen Fuß nach draußen. Abends, wenn ich nach Hause kam, saß sie zusammengesunken auf dem Sofa und blätterte lustlos in einem Magazin oder starrte trübsinnig ins Nichts. Ich begann schon, mir ernsthaft Sorgen zu machen, als sie endlich wieder aktiv wurde. Mit vier Bildern im Gepäck suchte sie mehr oder minder bekannte Galeristen auf, in der Hoffnung, sie würden sich ihrer annehmen. Aber auch das brachte keinen Erfolg. Man bescheinigte ihr allerorts vorzügliches Talent, doch hieß es entweder, sie habe keinen Namen oder der Markt für Nachwuchskünstler sei momentan gesättigt oder sie solle in einem halben Jahr wiederkommen. Die einzigen Angebote, die sie bekam, waren schlüpfriger Natur. Ich lernte, dass im gnadenlosen Wettbewerb unter den Künstlern nur diejenigen eine Chance bekommen, die in der Gunst eines Förderers stehen. Talent und harte Arbeit sind notwendig, aber nicht ausreichend.

Wenig später, ich kam gerade mit müdem Kopf heim, fand ich sie im Schneidersitz auf dem Bett vor. Sie aß einen Apfel und wirkte erleichtert. Ich sah mich um. Die Bilder waren fort. Nur *L'horizon* hing noch über dem Kopfende des Bettes.

»Was ist passiert?«, fragte ich.

»Alles weg. Verkauft«, antwortete sie und streckte die Arme nach mir aus. »Komm.«

Ich setzte mich zu ihr. Die Frage nach Preis und Käufer brannte mir auf der Zunge, aber ich merkte, dass sie mir etwas zu sagen hatte, und so schwieg ich.

»Ich bin es leid, von der Hand in den Mund zu leben und mich jeden Tag zu fragen, wie ich über die Runden komme. Ich habe die Bilder einem Händler gegeben, der Hotels und Bars mit Möbeln und Requisiten beliefert. Er hat mir dreitausendfünfhundert bezahlt. Das ist weit unter Wert, ich weiß, aber ich will einen Schlussstrich ziehen. Jetzt kann ich zumindest mein Bankkonto ausgleichen und zusammen mit der Mietkaution meine Ausstände bei

Longchamp begleichen. Ich bin zwar pleite, aber wenigstens habe ich keine Schulden mehr. Galerien und Verkaufsräume, die etwas taugen, sind unbezahlbar geworden. Die Preise sind explodiert. Es gibt keinen zweiten Boulevard James-Fazy – jedenfalls nicht für mich. Ist vielleicht auch besser so.«

»Sag das nicht.«

»Doch. Longchamp hat recht; mir fehlen die richtigen Kontakte.«

»Also keine Galerie mehr?«

Sie senkte den Kopf. »Am Ende stünde ich doch nur wieder mit den gleichen Problemen da.«

»Und was hast du jetzt vor?«

Ihr Mund formte die Worte, doch es waren ihre traurigen Augen, die sprachen: »Von der Malerei kann ich auf absehbare Zeit nicht leben. Ich muss mir etwas suchen, um mittelfristig Geld zu verdienen. Im *Mascotte* möchte ich aber weiterhin auftreten.«

»Bleibt dir da noch genug Zeit zum Malen?«

»Wenn ich eine Teilzeitstelle finde, kann ich an meinen freien Tagen und nach Feierabend malen. Vorher saß ich ja auch den halben Tag in der Galerie herum und habe auf Kundschaft gewartet.« In ihrem Gesicht zuckte ein klein wenig Optimismus. »Mein Kopf ist voller Ideen und früher oder später werde ich schon einen Galeristen überzeugen. Es ist nur eine Frage der Zeit.«

Ich bot ihr an, sie finanziell zu unterstützen, bis sie wieder ein paar Bilder verkauft hätte, aber das lehnte sie entschieden ab. Der Gedanke, mir zusätzlich auf der Tasche zu liegen, wo ich sie schon mietfrei bei mir aufgenommen hatte, war ihr unerträglich.

Sie erkannte meine Skepsis und fasste mich bei der Hand. »Das wird schon. Ich möchte meinen Teil beisteuern, an der Wohnung und auch an der Reisekasse. Auch wenn es viel weniger ist, als du einbringst, könnten wir trotzdem früher los. Alles wird gut. Ich schaffe das.«

Nach kurzer Suche fand sie eine Anstellung im *Café Cathédrale*, wo sie vier Tage die Woche kellnerte. Der Name leitete sich von der nahe gelegenen Kathedrale Saint-Pierre ab – für sie aber war es nur das *Café Grapsch*. Die Gäste, vornehmlich angeheiterte Herren fortgeschrittenen Alters, versäumten es nicht, mit ihren fleischigen Pranken ihre Hand zu tätscheln, sie in den Hintern zu kneifen und ihr gönnerhaft mickrige Trinkgelder zuzustecken. Trotz des Ekels, der sie bei jeder dieser Berührungen ergriff, machte sie weiter.

»Wie erträgst du das nur?«, wollte ich wissen.

»Das könnte ich dich genauso fragen«, gab sie verärgert zurück.

»Ich werde wenigstens nicht belästigt.«

»Aber erniedrigt. Und du wehrst dich auch nicht, also schwing keine Reden.«

Nicht, dass wir deswegen in Streit geraten wären, aber ihre Stimmung war im Keller, und es bedrückte mich, sie so zu sehen. Nach getaner Arbeit hockte sie sich in die hinterste Ecke des Wohnzimmers vor ihre Staffelei am Fenster, umgeben von einer ganzen Batterie leerer, mit Leinwand bespannter Keilrahmen, und malte unwirsch drauflos. Mitten in der Nacht kroch sie dann völlig übermüdet unter die Decke.

Wo der Alltag keinen Anlass zur Freude bot, sorgte

wenigstens Jérôme mit seinen kruden Ideen immer mal wieder für einen Lacher. Besonders eine Aktion hinterließ bleibenden Eindruck: Wir frühstückten gerade, da bemerkten wir ein Bild, das an der Wohnzimmerwand lehnte und nicht von Fleur stammte. Was aus der Ferne wie zwei Kreise und ein Dreieck aussah, entpuppte sich bei näherer Betrachtung als die Abdrücke zweier Brüste. Der eine bestand aus Senf, der andere aus Erdbeerkonfitüre. Eine angetackerte, verschmierte rote Serviette repräsentierte ein Schamdreieck. Auf Höhe des Bauchnabels prangte ein goldener Honigfleck. Unten rechts stand mit rotem Lippenstift geschrieben: »Die geile Mini. Lebensmittel und Serviette auf Leinwand. Genf 2014.« Darunter die Initialen JD für Jérôme Decastel. Mini musste demnach seine Neue sein. Ich erinnerte mich denn auch, in der Nacht aufgewacht zu sein und aus dem Wohnzimmer Gekicher gehört zu haben. Wir schlugen einen Nagel ein und hängten es an die Wand.

Nach nur neun Tagen, zur Mittagszeit, fand Fleurs Engagement im *Café Grapsch* ein jähes Ende. Ein spitzbäuchiger Stammgast, der sie grob am Handgelenk gepackt und gegen ein großzügiges Trinkgeld eindeutige Dienstleistungen eingefordert hatte, hatte ihren von Tag zu Tag dünner gewordenen Geduldsfaden endgültig zum Reißen gebracht. Sie entwand sich seinem Griff, schnappte sich das Tiramisu, das sie ihm gerade hingestellt hatte, und klatschte es ihm verkehrt herum auf die fettigen grauen Haare. Alsdann schleuderte sie dem Wirt – ein rückgratloses Wesen, der sich die Belästigungen stets tatenlos mitangesehen hatte, um seine ehrenwerten Gäste nicht mit einer Beanstandung zu verärgern und dadurch seinen Umsatz zu gefährden – die Servierschürze ins Gesicht, entnahm dem Portemonnaie den ihr zustehenden Lohn, warf es ihm vor die Füße und marschierte davon. Ich staunte nicht schlecht, als sie mir am Abend bei einer Flasche Wein davon erzählte. Einen derartigen Ausbruch hätte ich ihr nicht zugetraut. Entgegen meinem Rat beschloss sie, es nun als Büroangestellte zu versuchen, wo es ihrer Meinung nach gesitteter zu- und herging. Ich half ihr, einen Lebenslauf zu erstellen. Es war ihr erster überhaupt.

9 EIN VERGESSENES FEST UND ANDERE KLEINIGKEITEN

Ausnahmsweise hatte ich eine Stunde länger geschlafen als üblich und würde erst gegen neun Uhr in der Bank aufkreuzen. Ich hatte einfach keine Lust, schon wieder so früh aufzustehen.

Fleur lag auf meinem Rücken und zählte Liegestütze. Ohne sie als Zusatzgewicht brachte ich es mittlerweile auf hundert Wiederholungen am Stück. Meine Arme zitterten.

Sie feuerte mich an: »Komm, noch ein paar mehr.«

Aber bei vierzig verließen mich meine Kräfte und ich knickte ein.

»Bald schaffst du fünfzig«, sagte sie und rollte von mir herunter.

Am Boden liegend schaute ich ihr zu, wie sie das Fenster öffnete. Frische Morgenluft strömte herein. Sie drehte sich zu mir um. Schwarz hob sich ihr Umriss vom sonnenglänzenden Hintergrund ab. Sie schlüpfte aus ihrem schwarzen Höschen und zog mein T-Shirt mit dem aufgedruckten Anker aus, das ihr viel zu groß war. Ihr Anblick raubte mir meinen ohnehin schon knappen Atem. Ich raffte mich auf und folgte ihr unter die Dusche.

Seit ihrem Einzug hatte sich in unserer einstigen Junggesellenbude einiges verändert: Auf dem Esstisch standen frische Blumen, es gab Serviettenspender, und Essensreste landeten im Bio-Container, anstatt tagelang in der Spüle vor sich hin zu gammeln. Ohne dass sie es eingefordert oder angesprochen hätte, trug ich regelmäßig meinen Wäscheturm ab, und Jérôme vergaß plötzlich seine Vorliebe für viehisches Rülpsen. Natürlich hatten wir uns nicht von Grund auf geändert; tief in seinem Herzen blieb Jérôme ein Barbar, genauso wie mich die Erledigung alltäglicher Pflichten immer noch ein übernatürliches Maß an Überwindung kostete. Doch der zivilisierende Effekt weiblicher Gesellschaft machte auch vor der Rue de Neuchâtel nicht halt.

Der Frühstückstisch war reich gedeckt mit Knäckebrot, Erdbeerkonfitüre, Honig, Milch, duftendem Kaffee, Papayas und Passionsfrüchten. Auch für Jérômes neue Gespielin, deren fröhliche Stimme aus dem Schlafzimmer drang und von der wir bis dahin nicht mehr kannten als die Abdrücke ihrer Brüste auf einer Leinwand, hatten wir ein Gedeck aufgelegt. Fleur, die von Amourösitäten allgemein sehr fasziniert war, brannte darauf, sie kennenzulernen.

Barfuß und in einen weißen Bademantel gehüllt, im Stil eines Playboys, führte Jérôme eine zierliche Brünette in schwarzen Leggins ins Wohnzimmer. Seine Riesenpranke ruhte auf ihrem Hintern. »Leute, das ist Mini. Mini, das sind Louis und seine Freundin, die bezaubernde Fleur. Sag hallo.«

»Hallo«, piepste sie und zog schüchtern den Kopf zwischen die Schultern.

»Ciao, Mini«, tönten wir aus einer Kehle. Dann Fleur allein: »Möchtest du mit uns frühstücken?«

Zu Fleurs grenzenloser Enttäuschung lehnte Mini ab. Sie müsse zur Arbeit und sei spät dran. Jérôme brachte sie zur Tür.

»Nicht schlecht die Kleine, was?«, prahlte er, kaum dass er zurück im Wohnzimmer war. In selbstzufriedener Eroberer-Manier strich er sich über die Brust. »Ich liebe ihre Möpse, sie sind von geradezu grotesker Schönheit. Ein Jammer, dass ich sie loswerden muss.«

Fleur wusste um seine – ihrer Meinung nach merkwürdigen – Ansichten zum Thema Beziehungen, verstand jedoch nicht, woher sie rührten. Sie entschied, ihm ein wenig auf den Zahn zu fühlen, und fragte, was ihn an ihr störe.

»Stören?«, gab er entspannt zurück. »Wieso sollte mich etwas an ihr stören?«

»Na, weil du sagst, dass du sie loswerden willst.«

Er schüttelte den Kopf und hob die Hände zu einer Geste der Machtlosigkeit. »Nicht wollen – müssen!«

Fleur insistierte. »Du musst? Wirst du etwa dazu gezwungen?«

»Du hast es erfasst.« Er streckte erklärend den Zeigefinger in die Höhe. »Sie wünscht sich nämlich einen festen Freund. Und dafür ist sie bei mir definitiv an der falschen Adresse. Ergo muss ich Schluss machen, bevor sie sich an mich gewöhnt oder – noch schlimmer – sich in mich verliebt.«

»Wäre das so schlimm?«

Anstatt zu antworten, nahm er seelenruhig einen Schluck Kaffee.

Fleur fuhr fort: »Sie scheint dich zu mögen. Gib ihr doch eine Chance. Eine Freundin täte dir gut.«

Wieder erhielt sie keine Antwort. Stattdessen verschlang er mit zwei Bissen ein ganzes Honigbrot.

Sie ließ nicht locker. »Möchtest du denn nie eine Freundin haben?«

»Gott bewahre«, sagte er und lachte schief. Er verschlang noch ein Honigbrot und griff nach dem Geschirrtuch, um sich den Mund abzuwischen, besann sich dann aber eines Besseren und behalf sich mit einer Papierserviette. »Servietten, pah! Kaum haben wir eine Frau im Haus, benehmen wir uns wie dressierte Pudel. Pass bloß auf, Louis, bald schon tragen wir rote Lätzchen mit Herzchen drauf!«

Mit einem Augenzwinkern tätschelte er Fleurs Hand und entschwand unter die Dusche.

Damit fand der angenehme Teil des Tages ein vorläufiges Ende und das Hamsterrad aus Sitzungen, hirnverbrannter Kästchenpinselei und Büromief begann sich munter von Neuem zu drehen. Als ob diese übertriebene Schufterei, die keinem etwas nützte, nicht schon unnötig genug gewesen wäre, brachte Gaspars demütigende Behandlung mein Blut derart in Wallung, dass sich die Momente, in denen ich kurz davorstand, die Beherrschung zu verlieren, dramatisch häuften.

So auch heute. Er war kaum angekommen, da rief er mich an.

»Bring mir einen Cappuccino«, befahl er und legte auf.

Laura, deren Dienste als Kaffeeträgerin dank mir immer seltener benötigt wurden, sandte mir einen mitleidigen, fast schon entschuldigenden Blick.

Tief in seinen Sessel versunken und die Beine über Kreuz auf dem Tisch abgestellt studierte Gaspar eine Präsentation. Im Hintergrund surrte die Klimaanlage. »Hierhin«, kommandierte er und deutete mit dem Schuh auf einen bestimmten Punkt auf der Tischplatte.

Ich stellte den Becher samt Rührstab und zwei Zuckersäckchen ab und stand im Begriff zu gehen, als ein zerknülltes Blatt Papier gegen die Wand flog und über den Boden rollte. Ich drehte mich um. Auf seiner Baumrindenfratze lag ein sadistisches Grinsen.

»Ich bin kein guter Werfer, entschuldige. Würdest du bitte ...« Er hatte den Papierkorb um mindestens zwei Meter verfehlt. So schlecht warf kein Mensch, nicht einmal mit der schwachen Hand.

Kaum hatte ich die Papierkugel vom Boden aufgehoben, landete die nächste vor meinen Füßen.

»Ich bin wirklich ungeschickt. Nett von dir.«

Beinahe wäre es über mich gekommen. Sadistische Visionen ergriffen Besitz von mir; flackernde Bilder des Horrors, wie ich ihm rostige Nägel mit Widerhaken in die Kniescheiben trieb, ihn mit Benzin übergoss, anzündete und seinen brennenden, zappelnden Leib von abgehalfterten Ackergäulen vierteilen ließ. Verrecken sollte er, dieser elende Drecksack! Mein Puls raste. Mit aller Macht rang ich um Fassung. Ich dachte an mein Boot, tröstete mich mit dem Gedanken an die Freiheit, die mit jedem Tag ein kleines Stückchen näher rückte und bückte mich erneut. Beim Hinausgehen würdigte ich ihn keines Blickes; den bösartigen, zufriedenen Ausdruck auf seinem Gesicht hätte ich nicht ertragen, ohne ihm sofort an die Gurgel zu springen. Aber das wäre ein riesiger Fehler und durfte unter keinen Umständen passieren. Es würde meinem Segelabenteuer bis auf Weiteres den Stöpsel ziehen. Er würde alle Hebel in Bewegung setzen und seine Drohung wahr machen und mir mit einem miserablen Arbeitszeugnis und seinen Kontakten eine neue Anstellung vereiteln. Durchatmen. Ich musste unbedingt auf der Hut sein; vor Gaspar, und noch mehr vor mir selbst.

Der Tag zog sich in die Länge wie Kaugummi an einer Schuhsohle. Im Flimmern der Hitze verzerrte sich der Anblick von Dächern und Straßen zu einer Fata Morgana mit dem glitzernden See als unerreichbare Oase. Ich lockerte meine Krawatte, die sich anfühlte wie das Halseisen eines Gefangenen, und tat, was ich immer tat: Ich reihte ein viereckiges Kästchen an das nächste, malte noch mehr Kästchen in anderen Farben, beschriftete sie und brachte mit Pfeilen alles in eine logische Reihenfolge.

Claire fuhr sich mit einem surrenden Handventilator übers Gesicht und stöhnte: »Werft mich in den Fluss.«

Einzig Émile, dessen Körperbau dem eines Erdmännchens glich, schien die Hitze nichts auszumachen. Hochkonzentriert starrte er aus kurzer Distanz auf den Bildschirm und saugte in regelmäßigen Abständen an einem Eistee. Gaspar setzte den ganzen Tag über keinen Fuß aus seinem gekühlten Büro und wurde am Mittag mit Fisch und Eisbergsalat aus seinem Lieblingsrestaurant beliefert, ehe er um fünf seine Tasche packte und verschwand.

Als er weg war, klingelte mein Telefon. Es war Laura, die mir von ihrem Schreibtisch aus zuwinkte.

»Ich bin gerade die Anmeldungen für die Jubiläumsfeier durchgegangen und du stehst nicht auf der Liste. Hast du vergessen, dich anzumelden, oder möchtest du nicht kommen?«

Ich erinnerte mich dunkel an eine verzierte Anmeldemail, die ich genauso ignoriert hatte wie die folgende Erinnerungsmail. Die Bank feierte ihr 125-jähriges Bestehen mit einem großen Fest im *Beau-Rivage* und Laura war mit der Organisation der Festlichkeiten betraut. Dort nicht aufzukreuzen, würde garantiert Gaspars unbändigen Zorn heraufbeschwören.

»Mist, hab ich total vergessen. Danke für die Erinnerung. Selbstverständlich komme ich.«

»Das dachte ich mir. Es wird ein schönes Fest. Wir haben es absichtlich auf den letzten Freitag im August terminiert – was ja schon sehr bald ist –, weil dann die Ferienzeit vorbei ist und alle Mitarbeiter kommen können. Außerdem wollen wir doch nicht, dass sich unser Chef unnötig aufregt, wo er doch in letzter Zeit schon so schlecht gelaunt ist, nicht wahr? Du bekommst von mir zwei blaue Gummiarmbänder. Damit kommen du und deine Begleitung rein, sofern du eine hast.« Das Wort Begleitung betonte sie besonders. Sie streute sogar eine kurze Pause ein, aber ich ging nicht darauf ein. »Na ja, wie dem auch sei. Ihr könnt damit an der Bar bestellen, was ihr wollt.«

»Laura, du bist ein Engel. Du rettest mir das Leben.« Ich schickte ihr einen Luftkuss, den sie amüsiert auffing.

»Das ist mein Job.«

Zu Hause bot sich ein ungewohnter Anblick: Fleur stand mit einer karierten Küchenschürze vor dem Backofen. In der Luft hing der Geruch orientalischer Gewürze.

»Wie siehst du denn aus?«, fragte ich.

Sie präsentierte mir die Schürze von allen Seiten. »Die habe ich in der Schublade gefunden.«

»Echt? In welcher?«

»In der da.« Sie zeigte auf den kleinen Küchentisch.

Der Metallgriff unter der überstehenden roten Holzplatte fiel mir zum ersten Mal auf.

»Dein Timing ist perfekt. Ich hab uns eine Tajine gemacht.« Sie zog das Keramikgefäß mit dem spitzen Deckel, das weder Jérôme noch ich jemals benutzt hatten, aus dem Ofen und stellte es auf den gedeckten Tisch. Wie ein Zauberer, der ein Kaninchen aus dem Hut zieht, hob sie schwungvoll den Deckel. »Voilà! Geschmortes Hühnchen mit Gemüse, Oliven und Zitrone.«

Auf einem gelblich-braunen Brei hockte ein verschrumpelter Vogel, umgeben von Gemüse, das derart verkocht war, dass seine ursprüngliche Gestalt nur noch zu erahnen war. Es schmeckte scheußlich, aber wir machten uns einen Spaß daraus und würgten es hinunter. Ich erzählte ihr von meinem neuerlichen Ärger mit Gaspar und wie es mir zunehmend schwerer fiel, die Ruhe zu bewahren.

Sie streichelte meine Wange, wusste ansonsten aber auch keinen besseren Rat, als an unser Boot zu denken und tief durchzuatmen. »Eines Tages sind wir an der Reihe«, tröstete sie. »Übrigens: Morgen Nachmittag habe ich ein Vorstellungsgespräch.«

Der Laden nannte sich *Pichette & Apfelbaum*, eine auf Strafrecht spezialisierte Kanzlei, die per sofort oder nach Vereinbarung für vier Tage die Woche, von Montag bis Donnerstag, eine zweite Sekretärin suchte.

»Ob ich das kann?«

Ich las die Stellenbeschreibung, die sie ausgedruckt hatte. »Du als Sekretärin? Sicher kannst du das. Ich finde allerdings, dass du dich dort nicht vorstellen solltest.«

Sie reckte herausfordernd das Kinn. »So? Und weshalb nicht, wenn man fragen darf?«

»Weil es nicht zu dir passt. Du bist keine Sekretärin. Ja, Chef – sicher, Chef; und dann diese biedere Umgebung, das ist nichts für dich. Ich glaube, du hast keine Ahnung, worauf du dich da einlässt.«

Sie gab sich trotzig. »Ich habe nicht gefragt, ob es zu mir passt, sondern ob du der Meinung bist, dass ich es kann.«

»Natürlich kannst du das. Die werden keine Wunder von dir verlangen. Aber darum geht's nicht ...«

Sie fiel mir ins Wort. »Ich verstehe deine Bedenken. Aber als Kellnerin will ich nicht mehr arbeiten und auch in keiner Bar. Außerdem verdiene ich als Sekretärin besser. Klar würde ich viel lieber malen, nur leider bringt es gerade nichts ein.«

»Gut, wie du meinst.« Ich gab nach, sie war ohnehin nicht davon abzubringen.

Stunden nach dem missratenen Essen saß ich im bis auf den letzten Platz gefüllten *Mascotte* und trank Bier statt Gin. Ich thronte auch nicht mehr in der vordersten Reihe, sondern hatte mich in die lärmende Mitte gequetscht.

Es war faszinierend mitanzusehen, wie Fleur das Publikum um den Finger wickelte. Niemand, den ich jemals im *Mascotte* die Bühne hatte betreten sehen, wurde so sehr bewundert wie sie. Das Publikum war verrückt nach ihr. Sie stahl allen anderen die Show. Eine Gruppe von Sprücheklopfern versuchte, auf sich aufmerksam zu machen. Einer von ihnen, ein angetrunkener Halbstarker mit glattem Gesicht und kurzem blondem Haar, sah sich zu einem besonderen Beitrag genötigt: An seinem Tischchen stehend, riss er sich das Hemd von der Brust und schrie unter dem Gelächter der Zuschauer: »Heirate mich, heirate mich!« Fleur spielte mit, ließ ihn an die Bühne vortreten und drückte ihm einen Kuss auf die Wange. Der Halbstarke erntete lautstarken Applaus und torkelte zufrieden an seinen Platz zurück, wo ihn seine Freunde für den roten Lippenabdruck in seinem Gesicht feierten.

Ich versuchte, sie mir als Sekretärin im Zweiteiler vorzustellen, wie sie Akten kopierte, Termine vereinbarte, Telefonate entgegennahm, auf ernsthafte Konversation machte, sich nach der Arbeit mit ihren Kollegen auf einen Drink traf, ihre Sachen aus der Reinigung holte, jeden Morgen die Haare zu einem Knoten band und hochhackige Schuhe trug. Das würde niemals gut gehen. Entweder sie handelte sich irgendeinen Ärger ein, was am wahrscheinlichsten war, oder sie würde langsam eingehen wie eine Sonnenblume in der Dunkelheit eines tiefen kalten Kellers – und das durfte ich nicht zulassen. Ein Mensch wie Fleur brauchte Freiraum und keinen Chef, der ihr ständig vorgab, was sie als Nächstes zu tun hatte. Ich überlegte, wie ich sie davon abbringen könnte, zermarterte mir das Hirn auf der Suche nach Alternativen, doch mir fiel nichts ein, das sie nicht sofort als Almosen abgetan oder ihren Stolz verletzt hätte. Warum nur musste sie so stur sein?

10 WAS NICHT GUT GEHEN KONNTE UND EIN BRIEF

Trotz mangelnder Erfahrung bekam Fleur die Stelle. Nebst ihrem Charme sprach für sie vor allem der Umstand, dass sie nicht anderweitig gebunden und sofort verfügbar war. Von ihrem Lohn aus dem *Café Grapsch* hatte sie sich zwei schlichte Bürokostüme gekauft. Zusammen mit den sonstigen Blusen und Hemden, die im Schrank hingen, ergaben sich daraus ausreichend Kombinationsmöglichkeiten.

Am folgenden Montagmorgen begleitete ich sie an ihren neuen Arbeitsort.

»Viel Glück«, sagte ich.

»Danke«, antwortete sie, gab mir einen Kuss und zupfte ihr Kostüm zurecht.

Voller Skepsis sah ich zu, wie sie ihren Namen in die Gegensprechanlage sprach und auf das Surren des Türöffners hin in dem grauen Gebäude verschwand.

Ihr Auftrag bestand darin, der zwei Jahre vor der Verrentung stehenden und seit der Annahme eines umfangreichen Mandats chronisch überlasteten Sekretärin – die sich nun, da man zu zweit war, Chefsekretärin nennen durfte – zu assistieren. Bei entsprechender Leistung übernähme man Fleur als ihre Nachfolgerin.

Am Abend nach ihrem ersten Tag, den sie vorwiegend mit dem Einscannen von Dokumenten und dem Empfang von Klienten verbracht hatte, badete sie sich in Optimismus und verlautbarte, dass die Arbeit recht einfach zu sein scheine und sie sich bald daran gewöhnt haben werde.

Dass ich diese Einschätzung für einen fatalen Irrtum hielt, behielt ich für mich. Fleur war keine Befehlsempfängerin, und die Vorgaben anderer treu deren Vorstellungen umzusetzen, widersprach fundamental ihrem unabhängigen und freiheitsliebenden Naturell. Wie sich kurz darauf herausstellte, sah sie sich denn auch tatsächlich nur wenig bemüßigt, den ihr erteilten Aufträgen in einer sinnvollen Reihenfolge nachzukommen und Prioritäten zu setzen. Sie tat einfach, worauf sie gerade die größere Lust oder, das trifft es eher, die geringere Unlust verspürte. Alles andere schob sie auf, in der abwegigen Hoffnung, es werde durch Nichtbeachtung aus dem kollektiven Kanzleibewusstsein entschwinden. Bei jeder sich bietenden Gelegenheit griff sie heimlich zu einem kleinformatigen und speziell für die Verwendung am Arbeitsplatz angedachten Skizzenblock und brachte ihre Ideen, die das Einzige waren, an dem sie ernsthaft herumstudierte, zu Papier. Sie vergaß wichtige Termine, verschickte vertrauliche Briefe per Kurier an die falschen Adressaten, und noch vor Ablauf der ersten Woche sah Monsieur Apfelbaum sich gezwungen, sie beiseitezunehmen und mit eindringlichen Worten mehr Einsatz und Verantwortungsbewusstsein einzufordern, da man sich andernfalls gezwungen sehe, sich von ihr zu trennen. Mit empathischer Miene fügte er noch hinzu, dass man solch einen drastischen Schritt außerordentlich bedauern würde, wo sie doch mit ihrer unkonventionellen Art die sonst eher steife Atmosphäre auflockere. Das nächste Debakel nahm ungehindert seinen Lauf und die Frage lautete nicht, ob es zum Eklat käme, sondern wann.

Ich lag auf dem Sofa und las ein Buch. Es war der Mittwoch ihrer zweiten Woche bei *Pichette & Apfelbaum*. Durch das offene Fenster stieg das spätabendliche Straßengetöse herein und aus Jérômes Schlafzimmer drang rhythmisches Stöhnen. Fleur hämmerte bunte Farbkleckse auf die Leinwand. Es war nicht zu übersehen, dass etwas nicht stimmte. Schon den ganzen Abend hindurch hatte sie beklommen und zugeknöpft gewirkt. Im Essen hatte sie nur herumgestochert und mich schließlich alleine am Tisch zurückgelassen, um sich ihrem unfertigen Bild zu widmen. Auf meine Nachfrage hin, was denn los sei, erhielt ich ein derart scharfes »Nichts«, dass ich auf weitere Versuche, den Grund ihrer Verstimmung zu erfahren geschweige denn eine Konversation in Gang zu bringen, verzichtete. Zum Tupfen gesellte sich ein gewalttätiges Kratzen. Beides wuchs graduell zu einem wilden Schlagen und Reißen an. Ich legte mein Buch auf den Tisch und beobachtete sie von der Seite. Sie stand auf und machte einen Schritt zurück, wobei sie den Hocker umstieß, holte mit dem Pinsel aus und hieb ihn auf die Leinwand.

»Fleur?«

Sie reagierte nicht. Stattdessen steigerte sie sich in einen regelrechten Tobsuchtsanfall hinein. Das spitze Ende des Pinsels voraus begann sie, immer wilder und wütender Löcher in die Leinwand zu treiben. Die Staffelei geriet ins Wanken und kippte um. Ihre Wut erreichte den Siedepunkt. Sie trat auf das am Boden liegende Bild ein, zerbrach den Holzrahmen, hob es hoch und zerriss den Stoff zu Fetzen. Dann ergriff sie das Bild, an dem sie damals, als ich vom Regen durchnässt in ihr Studio gekommen war, gearbeitet hatte und das sie demnächst einem Galeristen präsentieren wollte, und zerstörte es ebenfalls. Anschließend sank sie zu Boden und brach in Tränen aus.

Ich hüpfte über den Sessel und nahm sie in den Arm. Ich hätte ihren Zerstörungseifer früher unterbinden sollen, aber ich war schlichtweg zu überrascht, sie so zu sehen.

Aus Jérômes Schlafzimmer drang ein letzter lauter Schrei.

»Diese dämlichen Winkeladvokaten«, schluchzte sie. »Blöde Krämerseelen. Tun nichts anderes, als in Gesetzbüchern zu fummeln und sich gegenseitig die Worte im Mund zu verdrehen. Den lieben langen Tag nichts als Rechthaberei und Streitigkeiten.«

»Nun ja, es sind eben Anwälte …«

Sie verfiel in Schluchzen, und es dauerte, bis sie die Sprache wiederfand. Schniefend und mit Zitterstimme sagte sie: »Sie haben mich gefeuert. So, da hast du's.«

Meine Einschätzung hatte sich bewahrheitet. Genugtuung verspürte ich dennoch keine, denn sie wäre mir wie Schadenfreude vorgekommen und die verdiente sie nicht.

Fleur legte ihren Kopf an meine Brust und erzählte, wie es dazu gekommen war. Sie hatte den Auftrag erhalten, Apfelbaum und Pichette, die sich gerade besprachen, einen Stapel Akten zu bringen. Weil sie mit dem Kopf einmal mehr nicht ganz bei der Sache war, brachte sie die falschen Unterlagen, woraufhin Apfelbaum genervt die Augen verdrehte und sie zurückschickte, um die richtigen zu holen. Kaum hatte sie den Raum verlassen, hörte sie, wie Apfelbaum seinem Kompagnon zuraunte: »Immerhin sieht sie gut aus.« Die beiden fanden das so lustig, dass sie grunzten wie die Schweinchen am Trog.

Fleur setzte sich auf und warf mir einen schuldbewussten Blick zu.

»Was hast du angestellt?«, fragte ich.

»Ich … Ich bin zurück ins Zimmer und … und dann habe ich das Fenster aufgemacht und die Akten hinausgeworfen. Die Blätter sind durch die Luft gesegelt wie Herbstlaub.«

Die Sache mit dem Tiramisu war also kein einmaliger Ausrutscher gewesen. In ihr steckte ein Rebell.

Sie schniefte. »Pichette ist nach unten gerannt, um alles einzusammeln, und dann hat Apfelbaum gesagt, ich solle sofort verschwinden.«

Zumindest hatten sie sie bezahlt – natürlich nicht, ohne sich die Auszahlung quittieren zu lassen.

»Es tut mir leid«, schniefte sie und wischte die Tränen weg. »Ich weiß auch nicht, was in mich gefahren ist. Jetzt muss ich mir schon wieder etwas Neues suchen.«

»Ach, Fleur …«

»Was?«

»Ich finde, das hast du gut gemacht. Man darf sich nicht alles gefallen lassen.«

»Und was habe ich davon?«

Ich lachte. »Auf jeden Fall ein intaktes Rückgrat. Ich bin nicht sicher, ob ich das von mir auch behaupten kann.«

Ihre Züge hellten sich auf und ein kurzes Lächeln kam zum Vorschein. »Sekretärin ist wohl doch nicht das Richtige für mich. Ich suche mir besser etwas anderes …«

Im Türrahmen machte sich Jérôme mit einem lauten Räuspern bemerkbar. Er trug seinen Bademantel. Dahinter, in Jeans und Bluse, stand eine Blondine. Wir erhoben uns, Fleurs Kopf immer noch an meiner Brust.

»Das ist Lizzy«, grinste er. »Sie kommt aus Irland, wo die Wiesen saftig und die Menschen freundlich sind.«

Wir hoben stumm die Hand.

»Komm, Lizzy, ich bring dich runter. Hopp, hopp.«

Er kam mit einem dünnen Stapel Post zurück. »Für dich«, sagte er und drückte mir einen Brief in die Hand. »Tanzt ihr? Ihr steht so komisch da. Na, wie dem auch sei, ich bin müde. Gute Nacht.«

Wir setzten uns aufs Sofa. Fleur nahm ein Taschentuch aus dem Spender auf dem Tisch und schnäuzte sich.

Der Brief war von Paul. Ich studierte den Absender und besah das Kuvert mehrmals von beiden Seiten, als käme es vom Mond. Bisher hatten wir nur ein paar kurze Handynachrichten getauscht – und nun ein Brief? Aus Rücksicht auf Fleur, die einen kommentarlosen Übergang zur Post vielleicht als gefühllos empfunden hätte, scheute ich mich, ihn zu öffnen.

Aber meine Aufregung machte sie neugierig. »Von wem ist er?«, fragte sie und sah schon wieder ganz munter aus.

»Von Paul«, antwortete ich.

»Paul? Ich wusste nicht, dass ihr euch Briefe schreibt.«

»Tun wir auch nicht.«

»Na los, mach auf.«

Mein Finger durchtrennte den Falz. Der Umschlag enthielt zwei handgeschriebene Seiten. Ich las laut vor:

Bonifacio, im August 2014
Louis, alte Teerjacke!
Ich hoff, dir geht's gut. Die Sache mit Fleur hast auf jeden Fall prima hingekriegt – gratuliere! Ich wusst ja die ganze Zeit, dass du in sie verknallt bist. Das stand praktisch auf deiner Stirn tätowiert – ha!

Ein Lächeln schlich sich in Fleurs Gesicht.

Also hier unten bei uns ist alles bestens. Könnt besser gar nicht sein. Ich bin zwar erst seit ein paar Wochen hier, aber mir kommt's vor, als wenn ich nie woanders gewesen wär. Eigentlich wollt ich dich ja anrufen, aber dann dacht ich, ein Brief macht mehr her. Mann Louis, das Leben hier ist der absolute Volltreffer, das glaubst du nicht! Jeden Tag lacht die Sonne. Und wenn sie mal nicht oben am Himmel steht, dann scheint sie mir aus dem Arsch.

Er schrieb so direkt und ungeschliffen, wie er sprach.

Ich bin jeden Tag aufm Meer. JEDEN TAG! Ich gondle Touris durch die Gegend und bring Leuten das Segeln bei. Am Abend steh ich dann mit Salz auf der Haut und Wind in den Ohren hinter der Bar (sofern ich nicht vorher einschlaf) und schenk ordentlich aus oder trink gleich selbst einen mit, weißt ja, dass ich keinem beim Gurgeln zusehn kann, ohne selbst den Kübel zu heben. Mama hält mich für 'nen Schluckspecht, dabei hab ich mich gebessert. Wenn die wüsste … Auf jeden Fall hat der Umsatz hier gut angezogen, seitdem ich da bin und ordentlich nachschenk. Nein, Spaß beiseite – vermutlich liegt's einfach da dran, dass wegen des tollen Sommers ständig Hochbetrieb herrscht und alle gut drauf sind. Der Laden läuft jedenfalls wie geschmiert. Wir haben Arbeit ohne Ende. Mama fährt selten mit, sie kümmert sich um die Bar, die Pension und die Finanzen (von Finanzen mag ich nix mehr hören!). Vater und ich fangen kurz nach Sonnenaufgang an und kommen bis zum Abend nur zum Crewwechsel in den Hafen. Um spätestens zehn lauf ich auf'm Zahnfleisch, und um halb elf lieg ich im Tiefschlaf … Gestern hatt ich meine erste Nachtfahrt mit einer Gruppe deutscher Touris. Vom Segeln null und nix 'ne Ahnung, aber gesoffen und Stimmung gemacht wie die Irren. Das war ein Spaß, ich sag's dir. Am Ende war ich selbst total blau. Ein Wunder, dass ich uns heil zurückgebracht hab. Seit zwei Wochen hab ich sogar mein eigenes Schiff: die Pharao! Die haben wir einem Bekannten, der sie ums Verrecken loswerden wollt, zum Spottpreis abgekauft. Ist zwar schon etwas in die Jahre gekommen, fährt sich aber tipptopp. Vater skippert weiterhin auf der Papillon. Zwei Fischerjungs, Franck und Clément, helfen uns, wenn Not am Mann ist. Die kennen hier jedes Lüftchen und jede Strömung; da kann man ganz schön was lernen. Apropos Korsen: Am Anfang sind sie verschlossen, aber nach einer Weile, wenn sie dich kennen, tauen sie auf. Mittlerweile kenn ich die halbe Stadt und die Leute haben mich im Großen und Ganzen gut aufgenommen.

Bei den Mädchen hier fallen dir die Augen raus, ich sag's dir. Man weiß gar nicht, wo man zuerst hinschauen soll, überall grinsen einen die Schönheiten an. Mann oh Mann! Seit zwei Wochen treff ich mich mit Marie. Langes schwarzes Haar, hübsches Gesicht und immer gute Laune. Der hab ich schon so einiges von dir erzählt. Nur Gutes, versteht sich – haha! Die brennt richtig drauf, dich kennenzulernen! Also eins kann ich dir sagen: Ich hatt ja schon so meine heimlichen Zweifel, ob das was wird, aber nun sitz ich hier und schreib dir diesen Brief und kann dir schwören, dass es die beste Entscheidung war, die ich je getroffen hab. Hat sich echt gelohnt. Na, auf jeden Fall wollt ich mich mal melden. Halt die Ohren steif, Landmatrose. Du wirst auch noch aufs Meer rauskommen, wirst schon sehn. Musst nur weiter dran glauben!
Lass von dir hören und komm uns bald mit Fleur besuchen!

Dein Freund
Paul

»Da hat einer seine Bestimmung gefunden«, resümierte ich.

Fleur seufzte. »Dieser Glückspilz. Und wir schlagen uns mit nichts als Ärger herum.«

Einerseits freuten wir uns für Paul und sein phänomenales neues Leben, andererseits verstärkte sich dadurch unser Eindruck, selbst in einem tiefen Loch zu stecken. Wir sahen zwar ein Lichtlein, aber es war schwach und sehr, sehr weit weg.

Fleur überflog den Brief. »Schau dir nur diese schwungvollen Buchstaben an. Der quillt richtiggehend über vor Euphorie.«

»Er hat es sich verdient.«

»Ich will auch …«, sagte sie.

»Vor Euphorie überquellen?«

»Ja.«

Ich gab ihr einen Kuss. »Kopf hoch. Das werden wir, ganz bestimmt.«

»Hoffentlich.«

Wir vereinbarten, ihn nach Ablauf der Saison zu besuchen.

11 EINE EINMALIGE GELEGENHEIT

Den Donnerstag verbrachte ich, wie sollte es anders ein, mit stupidem Mausgewedel. Tagein, tagaus immer dasselbe. Es hing mir zum Hals heraus. Fleur saß daheim am Esstisch und recherchierte nach Stellenangeboten. Sie war nun davon überzeugt, dass Rezeptionistin eine gute Wahl wäre. Dabei sei man bestimmt unabhängiger als eine Sekretärin und zwischen den Telefonaten und dem Empfangsdienst bleibe möglicherweise sogar genug Zeit für die eine oder andere Skizze …

Am Freitagnachmittag dann, als ich mich gedanklich bereits im Wochenende wähnte und nicht mehr ganz so konzentriert zu Werke ging, verschüttete ich meinen Kaffee. Im gleichen Augenblick klingelte das Telefon. Ich klemmte den Hörer zwischen Ohr und Schulter und rettete meine Unterlagen und die Gummiarmbänder, die mir Laura am Morgen hingelegt hatte. Ich suchte verzweifelt nach einem Taschentuch, fand aber keines, so dass ich hilflos zusehen musste, wie sich die Pfütze auf meinem gesamten Schreibtisch ausbreitete.

»Ja?«, murrte ich in die Muschel, ohne zu wissen, wer dran war.

»Gaspar hier. Bring drei Espressi ins *Calvin*. Schwarz. Aber in richtigen Tassen, nicht in diesen billigen Pappbechern, kapiert?«

Das hatte mir gerade noch gefehlt. Der Kaffee tropfte von der Kante auf den Boden. Claire und Émile, die mir vielleicht mit einem Taschentuch hätten aushelfen können, starrten am anderen Ende des Büros in den Bildschirm eines Kollegen.

»Was ist mit Laura?«, fragte ich und schielte zu ihrem verwaisten Schreibtisch hinüber.

Er bellte: »Wurzelbehandlung – beweg dich!«, und legte auf.

Wenn Gaspar befiehlt, muss man springen, sonst wird er ungehalten. Ich plünderte den Handtuchspender auf der Toilette und legte den ganzen Schreibtisch und Teile des Bodens mit Papiertüchern aus, die die Flüssigkeit in Nullkommanichts aufsogen. Alles zusammenschieben und noch einmal drüberwischen und den Teppich abtupfen, alles in den Mülleimer stopfen, die Hände waschen und fertig.

Ich entnahm dem Schrank neben dem Kaffeeautomaten ein mehrteiliges Service aus weißem, mit kleinen Blüten verziertem Porzellan inklusive Zuckerdose, Milchkanne und Silberlöffeln. Wenn Gaspar Porzellan verlangte, hieß das, dass er Besuch von außerhalb empfing – höchstwahrscheinlich ein Vorstellungsgespräch oder etwas dergleichen. Darauf bedacht, nicht gleich wieder alles zu verschütten, lud ich die dampfende Fracht auf ein Tablett und balancierte vorsichtig bis ganz nach hinten ans Ende des Gangs und durch die Verbindungstür zu den Sitzungsräumen. Ohne die Hand vom Tablett zu lösen, klopfte ich mit gekrümmtem Zeigefinger vorsichtig an. Gaspar machte auf und ich trat ein. An dem runden Tisch saß ein mir unbekannter Mann. Braune Strähnen hingen ihm ins Gesicht. Wie ich näherkam, sah ich, dass seine Haare unecht waren. Über seinem schlichten schwarzen Anzug mit dem weißen Hemd und der schwarzen Krawatte schwebte ein markantes vorstehendes Kinn. Trotz des schummrigen Lichts behielt er seine Sonnenbrille auf. Eigentlich sah er aus wie ein normaler Mitarbeiter, ein Bewerber oder einer der Unternehmensberater, die im Gebäude ein und aus gingen und niemandes Aufmerksamkeit erregten, aber mein Bauch und die Tatsache, dass er seine Sonnenbrille aufbehielt, sagten mir, dass er das nicht war. Ich musterte ihn aus dem Augenwinkel. Aufgrund der Falten um die Augen und auf der Stirn schätzte ich ihn auf Mitte bis Ende fünfzig. Er machte keinen Mucks, als wäre er eine Puppe, die man zum Spielen auf einen Stuhl gesetzt hatte. Seine Hände ruhten ineinander verschränkt auf dem Tisch und auf seiner Haut glänzte ein dünner Schweißfilm. Vor ihm standen eine ungeöffnete Flasche Mineralwasser und ein leeres Glas. Daneben lag eine schwarze Aktentasche. Eine gespenstische, angespannte Stille beschwerte den Raum.

Ich servierte den Kaffee. Milchkanne und Zuckerdose stellte ich in die Mitte. Gerade als ich mich fragte, für wen wohl die dritte Tasse sein könnte, stieß Laurent Tarbes dazu. Mit langsamen, bedächtigen Handgriffen knöpfte er sein Jackett auf und setzte sich grußlos hin.

Gaspar nickte mir zu. »Das wäre dann alles.«

Das Tablett in der Hand verließ ich den Sitzungsraum. Hinter mir schnappte das Schloss. Ich hatte die Verbindungstür schon halb geöffnet, als ich innehielt und den Türgriff wieder losließ. Ich machte einen Schritt zurück. Erneut ertönte ein Schnappen, dieses Mal etwas lauter.

Das war keine gewöhnliche Besprechung. Und auch kein Vorstellungsgespräch und kein Kundenbesuch; Kunden wurden am Hauptsitz in der Altstadt empfangen. Dieser Typ stank zum Himmel. Irgendetwas ging hier vor, und ich wollte wissen, was es war. In der Hoffnung auf eine kleine Abwechslung beschloss ich, der Sache auf den Grund zu gehen.

Die anderen Sitzungsräume standen offen und waren leer. Durch die angewinkelten Lamellen der Jalousien drang spärliches Tageslicht. Ich stellte mich in den Rahmen und horchte. Es wurde gesprochen, aber ich verstand kein Wort. Da es kein Schlüsselloch gab, lehnte ich das Tablett an die Wand und kniete mich hin. Gebückt, das Ohr direkt am schmalen Spalt zwischen Boden und Tür, vernahm ich jedes Wort, klar und deutlich.

Die Stimme des Alten triefte vor Verachtung: »Nimm die Brille und diesen dämlichen Teppich von deinem Kopf, damit ich dich sehen kann.«

»Noch ganz der Offizier, was? Zu Befehl, Leutnant. Besser so?«

»Du bist alt geworden.«

»Die Zeit fordert ihren Tribut«, antwortete der Fremde mit fester Stimme. »Es waren bewegte Jahre.«

»Bewegte Jahre – dass ich nicht lache! Ist das deine Umschreibung für lebenslanges Halunkentum? Du hast Glück: Normalerweise empfange ich keine ungebetenen Gäste.«

Der Fremde rührte geräuschvoll in seiner Tasse und nahm einen Schluck. »Ich wusste, dass meine Chancen, dich zu treffen, besser stehen, wenn ich unangemeldet auftauche und es zuerst über deinen Sohn versuche. Sowieso wäre es unklug gewesen, mich im Voraus anzukündigen; dieser Tage sind so manche Ohren länger geworden. Aber keine Sorge, niemand weiß, dass ich hier bin.«

»Das will ich dir auch geraten haben«, erwiderte der Alte bissig. »Nun, welchem niederen Umstand verdanken wir deine Anwesenheit?«

»Vielleicht sollten wir erst darüber reden, welchem Umstand du deine Anwesenheit verdankst. Erinnerst du dich? Sommer 1984 – die Übung am Grand Combin. Ich war Soldat und du mein Zugführer …«

Was zum Henker hatte ein Sommer vor dreißig Jahren mit dem heutigen Tag zu tun? Ich hielt mein Ohr noch näher an den Spalt. Eine falsche Zuckung und ich würde gegen die Tür prallen.

»Selbstverständlich erinnere ich mich.«

Bilder meiner eigenen Dienstzeit schossen mir durch den Kopf. Ich hatte es gehasst und wollte es so schnell wie möglich hinter mich bringen. Bevor ich an die Uni ging, verpflichtete ich mich deshalb gleich für ein ganzes Jahr. Es war die einzige Möglichkeit, die jährlichen Wiederholungskurse zu umgehen.

»Eine wirklich unwahrscheinliche Geschichte«, fuhr der Fremde fort. »Wir stiegen alleine durch ein Geröllfeld, du und ich. Wir sollten einen zweitägigen, hirnverbrannten Meldegang unternehmen wie in der Steinzeit. Dann passierte es: Du hast vergessen, nach der letzten Schießübung dein Gewehr zu sichern und zu entladen, und bist gestürzt. Bumm! Die Kugel traf dich voll in den Bauch.«

»Ich sagte doch, ich erinnere mich. Du brauchst nicht alles wiederzukäuen.«

»Oh doch. Ich denke, genau das sollte ich. Nicht nur für dich, auch für deinen Sohnemann hier.«

»Er kennt die Geschichte.«

Der Fremde ließ sich nicht beirren. »Wiederholung stärkt das Gedächtnis. Du lagst verwundet am Boden. Wir hatten kein Funkgerät dabei und ein Telefon schon gar nicht. Weit und breit keine Menschenseele. Nichts als Steine, Geröll und Felsen und über uns der ewige Schnee. Ich wollte ins Lager zurück und Hilfe holen, aber du hast mich angefleht: Lass mich nicht allein, hilf mir, hilf mir ... Du fürchtetest, dort oben einsam und allein zu verrecken. Also wickelte ich dich in eine Zeltplane und verband beide Enden mit Schnüren. Ich legte mir meine Jacke über die Schultern, damit die Schnüre mir nicht ins Fleisch schnitten. Auf diese Weise gelang es mir, dich zu transportieren. Wie ein Baby schleppte ich dich zum Lager zurück. Stundenlang waren wir unterwegs. Und das in dieser Höhe! Schon nach zehn Metern war ich außer Atem. Als uns endlich ein Wachposten entdeckte, brach ich vor Erschöpfung zusammen. Die Ärzte haben dich gerade noch rechtzeitig in die Finger gekriegt. Ohne mich wärst du draufgegangen.«

»Ich verdanke dir viel. Das habe ich nicht vergessen.«

»Nein, nicht viel, Laurent. Alles verdankst du mir. Absolut alles.« Die Ruhe und Bestimmtheit, mit der er das sagte, drangen tiefer, als es jeder Schrei vermocht hätte. »Es freut mich ungemein, dass du es nicht vergessen hast. Denn da ist auch etwas, das ich nicht vergessen habe: Am Krankenbett hast du mir versprochen, dass, sollte ich jemals selbst in Not geraten, du mir helfen würdest.« Der Fremde legte ein kurzes Schweigen ein, ehe er fortfuhr: »Dieser Tag ist gekommen.«

Wer war dieser Kerl? Was wurde hier gespielt? Ich warf einen Kontrollblick über die Schulter. Nichts rührte sich. Vorsichtig führte ich mein Ohr zurück an den Spalt.

Der Alte räusperte sich. »Als ich ein Jahr später erneut zu meinem Dienst antrat, warst du nicht mehr da. Der Führungsstab setzte mich darüber in Kenntnis, dass du wegen einer sechsmonatigen Gefängnisstrafe vorzeitig aus der Armee entlassen wurdest. Du habest Drogen von Italien aus über die Grenze geschmuggelt.«

»Aller Anfang ist schwer, Laurent.« Ein Klimpern war zu hören. »Nicht jeder wird mit diesem hier im Mund geboren.« Damit konnte nur der Silberlöffel gemeint sein.

Der Alte gab sich unbeeindruckt. »Im Laufe der Jahre kamen mir immer mal wieder Geschichten über meinen holden Retter zu Ohren – keine davon besonders erbaulich. Du hast dich wirklich nach Kräften bemüht, das Schlechteste aus dir herauszuholen.«

»Das hört sich ja fast so an, als würdest du dein Versprechen bereuen.«

»Das war nur eine Feststellung, Ettore. Ich bereue nie.«

Ettore hieß er also. Ettore wie? Ich kannte keinen Ettore, nicht einen einzigen.

»Nun frage ich dich«, sagte dieser Ettore, »stehst du zu deinem Wort?«

Der Alte wich aus. »Was hast du angestellt, dass du dein Gesicht nicht zeigen kannst?«

»Die Polizei fahndet nach mir. Es gab eine Razzia, aber ich bin entwischt.«

»Herzlichen Glückwunsch. Wenn du nichts dagegen hast, würde ich gerne die ganze Geschichte hören. Du erzählst doch so gerne.«

»Wird das jetzt ein Verhör? Hilfst du mir oder nicht?«

Der Alte wurde wieder bissig: »Ich habe ein Recht zu erfahren, woran ich bin, findest du nicht?«

Ettore antwortete gefasst und sachlich: »Selbstverständlich hast du das. Ich beabsichtige nicht, dir irgendetwas vorzuenthalten. Also: Ich führe einen Klub namens *Mondego*. Vielleicht hast du schon davon gehört …«

»Nein.«

»Liegt am Stadtrand von Lausanne. Tanzen, trinken, Party. Nichts Besonderes. Vorgestern Abend sind dort zwei Dutzend Bullen aufmarschiert und haben alles auf den Kopf gestellt. Sieht ganz danach aus, als ob sie uns schon länger im Visier hatten. Die wussten ganz genau, dass eine Ladung Stoff angeliefert wird. Warum sonst überfällt man mitten unter der Woche einen halb leeren Klub?«

»Welche Art von Drogen?«

»Das Übliche: Koks, Ecstasy, Amphetamine und für die Nostalgiker ein bisschen Heroin.«

»Wie viel?«

»Ein paar Kilo; was man halt in einem Kombi verstecken kann.«

»Wie kommt es, dass du nicht in Gewahrsam bist?«

»Das *Mondego* war früher eine Turnhalle, bis die Gemeinde sie ausgemustert und eine neue gebaut hat. Wie damals so üblich, ist im Keller eine Luftschutzanlage mit dicken Mauern und schweren Betontüren verbaut. Dort unten habe ich mein Büro eingerichtet. Mir wurde vom Hintereingang gerade die Ankunft der Ware gemeldet, als plötzlich die Musik ausging und ein Höllenlärm losbrach. Mir war sofort klar, was Sache ist. In meinem Geschäft muss man immer mit allem rechnen, dementsprechend war ich vorbereitet: Ich schloss mich ein, nahm meine Aktentasche aus dem Tresor, öffnete den Zugang zum Luftschacht und kroch hindurch, ganz bis ans Ende, wo eine Leiter nach oben führt. Ich kletterte hinauf, drückte das Abdeckgitter, das ich lange vorher entsprechend präpariert hatte, hoch, und schon stand ich zwischen den Büschen am Straßenrand. Ich wartete einen günstigen Moment ab und bin dann seelenruhig davonspaziert.«

»Wieso machst du dich mit deiner hübschen Tasche, die, wie man wohl annehmen darf, voller Geld ist, nicht einfach aus dem Staub?«, fragte der Alte.

Die Aktentasche, die da drin auf dem Tisch stand, war voller Geld?! Jetzt war ich restlos elektrisiert.

»Das wollte ich. Es ist fast schon lustig … Das ganze letzte Jahr hindurch sagte ich mir immer wieder: Hau ab, geh einfach, solange du noch unter dem Radar fliegst, Kohle hast du genug, hör auf mit den Drogen. Aber wie heißt es so schön: Geld ist wie Seewasser – je mehr man davon trinkt, desto durstiger wird man. Man hat nie genug. Jetzt sind sie hinter mir her. Und wenn sie dich wollen, dann kriegen sie dich auch. Die Zeiten, in denen man unbemerkt untertauchen konnte, sind vorbei. Nein, das Risiko geschnappt zu werden, ist zu groß. Ich habe eine bessere Idee: Noch heute werde ich nach Lausanne zurückkehren und mich stellen. Mein Anwalt meint, dass sie mir dann maximal acht Jahre aufbrummen, sehr wahrscheinlich sogar weniger. Bei guter Führung bin ich nach zwei Drittel wieder draußen. Danach gehe ich in Rente.«

»Und nun bittest du uns, während deiner Abwesenheit auf ebendiese Rente aufzupassen.«

»Niemand wird dieses Geld vermissen. Ich habe es über die Jahre angehäuft und den Bullen noch mehr als genug zum Konfiszieren dagelassen, damit sie keinen Verdacht schöpfen. Ich kooperiere und sitze meine Zeit ab. Danach verschwinde ich auf Nimmerwiedersehen irgendwohin, wo das ganze Jahr die Sonne scheint. Ist besser, als ständig auf der Hut sein zu müssen und dann doch eingebuchtet zu werden.«

»So viel Voraussicht hätte ich dir gar nicht zugetraut«, bemerkte der Alte sarkastisch, um sogleich drohend zu fragen: »Hast du jemanden umgelegt?«

Ettore gab ein hyänisches Lachen von sich. »War bisher nicht nötig.«

»Wag es nicht, mich anzulügen.«

»Das ist die Wahrheit, ich schwör's.«

»Ich gebe nichts auf Schwüre. Aber ich will es dir glauben.«

»Heißt das, du hilfst mir?«

Erneut ging der Alte nicht darauf ein. »Wie bist du hergekommen? Hat dich jemand gebracht?«

»Ich sagte doch schon: Niemand weiß, dass ich hier bin. Ich habe mir das Motorboot eines Freundes geliehen.«

»Gut. Mach die Tasche auf.«

»Wozu? Du sollst sie nur aufbewahren, sonst nichts. Im Vergleich zu dem, was ich für dich getan habe, ist das ein Klacks.«

Gaspar, der sich bisher nicht an dem Gespräch beteiligt hatte, wies ihn energisch zurecht: »Hier machen wir die Regeln, Monsieur Scaramucci.«

Ettore Scaramucci lautete also sein voller Name. Scaramucci, Scaramucci … nein, diesen Namen hatte ich noch nie zuvor gehört.

»Wir müssen wissen, was da drin ist«, insistierte Gaspar. »Auf gar keinen Fall bewahren wir Drogen für Sie auf.«

»Er hat recht, Ettore«, sagte der Alte streng. »Das entspricht nicht unserem Geschäftsmodell.«

»Da ist Geld drin. Nur Geld«, wehrte Scaramucci ab.

»Geld ist gut«, gurrte der Alte, »damit wissen wir umzugehen. Von wie viel reden wir?«

Scaramucci zögerte. Schließlich sagte er: »Fünf Millionen.«

Fünf Millionen! Hatte er allen Ernstes fünf Millionen gesagt? Fast wäre ich mit dem Kopf gegen die Tür gestoßen.

Der Alte pfiff. »Ein hübscher Batzen. Dafür muss man sich ganz schön ins Verbrecherzeug legen.«

»Ich war sparsam.«

»Offensichtlich. Wenn da drin fünf Millionen Platz haben, dann darf ich wohl annehmen, dass es sich entweder um Singapur Dollar oder Schweizer Franken in platzsparenden Tausendern handelt. Ich tippe auf Letzteres.«

»Bravo, Laurent, du bist ein richtiger Fuchs.«

»Danke. Trotzdem möchte ich dich bitten, alles, was du da drin hast, auszupacken.«

Scaramucci schnaubte. »Meinetwegen. Wenn ihr danach ruhiger schlaft, bitte.«

Ein Stuhl wurde gerückt und jemand – vermutlich Scaramucci – öffnete klackend eine Schnalle.

»Breiten Sie alles auf dem Tisch aus«, sagte Gaspar.

Etwas Hartes, Metallisches berührte die Tischplatte. Der Alte blaffte: »Was ist das? Los, pack das Ding weg!«

»Ist doch nur eine Pistole«, beschwichtigte Scaramucci.

»Weg damit, sofort!«, befahl der Alte. »Auf deine Drecksknarre kannst du selbst aufpassen.«

»Ist ja gut, immer mit der Ruhe.«

»Weg damit!«

»Okay, okay. Schaut her, ich stecke sie mir hier vorne ins Jackett – voilà! Aus den Augen, aus dem Sinn.«

Ich wandte mich blitzartig um, weil ich glaubte, die Verbindungstür hätte sich geöffnet. Aber nichts rührte sich – falscher Alarm.

»Dann wollen wir doch mal sehen.« Der Alte klatschte in die Hände. Seine Wut war so schnell verflogen, wie sie gekommen war. »Ah«, seufzte er genüsslich, »beim Anblick dieser Scheine wird mir immer gleich warm ums Herz. Schaut es euch an, die wunderbaren Farben und Motive … Haben wir nicht das schönste Geld der Welt? Und so leicht zu transportieren. Ich muss schon sagen, Ettore, das hast du wirklich fein gemacht; alles in Hunderterbündeln und sogar mit richtigen Banderolen drumherum, das sieht man selten. Du bist ein ordentlicher Ganove. Ich bin wirklich überrascht. Gaspar, zähl bitte einmal durch.«

Gummi ziepte und schnappte.

»Ihr zieht Latexhandschuhe an?«

»Man kann nie vorsichtig genug sein«, betonte der Alte.

»Gut vorbereitet seid ihr jedenfalls, das muss man euch lassen.«

»Natürlich sind wir das. Als mich Gaspar anrief und sagte, wer hier mit einer Tasche aufgekreuzt sei, da war mir sofort klar, dass du dein Geld bei uns bunkern willst. Es gibt genau zwei Gründe, weshalb ein Verbrecher eine Bank betritt: Entweder er will sie ausrauben oder sein Geld verstecken.« Erneut entfuhr ihm sein knorriges Lachen.

Die Schiebetür des niedrigen Ordnerschranks ging auf. Kurz darauf erdrückte das mechanische Rattern einer Geldzählmaschine jedes andere Geräusch. Ich drehte mich nochmals zur Verbindungstür um. Nichts.

Eine gefühlte Ewigkeit verstrich, dann verkündete Gaspar: »Genau fünf Millionen. Alle fünfzig Bündel enthalten exakt hundert Tausender.«

»Sehr schön«, frohlockte der Alte und ließ ein paar Bündel geräuschvoll durch die Finger gleiten. An einigen zupfte er ausgiebig herum und ich stellte mir vor, wie er sie gegen das Licht hielt, um das Wasserzeichen und die anderen Sicherheitsmerkmale zu prüfen.

»Was soll der Zirkus?«, ärgerte sich Scaramucci. »Glaubst du, dass ich mich mit Blüten in die Rente verabschiede?«

»Das sehe ich doch, dass das keine Blüten sind«, entgegnete der Alte lässig. »Außerdem hätte die Maschine das sofort gemerkt.«

»Kann euch sowieso egal sein.«

»Tja, nicht ganz …«, meinte der Alte vielsagend.

»Nicht ganz? Was bedeutet *nicht ganz*?«

»Ettore«, hob der Alte gewichtig an, »ich bin ein Ehrenmann. Und als solcher halte ich meine Versprechen. Ausnahmslos.« Er ließ diese Worte einwirken, ehe er kaltschnäuzig hinzufügte: »Das bedeutet allerdings nicht, dass wir keine Kommission erheben. Sie beträgt zwanzig Prozent.«

»Eine Kommission? Was für eine beschissene Kommission? Ich rette dir das Leben, und du nimmst mich aus?«

»Was wir hier für dich tun, ist illegal und birgt erhebliche Risiken, sowohl rechtlicher als auch reputationstechnischer Natur. Diesem Umstand gilt es Rechnung zu tragen.«

»Das ist ja der größte Blödsinn, den ich je gehört habe!«, keifte Scaramucci. »Und du bezeichnest dich als Ehrenmann!« Er schlug mit der Faust auf den Tisch. »Du Wucherer hast doch überhaupt kein Risiko. Die könnten mich gleich hier drin verhaften und die ganze Kohle sicherstellen und du kämst trotzdem ungeschoren davon. Leute wie du kommen immer davon. Tust, als wärst du etwas Besseres, dabei …«

»Hüte deine Zunge!«, donnerte der Alte. »Sei gefälligst dankbar, dass ich dir helfe und nicht gleich die Polizei rufe. Wenn du mit unseren Konditionen nicht einverstanden bist, dann steht es dir frei, andernorts vorstellig zu werden oder dein dreckiges Geld im Wald zu vergraben.«

»Dreckig? Euch ist doch kein Geld zu dreckig!«

»Beruhigen Sie sich«, mahnte Gaspar. »Sie haben die Wahl. Entscheiden Sie sich.«

Scaramucci haderte und fluchte. Doch letztlich ging er, was blieb ihm anderes übrig, darauf ein. »Scheiße! Scheiße, verfluchte! Nehmt euch die Drecksmillion.«

»Ein kluger Zug«, attestierte der Alte.

»Auf welche Weise gedenkt ihr mir die Auszahlung zu garantieren?«

Gaspar antwortete postwendend und mit brutaler Bestimmtheit: »Überhaupt nicht.«

Scaramucci schnaubte. Halb abfällig, halb resignierend.

»Es ist alles vorbereitet«, setzte Gaspar ihm auseinander. »Das Ganze läuft folgendermaßen: Das hier sind die Schlüssel zu einem Schließfach …« Er platzierte sie geräuschvoll auf dem Tisch. »Stellvertretend für den 7. Juli trägt es die Nummer 77. Das entspricht Tag und

Monat, an dem Sie meinen Vater gerettet haben – das ist leicht zu merken. Obwohl beide Schlüssel die gleiche Nummer tragen, sind sie nicht identisch. Es braucht beide, um das Fach zu öffnen. Für gewöhnlich behält die Bank den einen und übergibt den anderen dem Kunden. In ihrem Fall jedoch werden wir beide Exemplare einbehalten, da wir Sie nicht offiziell als Kunden anerkennen. Es gibt keine Quittungen, keine Verträge und auch sonst nichts, das uns beide geschäftlich in Verbindung bringt.«

»Und wie komme ich an mein Geld?«

»Ganz einfach: Sie werden meinem Vater einen Brief schreiben, direkt in die Bank. Die Anschrift finden Sie auf unserer Website. Sollte er den Brief nicht persönlich entgegennehmen können, wird man ihn mir aushändigen.«

»Ein Brief? Nehmt ihr mich auf den Arm?«

»Nein, tun wir nicht«, entgegnete Gaspar ungerührt. »Briefe erreichen ihren Empfänger, sind unverdächtig und, falls gewünscht, sogar anonym. Beschreiben Sie, was sich damals in den Bergen zugetragen hat und dass Sie meinen Vater gerne wiedersähen – unverfängliche, sentimentale Vertrottelung eines reuigen Sünders. So wissen wir, dass sie auf freiem Fuß sind. Unterschreiben Sie ruhig mit Ihrem richtigen Namen, daraus kann uns keiner einen Strick drehen. Sie können schließlich anschreiben, wen Sie wollen. Verzichten Sie jedoch vorsichtshalber darauf, den Absender sichtbar auf dem Umschlag anzubringen, und erwähnen Sie nichts von dem Geld und der Aktentasche. Ihre Kontaktangaben setzen Sie bitte ans Ende des Briefes, sonst war die Übung umsonst. Das weitere Vorgehen überlassen Sie uns. Wir werden dafür sorgen, dass Sie, und nur Sie, das Geld bekommen. Eine Sache sollten Sie sich dabei gut merken: Erzählen Sie keiner Menschenseele von dieser Abmachung und betreten Sie niemals wieder diese Bank. Nie wieder. Sonst war's das mit Ihrer schönen Rente, kapiert?«

Scaramuccis Stimme sprang eine Oktave höher. »Ich soll euch einfach so mir nichts, dir nichts, mein Geld in die Hände drücken?!«

»Hast du erwartet, dass wir dir ein Sparbuch ausstellen?«, spottete der Alte. »Du wirst dein Geld bekommen; die ganzen vier Millionen Franken. Aber mein Wort wird dir genügen müssen. Tut es das nicht, musst du dir selbst helfen. Wir sind nicht bereit, uns deinetwegen Ärger einzuhandeln, das muss dir klar sein.«

Scaramucci realisierte, dass der Alte nicht mit sich handeln ließ. »Eine letzte Frage noch: Was ist, wenn ihr beide in der Zwischenzeit draufgeht?«

»Dann hast du Pech gehabt«, gab der Alte trocken zurück. Von Scaramucci kam nur ein leises »Pff …«, gefolgt von einem kurzen, undefinierbaren Lachen.

»Dann wäre ja alles geregelt«, beschloss der Alte das Treffen. »Reichen wir uns die Hände.«

Für mich hieß das, mich schleunigst aus dem Staub zu machen. Vorsichtig nahm ich das Tablett und schlich auf Zehenspitzen geschwind zur Verbindungstür, öffnete sie einen Spaltbreit, spähte hinaus, wand mich hindurch auf den Flur und führte sie geräuschlos zurück ins Schloss.

Unter keinen Umständen durfte einer der drei erfahren, dass ich Zeuge ihrer kriminellen Unterredung geworden war. Diesen Halsabschneidern war alles zuzutrauen. Nur mit Mühe widerstand ich dem Bedürfnis zu rennen und kehrte, achtsam einen Fuß vor den anderen setzend, an meinen Schreibtisch zurück.

Ich war allein in der Nische. Ich löste den obersten Hemdknopf und atmete tief durch. Was für eine unglaubliche Geschichte: Ein verkleideter Verbrecher mit einer Tasche voller Geld, ein nebulöses Versprechen und als Krönung die abgebrühte Dreistigkeit, mit der die Tarbes quasi im Vorbeigehen eine Million eingesackt haben. Und das auch noch von dem Mann, dem der Alte sein Leben verdankte. Wahrhaftig ein Geschäft unter Halunken.

Ich wollte sehen, was es im Internet über diesen Scaramucci zu erfahren gab, und öffnete den Browser. In weniger als einer Sekunde listete die Suchmaschine über fünfzigtausend Treffer: Profile aus sozialen Netzwerken, Adressen von gleichnamigen Personen, Websites und dergleichen mehr … Viel zu viel. Was ich suchte, war eine Polizeimeldung oder ein Zeitungsartikel – irgendetwas, das mir mehr über diesen Mann und seine Verbrechen verriet. Ich startete eine neue Suche, ohne Namen, und tippte die Begriffe Drogen, *Mondego* und Lausanne in die Suchmaske, was etwas über hundert Treffer lieferte. Immer noch zu viel. Ich schränkte den Zeitraum ein auf die letzte Woche. Sechs Ergebnisse blieben übrig, allesamt Online-Artikel von Tageszeitungen. Ich klickte auf den obersten Link und landete auf der Website von *Le Matin*. Der Beitrag war nur wenige Stunden alt und ziemlich knapp gehalten:

Polizei hebt Drogenring aus

Nach monatelangen Ermittlungen ist es der Kantonspolizei Waadt gelungen, einen in der Region

Genfersee agierenden Drogenring zu sprengen. Am vergangenen Mittwochabend wurden im Zuge einer Razzia im Lausanner Klub Mondego Drogen mit einem Verkaufswert von rund einer Million Franken, darunter Kokain, Ecstasy und Heroin, sichergestellt. Wie der Polizeisprecher, Claude Beyer (51), gegenüber Medienvertretern mitteilte, befinden sich gegenwärtig zwei Personen in Untersuchungshaft. Ihnen werden Einfuhr und Handel illegaler Substanzen sowie Beihilfe zur Geldwäscherei vorgeworfen. Die beiden aus der Schweiz (37) und Italien (32) stammenden Männer zeigten sich nach einer ersten Einvernahme teilweise geständig. Die Drogen stammen aus Südamerika und wurden nach ihrer Ankunft im Hafen von Piräus, Griechenland, in einem umgebauten Privatfahrzeug in die Schweiz eingeführt und bis ins angrenzende französische Ausland vertrieben. Zeitgleich fanden weitere Hausdurchsuchungen statt, die jedoch ergebnislos blieben. Sämtliche Mitarbeiter des Klubs wurden polizeilich befragt. Der einschlägig vorbestrafte E.S. (59), der neben dem Klub Mondego auch die berüchtigte Szene-Bar Bikini betreibt und als mutmaßlicher Kopf der Bande gilt, konnte der Festnahme entgehen. Er ist europaweit zur Fahndung ausgeschrieben.

Ich las sämtliche verfügbaren Artikel, förderte aber keine zusätzlichen Erkenntnisse zutage. Alles stimmte mit Scaramuccis Schilderungen überein.

An Arbeiten war jetzt nicht zu denken, dafür war ich viel zu aufgekratzt. Meine Denkmaschine lief auf Hochtouren. Ich wartete darauf, dass ihre Schritte auf dem Gang ertönten, und stellte mir vor, wie Gaspar und der Alte selbstgefällig die Brücke zur Altstadt überquerten und sich angesichts des leicht verdienten Geldes ins Fäustchen lachten. Und Scaramucci? Spätestens bei Anbruch der Nacht säße er im Gefängnis. Bestimmt gönnte er sich noch einen Ausflug ins Pâquis, bevor man ihn für die nächsten Jahre wegsperrte. Ich sah ihn eine wilde Nachmittagsorgie feiern, dann in seiner läppischen Verkleidung zu seinem Motorboot zurückschleichen und über das sonnenfunkelnde Wasser seinen Richtern entgegenpeitschen, mit seinem wie ein loses Sturmsegel im Fahrtwind flatternden Jackett, so schnell, dass es ihm die Perücke vom Kopf reißt. Unterdessen hätten die Tarbes Scaramuccis Drogengeld längst in der Altstadt-Niederlassung weggeschlossen und ihren persönlichen Anteil zwecks Reinwaschung der buchhalterischen Spülmaschine übergeben. Irgendwann in ein paar Jahren würde dann ein unauffälliger Brief ins Haus flattern, in dem sich ein von seinen Bösewichtereien geläuterter ehemaliger Militärkumpan über das Wohl seines damaligen Weggefährten erkundigt, dessen Leben er einst in einem heroischen Kraftakt gerettet hatte, und einmal mehr würde das Böse einen geheimen Sieg erringen.

Ein lautes Poltern riss mich aus meiner Träumerei. »'tschuldigung, ist mir aus der Hand gerutscht.« Émile hatte sein Handy auf die Tastatur fallen lassen. Er und Claire waren zurück und setzten ohne Umschweife ihre Arbeit am Computer fort.

Ich musste runterkommen, mich beruhigen und mit der Tagträumerei, die mich nur noch mehr unter Strom setzte, aufhören. Um Normalität bemüht, öffnete ich den Ordner mit den Prozessen für Montag. Elf und ein halber waren fertig. Die fertigen könnte ich schon mal ausdrucken, das wäre ein guter Anfang.

Als ich am Drucker stand und den Duft des warmen Papiers einsog, betraten zwei Gestalten die Sicherheitsschleuse und warteten auf der anderen Seite auf den Lift. Es waren Ettore Scaramucci, der sein Toupet wieder aufhatte, und der Alte, der ihn hinausbegleitete. Die Aktentasche fehlte. Wo war sie? Wo war Gaspar? Sie bestiegen den Lift und die Schiebetür ging zu.

Eine plötzliche Eingebung, ein Verdacht ließ mich die Ausdrucke vergessen. Ich schlich auf den Gang zur Pausennische beim Kaffeeautomaten hinaus. Mein Atem stockte. Da stand, mit dem Rücken zu mir, Gaspar vor der Eisentür des Schließraums und nestelte in seinem Jackett. In seiner linken Hand hielt er eine Aktentasche. Sie war ohne jeden Zweifel identisch mit jener, die vor Scaramucci auf dem Tisch gelegen hatte. Ich drückte wahllos auf einen Knopf und die Maschine ruckelte und gurgelte, während ich ihn verstohlen beobachtete. Er ignorierte die Automatengeräusche. Zu alltäglich waren sie. Leute gingen vorüber, aber sie beachteten uns nicht weiter. Für sie wirkte alles ganz normal: Ein Mitarbeiter gönnte sich eine Pause und Gaspar verschaffte sich Zutritt zu seiner Abstellkammer – vermutlich, um sich mit einem kleinen Schlückchen auf das Wochenende einzustimmen. Ich entnahm den heißen Becher und stellte mich an einen der Stehtische. Weil Geld und Wertgegenstände von Kunden in den Altstadtschließfächern und -tresoren aufbewahrt wurden, war ich wie selbstverständlich davon ausgegangen, dass auch Scaramuccis Millionen ihren Weg dorthin fänden. Ich hatte mich geirrt. Aber was hätte es auch für einen Sinn, es dorthin zu bringen? Scaramucci war kein Kunde und dies eine rein private Angelegenheit. Der ausrangierte Schließraum eignete sich perfekt, um das Geld sicher und unauffällig, sogar verborgen vor den eigenen Angestellten, ohne irgendwelchen Papierkram und jederzeit griffbereit zu verwahren. Klimpernd zog er seinen Schlüsselbund hervor und befingerte mit der freien Hand jeden Schlüssel einzeln, bis er den richtigen fand. Er war groß und blau, ich erkannte ihn klar und deutlich. Es war der gleiche, der mir vor einiger Zeit im *Bohème* aufgefallen war, als diese Frau auftauchte und sich zu ihm setzte. Jetzt begriff ich auch, weshalb mir die Farbe damals so vertraut vorgekommen war: Der Blauton entsprach exakt jenem der Eisentür. Gaspar steckte ihn ins Schloss und drehte. Dann drückte er mit etwas Mühe den Eisenhebel nach oben und zog. Er betrat den Raum und schaltete das Licht an. Neonröhren flackerten. Ob er die Gebühr bereits in Abzug gebracht hatte? Wenn nicht, dann würde er es bestimmt gleich tun. Ich nahm einen Schluck und rechnete damit, dass er sich jeden Augenblick umdrehte – so wie es manche Leute tun, wenn sie eine Tür hinter sich zumachen. Ich nahm meinen Kaffee und setzte mich behutsam in Bewegung. Dabei erhaschte ich einen flüchtigen Blick ins Rauminnere. Ich sah einen Tisch, darunter Kisten mit Wein, vielleicht auch Champagner, allerlei Schachteln und ein paar Kartons. In die Wand eingelassene graue Fächer reihten sich in drei Größen nebeneinander und übereinander: die größten, hochformatigen zuunterst, mittlere, quadratische darüber und flache breite zuoberst. Soweit ich das beurteilen konnte, sahen sie aus wie gewöhnliche Postfächer. Der einzige Unterschied bestand darin, dass sie über doppelte Schlösser verfügten, die linksseitig übereinander angebracht waren. Zahlen standen darauf, zweistellige – in dem für mich sichtbaren Ausschnitt zumindest –, möglicherweise gab es auch ein- und dreistellige. Gaspar stand im Begriff, sich umzudrehen. Mit zwei schnellen Schritten schaffte ich es gerade noch hinter die Zwischenwand, bevor er mich zu sehen bekam. Dumpf knarzten die Angeln der sich schließenden Tür. Ich warf den Becher in den nächstbesten Mülleimer und holte die Ausdrucke, die in meinen zittrigen Händen raschelten wie trockenes Laub.

Fahrig bastelte ich am zwölften Prozess herum, der eigentlich leicht zu fabrizieren gewesen wäre, mir jedoch ein Maß an Konzentration abverlangte, das aufzubringen ich nicht fertigbrachte. Ich schweifte ständig ab, hing Tagträumen nach, die mich nicht losließen. Bilder erschienen und verschwanden in meinem Kopf, wie Trommelfeuer, in höchster Kadenz, zusammenhanglos, kaleidoskopisch: Hosentaschen, aus denen Geldscheine quollen; Scaramucci, Gaspar und der Alte, die sich an den Händen hielten und um eine schwarze Tasche tanzten; Wolken, in denen bunte Schirmchen steckten wie in einer *Piña Colada*; steile Bergpfade; Feuerwerk; ein Schuss; Pausentische; ein blauer Schlüssel, umschlossen von Gaspars Faust; eine blaue Eisentür; Musik; mehr Musik; Gäste und Gelächter; ein großes Fest; Gläserklirren; Reden; Clowns; Tischbomben, die Tausendernoten an die Decke schossen; Sicherheitsschleusen; Fleur; Fleurs Hände; Fleurs Finger; ein Brecheisen ... Halt! Ich stoppte, spulte zurück. Gaspar. Fleur. Fest. Brecheisen. Ich spulte noch einmal zurück. Fest. Gaspar. Fleur. Brecheisen. Strom flitzte durch meine Nervenbahnen. War das möglich? Nein, da musste ein Fehler vorliegen. Ich spulte erneut zurück. Denk nach, Junge, denk nach, finde den Fehler! Nein, kein Fehler. Mein Verstand ging auf Achterbahnfahrt. Die Bilder kreisten vor meinem inneren Auge, immer schneller und schneller, reihten sich ein, arrangierten sich zu einem stimmigen Ganzen, einem Gemälde aus Gedanken und Orten und Ereignissen, das so klar, richtig und leicht vor mir schwebte, dass es kaum zu fassen war. Unglaublich. Genial. Zum Ausflippen geradezu.

»Bist du nervös?« Claire starrte auf meine Finger, die auf der Tischplatte trommelten.

»Entschuldige ...«, stammelte ich und rieb mir die Hände. Meine Energie musste sich Bahn brechen, mir war nach Hämmern zumute und nicht bloß nach Trommeln.

Das Büro wurde mir zu eng. Ich brauchte frische Luft. Ich stürzte in den Lift und aus dem Gebäude. Draußen folgte ich der Rhône bis nach Jonction, wo die Arve zufloss. Ich stützte mich auf das Geländer und wippte langsam vor und zurück, dachte angestrengt nach. Sooft ich mir die Sache auch durch den Kopf und durch die Filter von Verstand und Vernunft jagte, blieb das Ergebnis doch stets das gleiche. Kein Wunder, wo doch alles so dermaßen offensichtlich war. Ich raufte mir die Haare und konnte es kaum glauben. Das war es! Ja, das war es! Ich hatte gerade mein Ticket in die Freiheit gelöst, und alles, was ich noch tun musste, war, in den Zug einzusteigen und Platz zu nehmen.

Ich, nein wir, Fleur und ich, würden uns die vier Millionen holen! An der Jubiläumsfeier nächste Woche würde Fleur Gaspar schöne Augen machen und ihm dann in einem günstigen Moment den blauen Schlüssel abnehmen. Ich würde damit in den Schließraum spazieren, dort Fach 77 aufbrechen, das Geld nehmen und mich mit Fleur aus dem Staub machen. Ich tigerte das Flussufer entlang, überlegte hin und her, fragte mich, ob dies tatsächlich meine ernsthafte Absicht oder nur eine vorübergehende Besoffenheit war, wog Risiken und schätzte Unwägbarkeiten, doch ich hatte mich längst entschieden, die Antwort eine reine Formalität, ein administrativer, sich selbst bestätigender Akt. Ha! Haha! Mein Lachen schoss auf den Fluss hinaus, der es davontrug. Nicht zu glauben. Total irre! Ein alter Knacker humpelte in einem weiten Bogen an mir vorbei. Ob es am besten wäre, direkt ins Wochenende zu verduften, um sofort eingehende Planungen in Angriff zu nehmen? Mein Verstand kraulte an gegen die Wirbel des Rausches. Ruhig, ruhig. Atmen. Nach einigem Hin und Her entschied ich, zuerst meinen letzten Prozess zu beenden. Es durfte keine Auffälligkeiten geben. Hier und jetzt fing es an. Hier und jetzt. Konzentrier dich. Reiß dich zusammen.

Gleich einem Spion hinter feindlichen Linien, setzte ich zur Tarnung eine gleichmütige, beherrschte Pokermiene auf und setzte beflissen meine Arbeit fort. Weniger als eine Stunde später entnahm ich dem Drucker den zwölften und letzten Prozess für diese Woche. Ich machte mich zum Gehen fertig, da stellte sich mir Émile in den Weg.

»Halt, halt«, sagte er eilig. »Wir müssen noch den Projektplan für die nächsten vier Wochen besprechen, schon vergessen?«

Dieser vermaledeite Hampelmann! Das hatte mir gerade noch gefehlt. Was kümmerte mich dieser elende Projektplan, wo ich kurz davorstand, Pläne von ganz anderer Tragweite zu schmieden.

»Louis?«

»Du hast absolut recht«, entfuhr es mir mit einer äußerlichen Ruhe, die mich selbst überraschte und im völligen Gegensatz zu meiner inneren Aufgewühltheit stand. »Ist mir total entfallen.«

Ich fasste mich kurz und knapp, brachte gerade so viel Aufmerksamkeit auf, wie nötig war, während ich innerlich die glühenden Kohlen der Freiheit schürte. Ganz anders Émile: Als ginge es ihm darum, mich so lange wie möglich hinzuhalten, führte er jede Kleinigkeit pedantisch genau aus. Zwei qualvolle Stunden dauerte das entsetzliche Palaver. Mein Beitrag fiel ziemlich bescheiden aus und ich merkte mir kein einziges Wort von dem, was er sagte. Aber ich behielt die Ruhe, wurde nicht ungeduldig oder ungehalten – zumindest äußerlich nicht. Seine Worte flogen einfach an mir vorbei. Ich reagierte lediglich auf bestimmte Stichworte. Gaspar zum Beispiel. Oder Stichtag. Oder Problem. Als es endlich überstanden war, schnappte ich mir einen Notizblock und suchte das Weite. Nicht, dass sonst noch jemand auf die Idee kam, es gäbe etwas zu besprechen.

Da die Jubiläumsfeier bereits nächste Woche stattfand, drängte die Zeit. Je eher ein fundierter Plan vorlag, desto besser die Erfolgsaussichten. Ich hockte mich auf den Steinwall direkt neben den Leuchtturm und brachte mein Konzept zu Papier. Ich war so fokussiert, dass ich weder die lang gezogenen, durch Mark und Bein fahrenden Signalhörner der Kursschiffe noch den Lärm der spielenden Kinder wahrnahm. Mein ganzes Interesse galt einzig und allein meinem Vorhaben, das mich wie ein Strudel, der aus dem Nichts gekommen war, mit Haut und Haaren erfasst hatte. Nachdem ich einen ersten Entwurf beendet hatte, setzte ich mich auf ein Bier an die Bar. Im Grunde hätte es mir vollkommen absurd vorkommen müssen, hier zu sein und darüber nachzudenken, Millionen aus einer Bank zu entwenden. Aber so war es nicht. Je länger ich darüber nachsann, desto ruhiger und gefasster fühlte ich mich und desto sicherer war ich mir, dass ich das Richtige tat, auch wenn es verrückt war und ich so etwas vor wenigen Stunden noch als Spinnerei abgetan hätte. Es bestand auch absolut keine Notwendigkeit mehr, mich erneut zu hinterfragen, ob ich das wirklich machen wollte. Tief in mir drin hatte ich es schon in dem Augenblick gewusst, als ich Gaspar mit der Aktentasche den Schließraum hatte betreten sehen. Es gab keinen triftigen Hinderungsgrund. Sowohl die rein technische als auch die moralische Durchführbarkeit waren eindeutig gegeben. Das Vorhaben war zwar nicht risikofrei, aber doch eindeutig lohnenswert, wenn man es ins Verhältnis zum möglichen Gewinn stellte. Mit einem Schlag wären Fleur und ich alle materiellen Sorgen los. Schon in einer Woche könnten wir frei sein und bis ans Ende unserer Tage tun und lassen, wonach uns die Sinne standen. Wer käme dabei zu Schaden? Jedenfalls niemand, der Schonung oder Rücksicht verdient hätte. Scaramucci war ein Verbrecher – kalt, böse und berechnend. Er besaß keinen legitimen Anspruch auf dieses Geld; er hatte es weder ehrlich verdient noch geerbt, gefunden, im Lotto gewonnen oder geschenkt bekommen. Es gehörte ihm nicht. Es gehörte niemandem. Am ehesten noch all jenen, aus deren Taschen es stammte. Aber die hatten es längst ausgegeben, waren nicht ausfindig zu machen und würden es ohnehin niemals wiedersehen. Genau genommen handelte es sich um nichts anderes als einen herrenlosen Haufen Geldscheine. Es wäre noch nicht einmal Diebstahl, denn was keinem gehört, das kann man auch nicht stehlen. Von einem unbedeutenden kleinen Einbruch abgesehen – immerhin wäre ich gezwungen, ein Schließfach zu knacken – fände kein Verbrechen statt. Und selbst diese Gesetzesübertretung würde niemals zur Anzeige gelangen, denn die Tarbes schnitten sich nur ins eigene Fleisch, würden sie wegen entwendetem Drogengeld, für das kein sauberer Herkunftsnachweis existierte, die Polizei einschalten. Die Konstellation war einmalig. Eine bessere Gelegenheit, so schnell an so viel Geld zu kommen, gab es nicht. Es gab nur eine einzige Bedingung: Fleur musste mitmachen – und das nicht nur, weil ich ihre Hilfe brauchte. Alles Geld der Welt wäre wertlos, wenn ich es nicht mit ihr teilen konnte. Sie war die Richtige für so etwas; in ihr steckte ein Rebell. Doch ohne einen hieb- und stichfesten Plan – auch so gut kannte ich sie inzwischen – würde ich sie niemals überzeugen können.

Ich schrieb ihr eine Nachricht, in der ich ihr mitteilte, dass ich noch zu tun habe und, sobald ich fertig wäre, nicht ins *Mascotte* käme, sondern direkt nach Hause ginge. Sähe sie mich jetzt, würde sie sofort merken, dass mich etwas beschäftigte, und dann würde sie der Sache auf den Grund gehen wollen. Mein Plan aber benötigte noch etliche kritische Durchläufe sowie zusätzliche Überlegungen im Stile von, wenn A passiert, ist B zu tun, ehe ich ihn ihr präsentierte – ich wusste auch schon, wo das sein würde. Seit Längerem hatte ich vorgehabt, sie in das Geheimnis der Grünen Lagune einzuweihen, und morgen sollte es endlich so weit sein. Die Magie dieses Idylls eignete sich perfekt.

Die folgenden Stunden brütete ich bei einer Flasche Wein an der Bar weiter über meinem Notizblock. Alle denkbaren und undenkbaren Szenarien rechnete ich vor und rückwärts durch, solange bis mein Kopf leer war und mir nichts mehr in den Sinn kam.

Auf dem Heimweg machte ich einen Abstecher in den Parc Mon Repos, um zu spazieren und ein wenig den Kopf zu lüften. Um kurz nach Mitternacht deponierte ich den Notizblock in der knarzenden Schublade des Sekretärs und ging erschöpft zu Bett.

Am Nachthimmel, über den mondhellen Dächern, entdeckte ich eine Sternschnuppe. Ich wünschte mir etwas und dachte fest daran, während ich darauf wartete, dass der Schlaf mich holte.

12 DAS LEICHTE LEBEN

Kein Wölkchen hing an diesem wunderschönen Samstagmorgen am Himmel.

Fleur war gerade aufgewacht und streckte sich wie eine Katze.

»Aufstehen, die Sonne lacht!«, sagte ich und trat mit dem Frühstückstablett ans Bett.

Nach einer mehrheitlich durchwachten Nacht war ich früh aufgestanden, um ein paar Besorgungen zu machen.

Es gab mit Zitronensaft und braunem Zucker beträufelte Papayas, Croissants, Butter, Erdbeerkonfitüre, Heidelbeeren und Grüntee. Sogar eine weiße Lotusblüte hatte ich aufgetrieben. Ich stellte das Tablett auf dem Nachttisch ab und überreichte ihr die Blüte, die sie sich sogleich ins Haar steckte. »Voilà!«

Fleur setzte sich auf und machte große Augen.

»Heute ist ein ganz besonderer Tag«, begründete ich den ganzen Aufwand und setzte eine geheimnisvolle Miene auf.

»Gehen wir nicht segeln?«

»Doch, doch.«

Sofort war sie hellwach und neugierig. »Was hast du vor?« Sie strahlte über das ganze Gesicht. »Komm schon, sag's mir.«

»Keine Chance. Ist eine Überraschung.« Ich musste

höllisch aufpassen, dass ich mich nicht verplapperte. Der Plan brannte mir wie Feuerwasser auf der Zunge.

Nach dem Frühstück machten wir uns auf den Weg zur Marina. Ich verzichtete darauf, die Notizen aus der Schublade zu holen; in meinem Kopf war alles präsent. Stattdessen steckte ich ein anderes Papier in meinen Seesack: einen Zeitungsartikel. Scaramucci hatte den Tarbes gegenüber angekündigt, sich noch am gleichen Tag zu stellen, was bedeutete, dass er seit gestern Abend hinter Schloss und Riegel sitzen müsste. Nach meiner kleinen Einkaufstour hatte ich im Netz nach entsprechenden Meldungen gesucht und war, wiederum auf *Le Matin*, fündig geworden. Scaramucci hatte nicht gelogen und tatsächlich in Begleitung seines Anwalts eine Polizeidienststelle in Lausanne aufgesucht. Der Artikel wartete mit einem in die Jahre gekommenen Archivfoto auf, das einen Mann in Anzughosen und rotem Hemd mit zwei Frauen im Arm zeigte. Man hatte es in einer Bar aufgenommen. Trotz des schwarzen Augenbalkens und der schlechten Auflösung handelte es sich zweifellos um Ettore Scaramucci. Sein markantes Kinn und allgemein sein kantiger Kopf waren unverwechselbar. Natürlich hätte eine Printausgabe mehr Eindruck gemacht, aber so war es nun mal und ich hatte nichts Besseres zur Hand.

In einem von einer leise vor sich hin singenden Inderin geführten Krämerladen deckten wir uns mit Proviant ein, den ich in meinem morgendlichen Eifer vergessen hatte. An der Kasse wies Fleur mit umgedrehten Hosentaschen und vorgeschobener Unterlippe auf ihren Status als Bankrotteurin hin. Den Lohn für ihre Auftritte im *Mascotte* erhielt sie jeweils erst am Monatsende und ihr Konto war so gut wie restlos geplündert.

Dass ich die *Yarrabee* gemietet hatte, was ich – wie Fleur bestens wusste – nur zu besonderen Anlässen tat, entfachte ihre Neugier zusätzlich. Nun gab es gleich eine doppelte Überraschung …

Gemächlich, Meile um Meile, trieb uns ein laues Lüftchen auf den lang gestreckten Wasserteppich hinaus. Die Zahl der anderen Boote nahm kontinuierlich ab, bis kein Laut mehr an unsere Ohren drang außer dem leisen Schlenkern der Tücher und dem Sprudeln des Kielwassers, das zuverlässig unseren Kurs nachzeichnete, ehe es verwischte und seine Bahnen sich auflösten.

Fleur hatte die Beine auf der Backskiste ausgestreckt und wackelte mit ihren Bastsandalen. Ein schwarzer Bikini schimmerte durch den dünnen Stoff ihres Kleides. Sie bediente die Schote, was bei diesen Verhältnissen nicht allzu viel Einsatz erforderte.

»So weit draußen waren wir noch nie«, bemerkte sie und verlangte zum wiederholten Mal zu erfahren, wo es hinging. »Wie lange dauert das denn noch?«

»Wir sind fast da«, antwortete ich mit einem wissenden Lächeln und hielt weiter Kurs. Meine Lockerheit war nur gespielt. In Wirklichkeit litt ich unter schrecklichem Lampenfieber. Umso mehr wir uns der Lagune näherten, desto mehr fürchtete ich, sie würde mich für übergeschnappt halten, sobald ich ihr von meinem Plan erzählte, ja dass sie möglicherweise gar auf den Gedanken käme, dass das mit uns vielleicht doch keine so gute Idee gewesen war …

»Wir sind so furchtbar langsam.«

»Nur noch ein kleines bisschen Geduld.«

Die Fahrt zog sich hin. Zwischenzeitlich sah ich mich gar genötigt, den Motor anzuwerfen, um nicht zu viel Zeit zu verlieren. Nachher mussten wir die ganze Strecke ja auch wieder zurück.

Endlich an der richtigen Stelle angekommen, fuhr ich einen Kreis und hielt Ausschau – Fleur wunderte sich, wonach. Als ich sicher war, dass niemand uns beobachtete, drehte ich in den Wind und gab das Kommando zum Einholen der Segel. Fleur kümmerte sich um das Großsegel, ich übernahm das Vorsegel. Wir waren gut eingespielt und brauchten keine zwei Minuten dafür.

Fleur warf mir einen verständnislosen Blick zu. »Was wollen wir hier?«

»Wart's ab.« Ich warf den Motor an und hielt direkt auf den völlig verwucherten und nahezu unsichtbaren Durchgang zu. Selbst ich hatte Mühe, die Fahrrinne auszumachen. Prompt verschätzte ich mich.

»Halt! Stopp!« Fleur streckte Schutz suchend die Arme aus. »Halt an!«

Wir rauschten auf die Uferböschung zu und drohten ungebremst aufzuprallen. Ich warf den Rückwärtsgang ein, riss das Ruder nach Backbord und drückte den Gashebel bis zum Anschlag durch. Der altersschwache Motor heulte so erbärmlich auf, dass ich fürchtete, er flöge jeden Moment auseinander. Aber es reichte. Zentimeter vor dem Ufer blieben wir stehen und begannen, uns langsam rückwärts zu bewegen.

Beim zweiten Versuch klappte es dann besser. Der Bug teilte das dichte Grünzeug. Es kratzte und knackte. Vögel flogen pfeifend aus dem Dickicht auf. Blätter und

Äste schlossen sich hinter uns wie ein Tor. Vor uns breitete sich ein kleines Paradies aus. Fleur stand am Mast und bestaunte dieses einmalige Naturwunder. Dicke Forellen glitten durch das grün schimmernde Wasser. Die Bäume bildeten eine Art Kuppel mit einer kreisrunden Öffnung gen Himmel. Eine sechsköpfige Entenfamilie schwamm in Reih und Glied das bewachsene Steilufer entlang. Ein Schmetterling ließ sich neben Fleur auf der Reling nieder.

»Nicht zu fassen …«, stammelte sie.

»Willkommen in der Grünen Lagune.«

Zum ersten Mal fehlte mir die Muße, um die Kostbarkeit und die Schönheit dieses Ortes zu genießen. Ich schwitzte wie nach einem Steigerungslauf und manövrierte ins Zentrum, wo ich den Motor ausschaltete. Dann sprang ich ins Wasser und brachte die Leinen aus.

Zurück an Bord nahm ich der immer noch überwältigten Fleur das Versprechen ab, die Existenz dieses Ortes geheim zu halten. »Du darfst absolut niemandem etwas verraten.«

Sie sah mir in die Augen und hob bühnengerecht zwei Finger. »Ich schwöre es.«

Kurz erwog ich, ihr auf der Stelle alles zu erzählen, verzichtete dann aber doch darauf. Es war besser zu warten, so schwer es mir auch fiel. Der Zeitpunkt stimmte nicht. Ich hatte mir vorgenommen, nichts zu überstürzen, ihr erst die Lagune zu zeigen und zu Mittag zu essen und danach, in einem passenden Moment, wenn Hunger und Neugier gestillt waren, alles in sorgfältig abgewogenen Worten vorzutragen. Auf die richtige Stimmung kam es an. Glücklicherweise hatte ich solch einen Anfall von

Ungeduld vorausgesehen und nun, da er da war, war ich stark genug, ihm zu trotzen.

Ich erzählte ihr, wie Paul und ich zufällig auf die Lagune gestoßen waren und er mir bei unserem letzten gemeinsamen Ausflug seinen Segen gegeben hatte, sie ihr zu zeigen. Sie sah mir in die Augen, während ich sprach, und schob langsam den Stoff ihres Kleides über die Schultern. Es rutschte den Konturen ihres Körpers entlang hinunter aufs Deck. Dasselbe geschah mit ihrem Bikini. Bevor ich fertig geredet hatte, drehte sie sich zur Seite und sprang mit einem Kopfsprung ins Wasser.

Ich zog mich aus und sprang hinterher.

Wir schwammen einmal im Kreis. Ich kletterte auf die alte Eiche und stürzte mich lärmend hinunter. Direkt vor ihrer Nase tauchte ich wieder auf.

Sie lachte. »Du bist so ein Angeber.«

Ich zeigte in Richtung Felsen. »Willst du etwas wirklich Tolles sehen?«

»Na klar.«

»Dann hol tief Luft und folge mir, bereit?«

Wir füllten unsere Lungen und tauchten in die Grotte. Nun war sie restlos verblüfft. Sie fröstelte und schwamm in den Lichtstrahl, der durch den schmalen Felsspalt an der Decke schien und ihrem Haar einen bernsteinfarbenen Schimmer verlieh.

Ich beschrieb ihr die dahinter liegende stockdunkle kalte Kammer, die nur über einen gefährlich schmalen Zugang erreichbar war. Da es dort drin ohnehin nicht viel zu sehen gab und wir auch keine wasserdichte Taschenlampe dabeihatten, verzichteten wir auf eine Besichtigung.

Dicke graue Wolken machten sich am Himmel breit und wanderten langsam in Richtung Sonne. Einzelne Böen verirrten sich in Form von Luftwirbeln in die Lagune und brachten das laufende Gut zum Quietschen. Ich hoffte, dass das Wetter hielt.

Wir saßen im Cockpit, zwischen uns das wacklige Klapptischchen. Darauf benutzte Teller voller Brotkrumen und Soße, die von Sandwiches und Gurkensalat stammten. Fleur pickte die letzten Reste unseres aus geschnittenen Früchten bestehenden Desserts aus einer Metallschüssel.

»Du bist dran mit Abwaschen«, sagte sie und spießte ein Stück Mango auf.

»Aye, aye«, nickte ich und schaute zu meinem eingefallenen Seesack hinüber, in dessen Außenfach sich der Zeitungsartikel über Scaramucci befand. Ich brannte auf den richtigen Moment.

»Ich habe fünf Bewerbungen verschickt«, verkündete Fleur. »Mal sehen, ob sich jemand meldet.«

»Wen hast du angeschrieben?«

»Die Namen habe ich vergessen. Ein Laden heißt *Guichard & Partner*, oder so ähnlich … Die suchen eine Empfangsdame.«

»Von denen hab ich gehört. Ist eine kleine Privatbank.«

Sie verdrehte die Augen. »Manchmal denke ich, in dieser Stadt gibt es nur Banken und Anwälte.«

»Vergiss nicht die Barfuß-Ölhändler und die UNO-Schwadroneure …«

»Ja, die auch. Das ist alles immer so furchtbar streng und förmlich. Aber nun, da muss ich durch.« Sie starrte ans Ufer und biss seufzend in ein Stück Melone. »So frei und leicht wie heute sollte das Leben immer sein …«

Was für eine Steilvorlage! Genau darauf hatte ich gehofft. Ich zögerte nicht und sagte: »Das kann es, wenn du willst.«

Sie wandte ihren versonnenen Blick vom Ufer ab und sah mich an. Die Lotusblüte steckte wieder in ihrem Haar. »Was meinst du?«

»Du sagtest, dass das Leben immer so leicht und frei sein sollte wie heute. Und ich sage: Das ist möglich.«

»Ja, irgendwann im nächsten Jahrzehnt.«

»Nein, nächste Woche.«

Sie kniff die Augen zusammen. »Wie meinst du das?«

»Segeln und malen und die Welt entdecken. Wir könnten alles haben, was wir uns wünschen. Und das schon Ende nächster Woche.«

»Willst du mich auf den Arm nehmen?«

»Ganz und gar nicht.«

Skepsis, gar leichte Verärgerung, aber auch ein zarter Hoffnungsschimmer spiegelten sich in ihrem Gesicht. »Dann erklär mir mal, wie das funktionieren soll. Ich bin ganz Ohr.«

Ich setzte mich aufrecht hin und räusperte mich. »Nun … schon seit Längerem habe ich immer wieder darüber nachgedacht, wie wir schneller ans Ziel kommen könnten. Und nachdem Paul weggegangen war und du deine Galerie verloren hattest, da hat sich das noch einmal verstärkt. Aber so sehr ich mir auch den Kopf zerbrach, mir fiel einfach nichts anderes ein, als zu sparen und unsere Zeit abzusitzen. Bis gestern.«

»Was war gestern?«

»Was ich dir gleich erzählen werde, ist kaum zu glauben, aber ich verspreche dir: Jedes Wort davon ist wahr …

Es brennt mir schon den ganzen Tag auf der Zunge.« Ich nahm einen Schluck Wasser.

»Spann mich nicht auf die Folter – erzähl!«

Ich begann mit dem Abend im *Bohème*, als Gaspar seinen Schlüsselbund hervorholte, an dem ein blauer Schlüssel alter Machart hing; etwas länger und dicker als die modernen und mit einem gezackten Bart. »Ich fragte mich, weshalb er so ein altes Ding mit sich herumträgt.«

»Und – weshalb?«

»Dazu kommen wir noch.« Ich machte einen Zeitsprung nach gestern und erzählte von dem Kaffee, den ich just in dem Augenblick verschüttet hatte, als Gaspar mich anrief und drei Espressi bestellte. »Da saß dieser merkwürdige Typ mit Sonnenbrille und Perücke. Es war still, die Stimmung angespannt. Zuletzt erschien auch noch der Alte, ebenfalls wortlos.« Ich schilderte ihr, wie ich auf dem Absatz kehrtgemacht und am Türspalt gelauscht hatte; das ganze Gespräch gab ich wieder, jedes einzelne Wort, ich ließ nichts aus. Sie erfuhr von dem Unfall in den Bergen, aufgrund dessen der Alte seinem Retter ein Versprechen gab, und sie erfuhr auch von der Verbrecherkarriere des Fremden, der sich als Ettore Scaramucci entpuppte, der Razzia und seiner Absicht, sich zu stellen, und selbstverständlich auch von der Tasche mit den fünf Millionen, die die Tarbes für ihn aufbewahren sollten, solange er im Gefängnis schmorte.

Fleur hörte gebannt zu.

Dann kam ich auf die Kaltschnäuzigkeit zu sprechen, mit der sich die Tarbes eine Million ergaunerten. »Sie sagten, sie würden Scaramuccis Geld in Fach Nummer 77 verwahren. Da dachte ich natürlich sofort an die Tresore und Schließfächer in der Altstadt, wo alle Wertsachen aufbewahrt werden.« Detailliert beschrieb ich die Konditionen der Abmachung. »Die Tarbes behalten die volle Kontrolle. Es gibt keine Dokumente, die die Tarbes oder die Bank mit Scaramucci in Verbindung bringen, sie weigerten sich sogar, ihm den zweiten Schließfachschlüssel auszuhändigen. Wenn er sein Geld wiederhaben will, muss er dem Alten einen Brief schreiben, sich als sentimentaler geläuterter Sünder ausgeben, der seinen alten Militärkumpan, dem er einst das Leben rettete, gerne wiedersehen würde. Zu diesem Zweck gibt er seine Kontaktinformationen an. Den Rest erledigen dann die Tarbes.«

»Unglaublich …«

»Ich war dankbar für die Abwechslung. Aus reiner Neugier gab ich seinen Namen in eine Suchmaschine ein.« Ich berichtete ihr von den gefundenen Artikeln und dass sie mit Scaramuccis Angaben übereinstimmten. »Um runterzukommen – ich war ja mit der Arbeit noch nicht ganz fertig und es war schon Freitagnachmittag – druckte ich alle fertigen Prozesse aus. Da stand ich also am Drucker und wartete; und was sah ich? Scaramucci und der Alte, wie sie erst einer nach dem anderen die Schleuse und dann gemeinsam den Lift betraten. Als ich die beiden sah, dachte ich: Wenn der Alte Scaramucci allein hinausbegleitet, wo ist dann Gaspar? Und dann kam mir ein Verdacht.« Fleur kannte den Grundriss einigermaßen aus früheren Alltagsgeschichten. Trotzdem beschrieb ich ihr alles noch einmal ganz genau. »Nachdem die Lifttür zu war, sauste ich zum Kaffeeautomaten und ließ zum Schein einen Kaffee raus. Da stand Gaspar vor dem ausgedienten Schließraum mit seiner blau lackierten Eisentür und hielt, nur wenige Meter entfernt mit dem Rücken zu mir, Scaramuccis Aktentasche in der Hand und nestelte in der Brusttasche seines Jacketts. Und hervor kam …«

»Der Schlüsselbund mit dem blauen Schlüssel.«

»Du hast es erfasst. Da stand er und drehte ihn im Schloss. Das bedeutet, dass er das Geld nicht in der Altstadt aufbewahrt, sondern in dem uralten Schließraum an der Place des Bergues, den er sonst nur als Abstellkammer nutzt. Wir wissen aber noch viel mehr, nämlich dass er den Schlüssel immer bei sich trägt …«

Sie starrte mich ungläubig an. »Willst du mir jetzt allen Ernstes vorschlagen, eine Bank auszurauben?«

Ich ging nicht direkt auf ihre Frage ein. Stattdessen überreichte ich ihr den ausgedruckten Artikel aus meinem Seesack. »Der ist von heute Morgen«, sagte ich. »Scaramucci hat sich gestern Abend tatsächlich gestellt. Was hier drin steht, passt eins zu eins zum Gespräch, das ich belauscht habe und auch zu den Ergebnissen meiner Online-Recherche. Dieser Scaramucci ist ein skrupelloser Verbrecher, der glaubt, alle hinters Licht führen zu können. Dass er sich gestellt hat, seine Reue, die angebliche Bereitschaft zur Zusammenarbeit mit der Polizei, das ist alles nur Maskerade, um das Gericht gnädig zu stimmen und seine Haftstrafe möglichst kurz zu halten. Sobald er entlassen wird, holt er sich das Geld, legt sich grinsend in den Schatten einer Palme und schlürft für den Rest seines Lebens Schirmchendrinks. Hier, sieh selbst.«

Aufgeregt folgten ihre Augen den Zeilen. Einzelne Wörter und Teilsätze las sie halblaut vor: »… bereits als junger Mann eine mehrmonatige Haftstrafe wegen Drogenhandels … spätere Anzeigen wegen Erpressung, Nötigung und Körperverletzung allesamt fallen gelassen … organisierter Drogenhandel … Geldwäscherei … Beweislage erdrückend … zwei Komplizen ebenfalls inhaftiert …« Sie faltete das Papier zweimal bedächtig und schob es unter ihr Glas, damit es der Wind nicht davontrug. Und dann schwieg sie.

»Es wäre kein Bankraub«, beschwor ich sie, »– jedenfalls kein richtiger.«

Sie verzog die Augenbrauen. »Hört sich aber ganz danach an.«

»Unter normalen Umständen hättest du natürlich recht. Doch der springende Punkt ist, dass es sich hier um schmutziges Drogengeld handelt, das offiziell überhaupt nicht existiert. Nirgendwo gibt es einen Nachweis dafür. Folglich kann auch niemand Anspruch darauf erheben. Selbst wenn es plötzlich weg wäre, würden die Tarbes sich hüten, die Polizei einzuschalten. Die haben kein Interesse daran, deswegen ihren guten Ruf aufs Spiel zu setzen, geschweige denn als Scaramuccis Handlanger hinter Gitter zu wandern. Findet uns die Polizei, dann finden sie auch das Geld. Und dann haben die Tarbes ein Problem.«

Sie lachte laut aus. »Ich fasse es nicht. Du willst tatsächlich eine Bank ausrauben.«

Ich schüttelte den Kopf. »Nein, Fleur! Darum geht es ja gerade: Es wäre kein Bankraub.«

Nach einigem Nachdenken stimmte sie meiner Einschätzung zu. »Hm … ja … ja, okay, vielleicht wäre es kein Bankraub.«

»Genau! Ist es nicht. Natürlich nehmen wir jemandem etwas weg – aber wem? Etwa Scaramucci? Soll dieser Miesling für seine Verbrechen auch noch mit einer saftigen Rente belohnt werden? Oder wäre es besser, wenn die Tarbes es bekämen? Das sind doch astreine Banditen, alle drei.«

»Und wie gedenkst du, das anzustellen? Das ist doch garantiert gefährlich …«

»Ein gewisses Risiko besteht natürlich. Im Grunde ist es aber ziemlich einfach.«

»Einfach?« Sie verzog die Augenbrauen zum Zeichen, dass sie mir diese Einschätzung nicht recht abnahm.

»Einfach, ja. Ich hab mir das genau überlegt: Nächsten Freitag findet im Festsaal des *Beau-Rivage* diese Jubiläumsfeier statt, von der ich dir erzählt habe. Der hinterste und letzte Angestellte wird dort sein. Das bedeutet, dass die Büros menschenleer sein werden. An diesem Abend schlagen wir zu.«

»*Wir?*«

»Ich brauche deine Hilfe. Das schaffen wir nur zusammen.«

Sie starrte mich irritiert an.

Ich nahm mein Handy und zeigte ihr ein Foto von Gaspar, das ich von der Website der Bank kopiert hatte.«

»Was ist das für ein Schleimbeutel?«

»Mein Chef, Gaspar Tarbes. Du wirst ihn in die Falle locken.«

»Aha.«

»Gaspar ist ein Schürzenjäger. Der kann einer gut aussehenden Frau nicht widerstehen, schon gar nicht dir.«

»Tatsächlich …«

Ich ließ mich von ihren knappen Antworten nicht verunsichern und behielt meinen optimistischen Ton bei.

»Niemand aus der Bank kennt dich. Niemand weiß, dass wir zusammen sind …«

»Außer Jérôme …«, warf sie ein.

»Genau, aber das können wir deichseln. Du wirst dich so richtig in Schale werfen. Gaspar soll hintüber kippen, wenn er dich sieht. Hunderte von Gästen werden anwesend sein – du wirst Jérôme gut aus dem Weg gehen können. Sicherheitshalber werde ich ihm sagen, dass du dich nicht wohlfühlst und, falls überhaupt, erst später kommst. So schöpft er keinen Verdacht, falls ihr einander trotzdem begegnet. Idealerweise drapierst du dich natürlich so, dass er dich selbst dann nicht erkennt, wenn du ihm vor der Nase stehst.« Ich nahm einen Schluck Wasser. »Gaspar wird nicht in weiblicher Begleitung erscheinen, da bin ich mir sicher. Das macht er nie. Ihr kommt ins Gespräch, und dann setzt du dich mit ihm in eine ruhige Ecke, wo du ihm den Kopf verdrehst und den Schlüsselbund stibitzt …«

»Das ist doch völlig verrückt«, unterbrach sie und hielt die Hände vors Gesicht. Ich vermeinte, ein verborgenes Lächeln wahrgenommen zu haben, wobei jedoch nicht mit Sicherheit festzustellen war, ob ich mir das nur einbildete.

»Es ist heikel«, fuhr ich fort, »keine Frage. Aber du hast auf der Bühne schon oft bei Tricks mitgemacht, die viel Geschicklichkeit erfordern. Wir werden jeden Tag üben. Sobald du den Schlüsselbund hast, entschuldigst du dich unter dem Vorwand, auf die Toilette zu müssen. Ich werde mich so postieren, dass du ihn mir auf dem Weg dorthin unauffällig übergeben kannst. Während du möglichst rasch zu Gaspar zurückkehrst, damit er nicht auf die Idee kommt, in seinem Jackett zu wühlen, verlasse ich die Feier, gehe an meinen Arbeitsplatz, wo unter dem Tisch eine Sporttasche mit einem Brecheisen auf mich wartet, öffne den Schließraum, breche das Fach auf und nehme das Geld. Für alle Fälle habe ich selbstverständlich auch noch einen Bohrer dabei.«

Fleur schluckte leer. »Du spinnst.«

»Ganz und gar nicht. Ich bin nie selbst in diesem Raum gewesen, aber ich habe genug gesehen, um zu wissen, dass das ganz normale Schließfächer sind; die großen zuunterst, darüber die mittleren und zuoberst die kleinen. Der einzige Unterschied besteht in dem doppelten Schloss. Abgesehen davon entsprechen sie exakt gewöhnlichen Postfächern – du weißt, wie die aussehen; mit einem Brecheisen sind die ruckzuck geknackt. Das ist alles andere als verrückt. Überleg doch nur: Ich habe uneingeschränkten Zugang zum Gebäude und kenne obendrein die Fachnummer. Auch wegen der Sicherheitskameras brauchen wir uns keine Sorgen zu machen; die überwachen nur die Schleusen und den Bereich am Haupteingang. Der Wachmann sieht an seinen Bildschirmen nur, wie ich das Büro betrete und ein paar Minuten später wieder verlasse, sonst nichts. Die Ausgangslage ist perfekt: Weder die Tarbes noch Scaramucci wissen, dass wir ihr kleines Geheimnis kennen. Die haben keine Ahnung. Die sind völlig unvorbereitet. Was auch passiert, wir sind denen immer einen Schritt voraus.«

»Gut, du hast den Raum gesehen. Hast du auch Fach 77 gesehen?«

»Nein, nicht direkt. Aber die Zahlen waren alle zweistellig. Höchstwahrscheinlich gibt es da drin auch noch Fächer mit ein- oder dreistelligen Zahlen … Das Geld ist dort. Ich bin mir ganz sicher. Andernfalls würde ich so ein Unterfangen niemals ernsthaft in Erwägung ziehen.«

Der Wind schob düstere Wolken über den Himmel. Es wurde dunkel. Die Temperatur sank.

»Sind in Schließfächern nicht herausnehmbare Kassetten drin?«

»Theoretisch möglich … Allerdings kaum in den großen. Und ich gehe davon aus, dass Nummer 77 ein großes Fach ist – die Aktentasche muss ja darin Platz haben. Gaspar ist vorsichtig und wird sie ebenfalls verschwinden lassen wollen. Außerdem hat er Scaramucci gegenüber nichts von einer Kassette erwähnt. Aber selbst wenn in Nummer 77 eine Kassette drin wäre und selbst wenn diese verschlossen wäre, dann würde ich sie entweder einfach aufbrechen oder aufbohren oder, je nachdem, einfach mitnehmen, damit wir sie später öffnen können.«

»Und wenn sie nicht herausnehmbar, sondern nur herausziehbar ist? Dann könntest du sie nicht mitnehmen.«

»Egal, ob herausnehmbar oder herausziehbar, ob Kassette oder nicht: Ich werde einen guten Bohrer haben und es wird kein Problem sein.«

»Hm.«

»Auf alle Fälle benötige ich für das Knacken des Fachs weniger als eine halbe Stunde. Solange musst du Gaspar ablenken. Sobald ich fertig bin, werfe ich die Schlüssel in die Rhône und schreibe dir eine Nachricht. Am besten wird sein, wenn du meine Nummer unter dem Namen einer falschen Freundin speicherst. Du wirst Gaspar sagen, dass du dringend telefonieren musst, aber gleich zurück sein wirst. Wir treffen uns dann in einer Seitenstraße und fahren per Mietwagen nach Südfrankreich. Dort wechseln wir an verschiedenen Orten unsere Franken in Euro – nie mehr als zehntausend aufs Mal – und dann kaufen wir ein

Segelboot und sind weg. Frei. Verschwunden. Die Polizei wird nie Wind davon bekommen. Und niemand, absolut niemand, wird uns jemals finden.«

Fleur starrte mich an. Ihre Augen durchbohrten mich.

Ich durfte jetzt nicht nachgeben. »Es braucht Überwindung, so viel ist klar. Aber was kann schon passieren? Wenn etwas schiefgeht, machst du dich einfach aus dem Staub. Im schlimmsten Fall packt er dich am Arm. Dann tust du, als bedrängte er dich und drohst zu schreien, wenn er dich nicht sofort loslässt. Ich bin ja auch noch da. Ja sicher: Jemand könnte zufällig am Schließraum vorbeikommen und hören, wie ich da drin zu Werke gehe. Völlig auszuschließen ist es nicht. Wenn man jedoch alles abwägt, überwiegt der mögliche Gewinn das Risiko um ein Vielfaches. Vier Millionen! Fleur, uns werden hier vier Millionen auf dem Silbertablett serviert! Alles, was nötig ist, um das Leben zu führen, das wir uns so sehr wünschen, ist Mut. Wir brauchen nur die Hände auszustrecken und zuzugreifen.«

Sie strich sich eine Strähne aus dem Gesicht. Ihr Blick ruhte auf dem meinen.

Es folgte der Moment der Wahrheit. Ich fragte: »Was sagst du?«

Sie zögerte, musterte mich. Der Wind heulte in den Bäumen. Wolken krochen vorüber. Eine Ente schnatterte. Die Welt stand still. Dann formten ihre Lippen langsam ein Lächeln, und sie sagte: »Holen wir uns das Geld!« Sie klappte den Tisch weg, so dass das ganze Geschirr über Bord flog, und fiel mir um den Hals. Ineinander verschlungen taumelten wir über das Deck. Es fing an zu regnen. Wetterleuchten zuckte am Himmel. Der Augenblick überrollte uns wie ein plötzlicher, gewaltiger, alles vernebelnder Rausch. Sie riss mein Hemd auf. Trommelnder Regen verwischte die Grenzen zwischen Wasser und Luft. Blitze schossen auf die Erde herab. Es kümmerte uns nicht …

Wellen schwappten durch den Engpass in die Lagune und ließen die *Yarrabee* schaukeln. Wir lagen auf dem Vordeck. Fleurs Kinn ruhte auf meiner Brust und dicke Regentropfen prasselten auf uns herab. Ein ungestümes Sommergewitter tobte.

»Komm, wir gehen in den Salon«, schlug sie vor. »Da ist es wärmer.«

Sie sammelte unsere nassen Kleider ein und hängte sie drin über den Heizlüfter. Aus dem Schrank holte sie Wolldecken.

Ich tauchte unterdessen nach dem Geschirr. An dieser Stelle war das Wasser nicht allzu tief und trotz des Regens klar genug, dass ich die vermissten Stücke am Grund ausmachen konnte. Zumindest waren sie schon halb abgewaschen.

Über dem Spülbecken hängend, beseitigte ich die wenigen Essensreste, die dem spontanen Bad getrotzt hatten.

Fleur kauerte auf dem Tisch, die Füße auf dem Sitzpolster, und spähte durch die Luke. »Meinst du nicht, es wäre besser, Gaspar den Schlüsselbund zurückzugeben? Du bringst ihn mir, und ich platziere ihn wieder in seinem Jackett.«

»Viel zu gefährlich«, wehrte ich ab.

»Ich kann das«, beharrte sie. »Auf diese Weise würde er erst Verdacht schöpfen, wenn er das nächste Mal den Raum beträte.«

»Das wäre leichtsinnig. Wir sollten jedes unnötige Risiko vermeiden.«

Es entstand eine Diskussion, in der beide ihre Argumente vorbrachten. Am Ende einigten wir uns darauf, es nicht zu tun. Es war schlicht zu gefährlich und überdies unnötig, da unser Vorsprung so oder so ausreichen würde.

Ich ging zu ihr hin und küsste sie auf den Hals. »Wie ich sehe, bist du Feuer und Flamme. Ausgezeichnet.«

Sie sah mich an und sagte: »Dein Plan ist gut. An den Feinheiten müssen wir allerdings noch arbeiten. Wir brauchen ein detailliertes Drehbuch und einen Plan B, falls etwas schiefläuft.«

»Zwei Hirne sind besser als eins. Schreib deine Ideen auf, damit du sie nicht vergisst. Danach besprechen wir alles.« Ich erwähnte meine eigenen Notizen.

Ein zufälliger Blick auf die Borduhr setzte weiteren Entwürfen ein jähes Ende. Es war schon Viertel vor vier. »Mist! Wir sind spät dran. Wenn wir nicht rechtzeitig zurück sind, fangen sie womöglich noch an, nach uns zu suchen. Besonders bei dem Wetter.«

Blitz und Donner hatten sich zwar gelegt, aber der Regen hielt sich hartnäckig, und der mächtige Wind kündigte eine ungemütliche Rückfahrt an.

Bevor es losgehen konnte, kam ich nicht darum herum, noch einmal ins Wasser zu springen und die Leinen zu lösen. Fleur schaffte unterdessen Ordnung im Cockpit.

Weil unsere Regenjacken daheim im Schrank hingen und wir keine Lust hatten durchnässt im Wind zu stehen, rissen wir zwei Abfallsäcke von der Rolle unter dem Spülbecken und schnitten drei Löcher hinein. Dann zogen wir unsere halbtrockenen Sachen an und stülpten uns die schwarzen Säcke über.

Ich wendete und setzte den Bug halb in den Durchgang. Fleur sprang an Land, hielt Ausschau und sprang wieder auf.

Der See lag schwarz und verlassen vor uns. Das gegenüberliegende Ufer verbarg sich hinter einer grauen Wand. Lediglich das bedrohliche Blinken der Warnlichter drang schwach zu uns durch. Von allen Seiten platschten kurze, steile Wellen gegen die Bordwand. Dicke Äste trieben kaum sichtbar an der Oberfläche und scharfe Böen rissen an Mast und Wanten. Fleur band das erste Reff und gleich darauf das zweite. Das Vorsegel war bis auf einen mickrigen Fetzen eingerollt. Trotzdem boten wir dem Wind noch genug Angriffsfläche, um so stark zu krängen, dass wir achtgeben mussten, nicht von Bord zu kugeln. Mit schäumendem Kielwasser flogen wir in einem wilden Ritt nach Genf zurück.

Kurz vor dem Hafen hörte es wie auf Knopfdruck auf zu schütten und zu winden. Rotglühende Strahlen durchbrachen die Wolkendecke. Die Hoffnung auf Wärme erhielt neue Nahrung, nachdem die Temperatur in den letzten Stunden deutlich gefallen war und der Wind zusätzlich für Abkühlung gesorgt hatte.

Fleur streifte den Müllsack ab und machte uns an der Pier fest. Ich beugte mich über die Reling und holte mir einen flüchtigen Kuss ab. Wir hatten ausgemacht, uns von nun an nicht mehr gemeinsam in der Öffentlichkeit zu zeigen. Nicht dass uns später an der Jubiläumsfeier noch jemand miteinander in Verbindung brachte und dadurch alles zunichtemachte.

»Versprich mir, dass du nicht das ganze heiße Wasser aufbrauchst«, bat ich.

Sie strich sich vergnügt das Kinn, sagte: »Wir werden sehen«, und ging mit meinem Seesack, in dem unsere nassen Badetücher steckten, davon. Zwei Boote waren vor mir mit Abgeben an der Reihe. Beim ersten gab es ein Problem mit dem Motor, das die volle Aufmerksamkeit von Crew, Hafenmeister und Hafenjungen erforderte. Das zweite wartete mit einer zerfledderten Want und kaputtem Ruder auf, was drei Schnorchelgänge und ein überflüssiges Mastlegen nach sich zog. Zwei Stunden später erklomm der tapfere Hafenjunge, zahlreiche Entschuldigungen murmelnd, endlich die Reling der *Yarrabee*.

Als ich dann müde und fröstelnd zu Hause eintraf, stand Jérôme in Trainingsmontur im Wohnzimmer und stemmte Hanteln. Auf meinem Sekretär fand ich einen handgeschriebenen Zettel:

»Bin schon weg. Wir treffen uns nachher bei der
Schule, dort können wir uns in Ruhe unterhalten.
Es gibt viel zu besprechen.
Küsschen
Fleur
P.S. Wäre schön, wenn du auch ins *Mascotte* kämst.
Aber dass du mir ja aus dem Weg gehst!«

Schmunzelnd las ich das Postskriptum ein zweites Mal durch. Sie fürchtete wohl, dass ich unsere Abmachung vergaß und ihr vor aller Augen um den Hals fiel.

Vor uns lag ein gewaltiges Stück Arbeit. Für den

Moment jedoch schätzte ich mich einfach nur glücklich, so eine außergewöhnliche Freundin an meiner Seite zu haben.

Das lange Warten hatte auch sein Gutes: Der Boiler war randvoll mit wohlig warmem Wasser.

Die üblichen Rauchschwaden hingen in der Luft. Der Platz war knapp. Fleur stand auf der Bühne und strahlte wie Sirius am Nachthimmel. Ohne den geringsten Anflug von Nervosität oder Unsicherheit spielte sie mit dem Publikum, als wäre es das Natürlichste auf der Welt. Es stand voll und ganz in ihrem Bann. Gleiches würde mit Gaspar geschehen. Sie würde ihn an der Nase herumführen wie einen dressierten Pudel.

Wie schnell sich die Dinge doch veränderten – eine Idee, eine Entscheidung, und plötzlich war alles anders. Verrückt. Gestern Morgen noch hatte unser Leben seinen üblichen Gang genommen; und nun standen wir kurz davor, ein Schließfach zu plündern und mit einer Tasche voller Geld die Reise in die Freiheit anzutreten. Neun Jahre des Wartens komprimiert auf sechs Tage des Tuns. Es war surreal; als drehten wir am Rad der Zeit. Unser Ziel, das noch vor Kurzem so unendlich fern schien, lag mit einem Mal in Sichtweite. Alles was wir brauchten, um es zu erreichen, waren ein kühler Kopf und eine ruhige Hand.

Elektrisiert wanderte mein Blick durch die Reihen. Applaus donnerte in meinen Ohren, während ich mir die Zukunft in den prächtigsten Farben ausmalte. Meine Motivation kannte keine Grenzen, wir würden eine wahre Meisterleistung abliefern. Ich fühlte mich besser denn je. Bald würde uns die Welt gehören.

Die an diesem Abend ihren Auftritt gehabt hatten, versammelten sich am Bühnenrand und verbeugten sich. Fleur zwinkerte mir zu und einmal mehr wurde mir bewusst, was für ein Glückspilz ich war. Ich leerte mein Bier in einem Zug, steckte eine *Marocaine* an und verließ das *Mascotte*.

Beim ewig bekifften Munir, der jede Nacht an der gleichen Ecke in einer Graswolke stand und grinsend auf Kundschaft wartete, erstand ich ein Beutelchen Marihuana samt Zigarettenpapier.

Nun, da wir nicht mehr zusammen gesehen werden durften, war die Grundschule der einzige Ort außerhalb unserer eigenen vier Wände, an dem wir uns gefahrlos treffen konnten. Zusätzlich besaß er den Vorteil, dass uns Jérôme garantiert nicht störte. Um Unbefugte fernzuhalten, war das Gelände von einem hohen undurchsichtigen, dicht mit Efeu und Trompetenblumen bewachsenen Zaun umgeben. Jeden Abend nach Schulschluss verrammelte der Hausmeister das Eingangstor. Was er der Pflanzenwucherungen halber nicht wusste: Im Zaun prangte ein Loch. Letzten Sommer hatte ich es zufällig entdeckt, als ich einen Penner hindurchschlüpfen sah. Hin und wieder hatten Paul und ich uns hierher zurückgezogen, um in der Abgeschiedenheit genüsslich Gras zu rauchen und gleichzeitig dem Dröhnen des Pâquis zu lauschen. Mit Fleur war ich erst einmal hergekommen; sie malte lieber, als im Gebüsch herumzulungern. Das Loch war gut getarnt: Es versteckte sich hinter zwei Bäumen direkt an einer Hausmauer und war von beiden Seiten vollständig zugewachsen. Man musste das Pflanzenwerk an der richtigen Stelle teilen wie ein Brustschwimmer das Wasser. An Abenden wie heute, wenn der Teufel los war, galt es, besonders vorsichtig zu sein, damit nicht noch mehr Neugierige angelockt wurden. Ich lehnte unbeteiligt an der Hauswand und wartete den richtigen Moment ab. Dann schlüpfte ich hindurch. Auf der anderen Seite erwartete mich die Abgeschiedenheit: ein breiter Streifen mit Bäumen, Sträuchern und Blumen, der direkt bis an die hohen Fenster des Schulgebäudes reichte, in denen wochentags nie lange die Lichter brannten. Es roch nach feuchter Erde. Der Trubel der Straße drang gedämpft durch die Pflanzenwand; darunter, ganz in der Nähe, Alfies Musik. Auch er war eingeweiht und manchmal übernachtete er hier im Unterholz. Abgesehen von dem Penner, der mich versehentlich hergeführt hatte, und seinem schauerlich versoffenen Kumpanen, die sich gelegentlich außer Hörweite, in der gegenüberliegenden Ecke des Areals, in ihre Schlafsäcke legten, blieb man nach Mitternacht garantiert für sich. Sie duldeten uns, solange wir keinen Radau machten, vor Tagesanbruch verschwanden und keinen Müll oder sonstigen Unrat hinterließen, der das Misstrauen des Hausmeisters erregen könnte.

Ich machte mich daran, aus einem Flyer, den ich im *Mascotte* an der Garderobe eingesteckt hatte, einen Filter zu rollen, als Fleur auftauchte. Sie gab mir einen Kuss und setzte sich neben mich auf den Stumpf einer abgesägten Linde.

»Es hat zwei volle Stunden gedauert, bis ich das Boot endlich abgeben konnte«, sagte ich.

»Dann hattest du wenigstens warmes Wasser.«

»Haha. Ich hab deinen Zettel gesehen. Wo bist du hin?«

»Spazieren. Ich brauchte etwas Ruhe zum Nachdenken.«

Für den Bruchteil einer Sekunde fürchtete ich, sie habe es sich womöglich anders überlegt.

Sie las meine Gedanken. »Was ist? Denkst du, ich will einen Rückzieher machen?« Sie lachte. »Falsch gedacht.«

»Natürlich nicht«, gab ich lässig zurück und ärgerte mich ein wenig darüber, dass sie mich so leicht durchschaute. Ich leckte den Klebstreifen ab und riss das überschüssige Zigarettenpapier ab.

Fleur zog zusammengefaltete Notizblätter aus ihrer Handtasche.

Ich zog meine eigenen Notizen aus der hinteren Hosentasche und zündete den Joint an. Sogleich rauschte eine behagliche Wärme durch meine Adern. Ich nahm noch einen tiefen Zug und gab ab. »Na, dann wollen wir mal sehen.«

Wir schlugen einen ernsthaften, geschäftsmäßigen Ton an, wie zwei Kaufleute, die einen riskanten Handel besprachen, in den sie ihr gesamtes Kapital investierten. Beim Vergleich unserer Notizen traten keine gravierenden Diskrepanzen zutage. Unsere Vorstellungen bezüglich Vorbereitung, Durchführung, Flucht, Verkleidung und Alternativszenarien stimmten in den wesentlichen Punkten überein. Und dort, wo sie es nicht taten, zielten sie zumindest in die gleiche Richtung. Das zeigte, dass unser Plan einfach war. Wir arbeiteten ihn Punkt für Punkt ab und wurden uns jeweils schnell einig. Bald ergab sich ein detailliertes Vorgehen, das wir fortan an jedem der verbleibenden Tage gemeinsam durchsprechen würden, auf dass es sich fest in unser Bewusstsein einbrannte. Den folgenden Punkten widmeten wir besondere Aufmerksamkeit:

Erschiene Gaspar wider Erwarten in weiblicher Begleitung, würde Fleur trotzdem versuchen, sich mit ihm abzusondern und je nach Lage der Dinge selbstständig entscheiden, ob sie weitermachte oder abbrach. Weder sie noch ich kannten die Räumlichkeiten und wir würden sie im Vorfeld auch nicht besichtigen, da wir dort keinen wie auch immer gearteten Verdacht erregen mochten. Außerdem war der Grundriss, inklusive Fotos, auf der offiziellen Website des *Beau-Rivage* einsehbar, gedacht als Service für alle, die nach einem geeigneten Veranstaltungsort suchten.

Trüge Gaspar den Schlüsselbund nicht bei sich, bliebe uns nicht viel anderes übrig, als das Wochenende zu genießen und am Montag wieder mit dem Strom zu schwimmen.

Ganz anders sähe es hingegen aus, wenn er den Schlüsseldiebstahl bemerkte: Dies könnte gleich einen ganzen Rattenschwanz an potenziellen Ereignissen nach sich ziehen. Am wichtigsten wäre in diesem Fall, dass Fleur sich schnellstmöglich aus dem Staub machte und, falls ich mich bereits auf dem Weg in die Bank befand, mich anrief oder mir eine Nachricht schickte. Würde Gaspar sie festhalten, verhielte sie sich, als belästige er sie. Im äußersten Notfall würde sie ihn gegen das Schienbein treten, ihm einen Finger ins Auge stecken oder sich sonst einer List bedienen. Rein theoretisch bestand die Möglichkeit, dass sie aufflog, mich keine Warnung erreichte und der von Gaspar alarmierte Sicherheitsdienst mich auf frischer Tat ertappte und wir, einzeln oder beide zusammen, geschnappt wurden – eine Situation, deren Ausgang unmöglich abzusehen war, ganz sicher jedoch hochgradig unerfreulich wäre. Da wir dies allerdings für ausgesprochen unwahrscheinlich hielten, waren wir diesbezüglich nicht allzu beunruhigt.

Entscheidende Bedeutung kam dem Knacken des Fachs zu. Ganz gleich, was danach passierte: Von diesem Moment an gab es kein Zurück mehr. Brach ich es auf, mussten wir Genf auf jeden Fall verlassen; selbst wenn es leer sein sollte. Ein leeres Fach zu knacken, wäre etwas vom Schlimmsten, was passieren konnte, weil in diesem Fall die Gefahr bestand, dass die Tarbes die Polizei einschalteten, sobald sie den Bruch bemerkten. Ein aufgebrochenes Fach war nicht zu vertuschen. Dass es sich beim Übeltäter aufgrund der ansonsten fehlenden Einbruchsspuren vermutlich um einen Mitarbeiter handelte und der Abend der Jubiläumsfeier dafür ideal war, würde allen Beteiligten ziemlich schnell einleuchten. Dann brauchte man nur noch die Aufnahmen der Überwachungskameras zu sichten und schon wäre ich geliefert. Ich könnte der Polizei dann noch so viel von Drogengeld erzählen; davon fände sich nirgendwo mehr eine Spur und ich käme wegen versuchten Bankraubs oder Einbruchs oder sonst etwas, das einem möglicherweise ein paar Jahre einbrachte, vor Gericht. Das Geld markierte eine Art Lebensversicherung. Nur wenn es sich in unserem Besitz befand, konnten wir uns sicher sein, dass die Tarbes uns nicht die Polizei auf den Hals hetzten. Ertappte mich der Sicherheitsdienst hingegen auf frischer Tat, müsste ich versuchen zu fliehen, was so ziemlich aussichtslos wäre, oder ich wanderte hinter Gitter, was sehr viel wahrscheinlicher war. Für alle

Fälle hob ich vorher meine gesamten Ersparnisse in bar ab. Damit kamen wir im Notfall mindestens ein Jahr lang über die Runden.

Jérômes Anwesenheit bereitete uns ein wenig Kopfzerbrechen, doch damit kamen wir zurecht. Wie besprochen würde Fleur ihm, so gut es ging, aus dem Weg gehen und sich gut verkleiden, und ich würde ihm im Vorfeld erzählen, dass sie sich nicht wohlfühle und womöglich gar nicht oder erst später auftauche, um, falls sie trotzdem aufeinandertrafen, möglichen Argwohn seinerseits im Keim zu ersticken.

Ich nahm den Joint, den Fleur auf einem Stein abgelegt hatte, und zündete ihn neu an. »Du wirst sehen, sobald wir das Geld haben, geht der Rest wie von selbst.«

»Hältst du es für möglich, dass die fünfte Million noch da ist?«, fragte sie und wies darauf hin, dass das Fassungsvermögen unserer Fluchttasche entsprechend zu wählen sei.

»Das halte ich für sehr unwahrscheinlich. Die Tarbes sind gierig und ich sehe keinen Grund, warum sie es nicht sofort an sich genommen haben sollten. Egal, ob vierzig oder fünfzig Bündel: In unserer Fluchttasche wird Platz genug sein.« Selbstverständlich konnte ich nicht einfach Scaramuccis Aktentasche benutzen. Wenn ich am Freitagmorgen mit meiner eigenen Tasche ankam, durfte ich auch keine andere als meine eigene wieder hinaustragen.

»Was glaubst du, wird geschehen, wenn sie merken, dass das Geld weg ist?«, fragte sie.

»Schwer zu sagen. Vielleicht füllen sie die Tasche einfach wieder auf oder sie geben ihm als Entschädigung die Million zurück, die sie als Kommission abgezweigt haben.

Die Tarbes sind clever. Denen wird schon etwas einfallen, damit Scaramucci nicht ausrastet. Wie auch immer, uns kann es egal sein.«

»Sollten sie sich entscheiden, Scaramucci zu sagen, was passiert ist, ist davon auszugehen, dass er unsere Namen erfährt«, stellte sie fest.

»Meinen auf jeden Fall. Was dich betrifft, so wären sie gezwungen, erst ein paar Nachforschungen anzustellen. Sorgst du dich, dass er uns findet?«

Sie übernahm den Joint und blies den Rauch zur Seite aus. »Nein, überhaupt nicht. Ist mir nur gerade so durch den Kopf gegangen …«

Es knackte im Gebüsch.

Fleur legte einen Finger an die Lippen: »Psst! Ich glaube, da kommt Alfie.«

Den Gitarrenkoffer voran, in der anderen Hand den Rucksack, zwängte Alfie sich mühsam durch die Öffnung und kam angeschlurft. »Hey, darf ich mich zu euch setzen?«

Fleur hielt ihm den Joint hin.

Er setzte sich auf seinen Koffer und nahm ihr Angebot dankbar an. »Ah, tut das gut. Gesegnetes Kraut. Ich hab Bier, falls jemand möchte …«

13 TAGE DER VORBEREITUNG, TAGE DES ABSCHIEDS

Der Sonntag war wunderbar, trotzdem mussten wir ihn wohl oder übel drin verbringen. Unser Vorsatz des Nichtzusammen-Gesehenwerdens verlangte es. Natürlich hätten wir uns wieder ins Unterholz hocken können, doch das wäre im Vergleich zu einem richtigen Sofa nicht sehr komfortabel gewesen, zumal Jérôme beabsichtigte, den Tag im Freibad zu verbringen.

Ansehnlich gebräunt und nichts ahnend, betrat unser Mitbewohner in knappen gelben Badeshorts und freiem Oberkörper das Wohnzimmer. Er beugte sich über den gedeckten Sofatisch und nahm sich ein Croissant. »Wollt ihr nicht mitkommen bei dem Prachtwetter?«

»Später vielleicht«, antwortete ich, wohl wissend, dass es nicht dazu käme.

»Wie ihr meint.« Er schwang seinen blauen Strandbeutel um und drehte ab. »Ich bin weg.«

In den nächsten fünf Tagen galt es nicht nur, unseren Coup vorzubereiten, sondern auch alle notwendigen Vorkehrungen für das Leben danach zu treffen. Dies umfasste unter anderem die Beschaffung geeigneten Werkzeugs und eines Fluchtautos sowie das Aufspüren von Schiffsverkäufern in Südfrankreich. Da ich tagsüber bei Tarbes anzutraben und den Schein zu wahren hatte, entfiel die Hauptverantwortung hierfür auf Fleur.

Wir verpassten Fleur das Pseudonym Élodie Simon, ihres Zeichens stinkreiche Erbin eines Zürcher Finanzspekulanten, die auf der Suche nach einem geeigneten Ersatz für einen ihrer Vermögensverwalter war, der kürzlich das Zeitliche gesegnet hatte und dessen Nachfolger ihr nicht ganz geheuer war. Das machte sie für Gaspar gleich doppelt interessant. Was das blaue Armband betraf, so hatte sie es von einem Freund erhalten, dessen Name sie für kein Königreich verraten würde.

Die Kommunikation erfolgte über kryptische Nachrichten und beschränkte sich auf das absolute Minimum. Um keinen Verdacht zu erwecken, falls Gaspar auf ihr Display schielte, änderte sie meinen Namen in Tina Patel – von jetzt an ihre neue beste Freundin. Im Idealfall tauschten wir nur eine einzige Nachricht, nämlich eine verschlüsselte Botschaft von mir, dass alles gut gelaufen ist. Es wäre für sie das Signal, das *Beau-Rivage* zu verlassen.

Wir sprachen den Ablauf bis in die letzte Kleinigkeit wieder und wieder durch, bis er uns zum Halse heraushing. Auch das Stibitzen des Schlüsselbundes erhielt einen festen Platz in unserem täglichen Übungsprogramm. Wir trainierten, indem ich ein Jackett überzog und meinen eigenen Schlüsselbund, an den ich zusätzlich den schweren Schlafzimmerschlüssel hängte, in die innere Brusttasche steckte. Da ich wusste, dass man mich bestehlen wollte, fehlte es dem Versuchsaufbau an Wirklichkeitsnähe. Aber es war das Beste, was uns einfiel. Auf der Straße testweise Leute zu beklauen, erschien uns nicht sehr vernünftig. Wir probierten alle denkbaren Positionen aus. Wie sich zeigte, war

Fleur in jeder Lage bewundernswert fingerfertig. Doch am einfachsten und unauffälligsten kam sie ans Ziel, wenn wir nebeneinandersaßen. Sollte sich die Möglichkeit ergeben, dann war es ratsam, Gaspar entsprechend zu positionieren.

Mit jeder Übungseinheit stieg das Vertrauen in unseren Plan und unsere Fähigkeiten. Wir waren uns bewusst, dass ein Höchstmaß an Umsicht und Sorgfalt geboten war. Zwar läge selbst dann ein Scheitern noch im Bereich des Möglichen, doch es müsste schon mit dem Teufel zugehen, wenn wir dabei ernsthaft in Gefahr gerieten.

Unser vorläufiges Ziel war die Karibik, wo man ohne nennenswerte Schwierigkeiten beträchtliche Mengen Bargeld auf ein Bankkonto einzahlen konnte. Die wichtigste Etappe auf dem Weg dorthin hieß Teneriffa – oder genauer gesagt der Hafen von Radazul im Osten der Insel. Von dort würden wir Mitte November, wenn die Hurrikan-Saison vorbei und die See um die Kanarischen Inseln noch nicht zu rau ist, ablegen und gut ausgerüstet den Atlantik überqueren. Obschon es genau das war, was ich immer tun wollte, wurde mir beim Gedanken an die drei Wochen auf See, ohne einen rettenden Flecken Land weit und breit, leicht mulmig zumute. Ich betrachtete es als meine Feuertaufe, eine Art Meisterprüfung. Selbstredend behielt ich dieses unbedeutende kleine Lampenfieber für mich. Fleur hielt mich für einen furchtlosen Seemann und ausgezeichneten Navigator und es gab keinen Grund, daran irgendeinen wie auch immer gearteten Zweifel aufkommen zu lassen. Wir bekamen das schon hin. Für die Navigation setzten wir selbstverständlich auf GPS. Zusätzlich zum Hauptgerät planten wir zwei Ersatzgeräte ein, damit wir unterwegs bei technischen Problemen nicht erblindeten und vom Kurs abkamen. So oder so erhielt ich bis Teneriffa ausreichend Gelegenheit, meine Kompetenz am Sextanten aufzufrischen, so dass wir selbst beim Ausfall aller Geräte noch imstande wären, unseren Kurs zu bestimmen. Insgesamt blieben mehr als fünf Wochen, um die Kanaren zu erreichen. Zeit genug, das Boot kennenzulernen und uns langsam an das Leben auf See zu gewöhnen. Theoretisch läge selbst ein kurzer Besuch bei Paul auf Korsika drin, aber wir zogen es vor, uns zuerst aus dem Staub zu machen und das Geld in Sicherheit zu bringen und ihn erst danach über unseren Beutezug in Kenntnis zu setzen.

Am Montag erwartete Fleur eine besonders schwere Aufgabe. Als ich nach der Arbeit nach Hause kam, sah sie entsprechend mitgenommen aus. Sie saß im Wohnzimmer vor dem offenen Fenster und begrüßte mich mit dünner Stimme. Jérôme war nicht da.

»Wie ist es gelaufen?«

Sie nickte, als hinge ein Stück Blei an ihrem Kinn. »Gut.«

»Und wie geht's dir?«

»Geht schon. Wenigstens habe ich es hinter mir. Aber leicht war es nicht.«

Ich stellte meine Schuhe in die Ecke und setzte mich auf die Sofalehne. »Kann ich mir vorstellen. Erzähl.«

Ihr Auftrag hatte darin bestanden, Enrico, dem Geschäftsführer des *Mascotte*, ihre Kündigung zu überbringen, was sie nicht nur deswegen schmerzte, weil sie ihre Auftritte dort so liebte, sondern vor allem auch, weil Enrico sie immer wie ein Familienmitglied behandelt hatte. Am frühen Nachmittag hatte sie sich auf den Weg gemacht – wobei Umweg es eher traf. Denn ehe sie den Mut aufbrachte, sich dem Unvermeidlichen zu stellen, tigerte sie eine Weile unruhig durch das Viertel.

Obschon das *Mascotte* erst gegen Abend öffnete, herrschte auch zu dieser Tageszeit reger Betrieb. Eingang und Fenster standen offen. Romy, die in die Jahre gekommene Putzfrau, ließ Wasser durch die chromglänzenden Zapfhähne sprudeln, und ein Lieferant beförderte karrenweise Weinkisten und Hochprozentiges aus seinem Minilaster durch den Salon nach hinten in den Lagerraum. In dem Moment, da Fleur den Salon betrat, rauschte Enrico gerade die Treppe herunter.

»Fleur, was für eine angenehme Überraschung.« Enrico empfing sie mit ausgebreiteten Armen und küsste sie dreimal auf die Wange. Er trug einen feinen dunklen Anzug und teure italienische Lederschuhe. »Du hast Glück; wie es der Zufall will, sind wir ausgerechnet heute spät dran. Ich wollte gerade Romy fragen, ob sie mit uns isst. Gigi hat Steinpilzrisotto und Piccata für eine ganze Armee gekocht. Romy, was sagst du?«

Ohne die Arbeit zu unterbrechen, schüttelte sie den Kopf. »Ach, Enrico. Ich esse doch nie zu Mittag. Nur sonntags, wenn meine Enkel zu Besuch sind. Das weißt du doch.«

»Und trotzdem werde ich dich immer wieder fragen. Fleur, was ist mit dir? Komm hoch, komm.«

Sie nickte zaghaft. Obwohl sie nur zwei Scheiben Knäckebrot zum Frühstück gegessen hatte, verspürte sie keinerlei Hunger. Selbst die köstlichen Küchendüfte vermochten daran nichts zu ändern.

Fleur folgte Enrico nach oben, wo sein Cousin Gigi, der als Koch, Hausmeister und Bühnentechniker fungierte, sie herzlich begrüßte. Er verteilte Luftküsse, drückte sie an sich und dankte dem Herrn für ihr Kommen. Gigi war für seine überbordende und mitunter peinliche Theatralik bekannt. Nichtsdestotrotz mied er die Bühne wie der Teufel das Weihwasser. Gigi trug ein zusätzliches Gedeck auf. Früher, als die Galerie noch nicht ganz so schlecht gelaufen war und Fleur sich hin und wieder eine Pause vom Malen gegönnt hatte, aß sie sonntags des Öfteren mit den beiden zu Mittag.

Im Obergeschoss befanden sich ein kleiner Speisesaal und eine Mini-Bühne. Aus Rücksicht auf den Appetit der Gäste waren die Vorführungen im Vergleich zum unteren Salon eher harmlos. Die Moderation übernahm in der Regel Fleurs Stellvertreterin, Jeannine, und um elf, spätestens um halb zwölf, war Zapfenstreich, damit die Show unten nicht durch Lärm und Gepolter gestört wurde.

Enrico schenkte allen ein Glas Wein ein.

Sie stießen an.

»Was immer dich hergeführt hat, es trifft sich gut, dass du da bist. Wir haben einiges zu besprechen …«

Fleur nahm einen großen Schluck.

»… aber vorher wird gegessen.«

So fürstlich es auch schmeckte, Fleur musste sich bei jedem Bissen überwinden. Enrico war immer so herzensgut zu ihr gewesen. Und nun wollte er auch noch einiges besprechen. Sicher ging es um das Programm. Vermutlich schwirrten allerlei neue Ideen in seinem Kopf herum. Ein Felsklotz beschwerte ihre Brust und raubte ihr den Atem. Die beiden bedeuteten ihr viel, und sie fürchtete, sie vor den Kopf zu stoßen, wenn sie erfuhren, weswegen sie gekommen war. Zum Glück übernahm vorwiegend Gigi das Reden. Er gab Anekdoten aus seiner Zeit als Maschinist auf einem Passagierschiff zum Besten – Geschichten, die sie in- und auswendig kannte, ihr jetzt aber sehr gelegen kamen, da sie ihr Galgenfrist gewährten.

Nach dem Essen geleitete Enrico sie in sein Büro, wo er ihr den Stuhl vor seinem Schreibtisch anbot. Die Tür blieb offen. Gigi räumte ab. »Also, was führt dich her?«

Sie setzte sich und verkündete tapfer: »Ich muss mit dir sprechen.«

»Ausgezeichnet«, gab er schwungvoll zurück, ohne den Anschein zu machen, den bedrückten Anklang in ihrer Stimme und ihrem Gesicht zur Kenntnis genommen zu haben. »Das trifft sich gut. Ich plane nämlich gerade ein neues Abendprogramm, und dir wird dabei eine gewichtige Rolle zukommen, du wirst begeistert sein. Aber halt, was bin ich nur für ein ungehobelter Kerl – du zuerst, bitte.«

Fleur holte tief Luft. »Das fällt mir jetzt sehr, sehr schwer.« Es folgte eine Pause, in der sie vergeblich nach den so sorgsam zurechtgelegten Worten suchte. Also sprach sie frei heraus: »Ich höre auf. Per sofort.«

Es existierte kein Arbeitsvertrag, der eine Kündigungsfrist geregelt hätte. Was sie sagte, klang hart, aber da sie Ende der Woche nicht mehr in der Stadt sein würde, gab es keine Alternative.

Als Enrico das hörte, wich die sonst so gesunde Farbe aus seinem Gesicht. »Puuh, ähm …«

»Bitte, sei mir nicht böse.« Ihre Hände glitten über den Tisch und fassten die seinen. »Ich brauche einen Tapetenwechsel, besonders jetzt, da ich die Galerie aufgeben musste.«

Er massierte ihre Handflächen zum Zeichen der gegenseitigen Verbundenheit, zog dann aber vorsichtig zurück und sank nach hinten in seinen Sessel. Schwerfällig rieb er sich Kinn und Wangen. »Du meine Güte, das haut mich gerade ziemlich um.«

Schuldbewusst ballte Fleur ihre leeren Hände zu Fäusten und sah ihn an.

»Liegt es an mir?«, fragte er mit einer Stimme, die die Hoffnung noch nicht restlos aufgegeben hatte. »Hättest du dir mehr Unterstützung mit der Galerie gewünscht? Ich ahnte ja nicht, wie schlecht die Dinge standen.«

»Nein, nein, nicht doch. Du hast nichts falsch gemacht. Es liegt nicht an dir.«

»Woran dann? Möchtest du mehr Mitspracherecht? Brauchst du mehr Geld?«

»Nein, deswegen bin ich nicht gekommen. Ich habe nachgedacht. Du weißt, wie gerne ich im *Mascotte* immer auf der Bühne stand. Aber mein Entschluss steht fest. Was ich brauche, ist frische Luft, etwas Abstand. Und dann möchte ich mich wieder voll und ganz auf die Malerei konzentrieren. Ich konnte es dir nicht früher sagen, es hat sich alles erst in den letzten Tagen ergeben …«

Auch wenn es ihm nicht gefiel und die Kurzfristigkeit ihrer Kündigung ihn vor nicht zu unterschätzende organisatorische Herausforderungen stellte, war er doch ein geradliniger und feiner Mensch und respektierte ihre Entscheidung. »Wie sind deine Pläne?«

»Darüber bin ich mir noch nicht restlos im Klaren. Erst mal gehen Louis und ich auf Reisen. Höchstwahrscheinlich fahren wir schon am Freitag los.« Bei diesen Worten, die nicht gänzlich falsch waren, jedoch etwas anderes als die Wahrheit suggerierten, fühlte sie das schlechte Gewissen an sich nagen.

»Disastro!«, ertönte plötzlich auf dem Gang lautstark Gigis Stimme. Offenbar hatte er die ganze Zeit heimlich mitgehört. »Disastro!«, rief er noch einmal und kam, die Arme in den Himmel gestreckt und mit einem hölzernen Kochlöffel, an dem eine Wolke aus Putzschaum hing, ins Büro gerauscht. »No, Signor! Was haben wir getan, dass du solches Unglück über uns bringst?«

Enrico, vom Ausbruch seines Cousins peinlich berührt, erhob sich. »Gigi, ich bitte dich.«

»Verlass uns nicht«, flehte Gigi. »Bleib bei uns. Ich werde dir jeden Tag frische Panzerotti zubereiten, versprochen.« Er verzog das Gesicht zu einer clownesken Trauermiene, nur um dann gleich die Augen zusammenzukneifen und eine Drohgrimasse aufzusetzen. »Das ist alles nur wegen diesem Typen aus der ersten Reihe, stimmt's? Er hat dich uns gestohlen!«

Fleur kannte Gigi als ausdrucksstarken, aber harmlosen Zeitgenossen und reagierte deswegen betont ruhig und verständnisvoll: »Niemand hat mich gestohlen, Gigi. Du weißt doch, dass Louis und ich zusammen sind. Wir haben das gemeinsam beschlossen.«

»Wenn er dir auch nur ein Haar krümmt, stech ich ihn ab!« Er ließ den Kochlöffel wie ein Messer vorschnellen und rief: »Vendetta!«

»Gigi, das reicht!« Enrico machte eine schneidende Geste. »Was soll der Zirkus? Bist du bescheuert? Und lass den Jungen aus dem Spiel, das geht uns nichts an.«

Resigniert senkte Gigi den Kopf. »Lass mir doch Raum für meine Emotionen. Ich muss das verarbeiten.«

Er wandte sich an Fleur. »Tut mir leid. Dein Freund ist in Ordnung … Ich tu schon nichts Dummes, du kennst mich doch.«

»Natürlich, Gigi, alles gut …«, besänftigte sie.

»Sag ciao, bevor du gehst, ja?«

Sie versprach es.

Mit traurigem Hundeblick schlich er zurück in die Küche.

Enrico entschuldigte sich für ihn. »Er ist ein Gefühlsmensch. Man darf es nicht zu ernst nehmen, wenn er solche Sachen sagt.«

»Ich weiß.«

Enrico setzte sich wieder hin und kaute auf der Unterlippe. »Jeannine wird Luftsprünge machen, wenn sie erfährt, dass sie die neue Nummer eins ist.« Er rang sich ein Lächeln ab.

»Sie wird ihre Sache gut machen.«

»Sicher – das wird sie …«

»Bist du mir böse?«

»Wie könnte ich? Du warst die Beste, die wir je hatten.« Er nickte gedankenverloren. »Dafür danke ich dir.«

Fleur kullerte eine Träne über die Wange. »Ich habe zu danken, Enrico.« Bemüht, die Stimmung zu heben, merkte sie mit Galgenhumor an: »Ohne euch wäre ich schon viel früher pleitegegangen.« Sie stand auf und umarmte ihn.

»Ohne Abschiedsvorstellung kommst du uns aber nicht davon«, bestimmte er. »Donnerstagabend?«

»Einverstanden«, sagte sie nach kurzem Zögern.

Das damit verbundene späte Zubettgehen passte mir nicht so recht in den Kram, aber da es für sie sehr wichtig war und sie es Enrico unmöglich verwehren konnte, lag es mir fern, es ihr auszureden. Selbstredend würde ich mich unters Publikum mischen. Immerhin ist das *Mascotte* auch für mich immer ein besonderer Ort gewesen.

»Wir sind keine achtzig«, betonte sie. »Das stecken wir locker weg. Außerdem wird uns ein wenig Abwechslung nicht schaden. Wir dürfen es einfach nicht übertreiben und müssen darauf achten, einander fernzubleiben.«

Ungefähr zur gleichen Zeit, da Fleur ihr Arbeitsverhältnis im *Mascotte* regelte, bemühte ich mich bei *Tarbes* um Normalität. Das bedeutete, dass ich angestrengt in den Bildschirm starrte und mechanisch meine Prozesse pinselte. Phasen der Gelassenheit wechselten sich wellenartig mit dem Gefühl, beobachtet und durchschaut zu werden, ab. Befand ich mich gerade im Zustand der Paranoia, sah ich überall verdächtigende Blicke, argwöhnte meiner Person geltendes Getuschel und wähnte den rosa krawattierten Émile die Notfallnummer wählen. Lediglich das spärliche Leuchtfeuer der übrig gebliebenen Vernunft, das den schmalen Pfad erhellte, den zu begehen beschlossene Sache war, bewahrte mich davor, meinen Kittel überzustreifen und mich in die Abgeschiedenheit meines Zimmers in der Rue de Neuchâtel zu flüchten.

Mein allmontägliches Tête-à-Tête mit Gaspar war wie üblich auf neun Uhr angesetzt. Seiner vollen Agenda wegen sagte er den Termin erst ersatzlos ab, winkte mich gegen vier Uhr dann aber doch noch in seinen Glaswürfel. Die Angelegenheit nahm ihren gewohnten Lauf: Seine unruhigen Augen hetzten über die Ausdrucke, und weil es sonst nichts zu beanstanden gab, stürzte er sich auf irgendeine unbedeutende Kleinigkeit, die meine angebliche Schludrigkeit bewies. Heute war es ein Pfeil, der um einen Hauch vor dem Aktivitätskästchen endete, anstatt bündig daran anzuschließen. Er fluchte und dozierte über die korrekte Modellierung von Geschäftsprozessen – ein Thema, von dem er wenig verstand.

»Immerhin machst du Fortschritte«, schmähte er. »Bald bist du auf dem Niveau eines Anfängers.« Wie ein König, der einen ihm lästig gewordenen Lakaien verscheucht, wies er mir die Tür.

Ich hatte seine Arroganz bis obenhin satt. Aber ich dachte an unser Vorhaben, tat einen tiefen Atemzug und schob die neuerliche Herabsetzung beiseite. Gefasst und mit der Ergebenheit, die er von seinen Angestellten erwartete, antwortete ich: »Jawohl, Gaspar«, und zog ab.

Umhüllt von Émiles wichtigtuerischem Telefongeplapper und Claires Hochgeschwindigkeitstippen fügte ich stumpf Kästchen um Kästchen, Pfeil um Pfeil, Text um Text in Schwimmlinien. Mühsam krochen die Stunden dahin. Meine Hoffnung, der Whiskey-Durst würde Gaspar übermannen und mir einen frühen Feierabend ermöglichen, erfüllte sich leider nicht. Stattdessen bewies er für seine Verhältnisse ungewohntes Sitzfleisch und stampfte erst nach sechs Uhr mit seiner Krokodilledertasche davon.

Ich wartete fünf Minuten zu, dann versenkte ich *Poseidon* im Programmordner und begab mich direkt in das größte Segelsportgeschäft der Stadt, wo ich mich mit nautischem Zubehör eindeckte. Ich kaufte eine Falttasche mit Navigationsbesteck, zwei nautische Kurslineale und einen ganzen Stapel an Seekarten. Genauer gesagt Übersichtskarten für das Mittelmeer und den Westatlantik, Detailkarten der Balearen, der Alborán-See und der marokkanischen Atlantikküste sowie der Kanarischen Inseln und der Kleinen Antillen. Das genügte vorerst. Weiterführendes Material ließ sich in nahezu jedem größeren Hafen besorgen.

Zwecks Erledigung meiner zweiten Tagesaufgabe kehrte ich mit meinem vollen Plastiksack an die Place des Bergues zurück und stoppte die Zeit bis zum *Beau-Rivage*. Inklusive der halben Minute Wartezeit an der Ampel bei der Mont-Blanc-Brücke benötigte ich für die Strecke fast auf die Sekunde genau fünf Minuten.

Nach dem Abendessen legten Fleur und ich uns aufs Bett und recherchierten nach Bootsverkäufern in der Nähe von Marseille. Die Anforderungen an unser künftiges Zuhause waren keine besonderen: circa vierzig Fuß Länge, hochseetauglich, neu oder gebraucht in tadellosem Zustand – nicht mehr, aber auch nicht weniger. Meine Traumjacht aus braunem Holz mit weißen Segeln würde mangels passender Angebote ein Traum bleiben. Aber das bekümmerte mich nicht, solange wir nur aufs Meer hinauskamen.

Nach zwei Stunden Suche notierten wir uns Name und Adresse eines Händlers in Cassis, einige Kilometer südöstlich von Marseille, und eines anderen in La Ciotat, das nur einen Katzensprung weiter die Küste entlang liegt. Beide waren auf Fahrtenjachten und Blauwassertörns spezialisiert und führten ein breites Sortiment an Ausrüstung und Zubehör.

Um nach Südfrankreich zu gelangen, brauchten wir einen Mietwagen. Da ich mein Bankkonto am Donnerstag auflösen würde und somit auch über keine Bank- oder Kreditkarte mehr verfügte, die über das Abreisedatum hinaus gültig war und die ich hätte hinterlegen können, musste ich bar bezahlen – ein Unterfangen, das schwerer zu realisieren war als gedacht. Es gab nur einen einzigen international tätigen Autoverleih, der eine Barzahlung im Voraus akzeptierte, und es hatte mich nahezu ein Dutzend Telefonate gekostet, dies herauszufinden. Auf den Websites der verschiedenen Anbieter war dazu wenig bis nichts zu lesen. Anscheinend ging man automatisch davon aus, dass jeder Mensch eine Plastikkarte besaß. Am Dienstag in der Mittagspause begab ich mich an den Schalter von *Hertz* in der Rue de Berne und mietete einen Volkswagen für zwei volle Tage, von Freitag bis Samstag, Abholung in Genf Zentrum und Rückgabe am Boulevard National in Marseille, wo wir unsere Ankunft für die frühen Morgenstunden des Samstags erwarteten. Ich händigte der Angestellten meinen Reisepass zur Kopie aus, bezahlte die Mietgebühr inklusive Vollkaskoversicherung und hinterlegte eine Kaution in Höhe von fünfhundert Franken, die wir bei Abgabe des Fahrzeugs zurückerhielten. Das würde allerdings bedeuten, dass wir, je nach tatsächlicher Ankunftszeit, die Zeit bis zur Schalteröffnung irgendwie totschlagen mussten. Entstünde ein beträchtlicher Zeitverlust, wollten wir auf die Kaution verzichten und den Autoschlüssel kurzerhand in den dafür vorgesehenen Kasten einwerfen und direkt unseren nächsten Zielort, Cassis, ansteuern, um die bereits so gut wie verwischte Spur möglichst zügig weiter im Sande verlaufen lassen.

Der wichtigste Punkt auf Fleurs Tagesordnung galt der Werkzeugbeschaffung. Da uns beiden die Erfahrung im Umgang mit raffinierten Schlossknackerutensilien fehlte und wir auch niemanden kannten, der es uns hätte beibringen können, waren wir gezwungen, auf gröbere Instrumente zurückzugreifen. Deshalb besorgte Fleur nebst einem ordentlichen Brecheisen auch einen starken Akkubohrer, der allerdings nur zum Einsatz kam, wenn das Brecheisen nicht ausreichte.

»Sieh nur«, sagte Fleur und präsentierte stolz eine schwere Eisenpfanne mit einem sauberen Loch darin. Auf dem Boden lag ein Bohrer. »Er ist ziemlich laut. Falls du ihn tatsächlich brauchst, wickle ihn in ein Handtuch, um den Schall zu dämpfen. Dafür durchlöchert er absolut jedes Metall. Ich habe einen Ersatz-Akku und Aufsätze in verschiedenen Größen gekauft. Toll, nicht?«

»Wunderbar.«

»Es kommt noch besser.« Sie zeigte auf das Bett. Ein rotes Brecheisen lag eingesunken auf der Decke. »Dies, Monsieur, ist ein siebzig Zentimeter langes Achtkant-Hebeleisen aus hochwertigem Werkzeugstahl. Dank der einseitig extra starken Abflachung kannst du damit in jeder noch so schmalen Lücke ansetzen. Der Verkäufer versicherte mir, dass es in dieser Länge auf dem Markt nichts Besseres gebe.« Sie strahlte wie ein Maikäfer.

Ich fasste das schwere Stück und wog es in der Hand. »Ausgezeichnet. Was hast du ausgegeben?«

»Neunhundert.«

»Für einen Akkubohrer und ein Brecheisen?!«

»Und Pfefferspray für die Handtasche.« Sie hielt mir eine kleine grüne Dose entgegen.

»Neunhundert?!«

»Qualität hat eben ihren Preis, und an der Ausrüstung soll es nicht scheitern, oder? Eben. Wer Rendite will, muss investieren.« Sie gab mir einen Kuss und zückte meine Bankkarte. »Die behalte ich. Du hast ja vorläufig noch deine Kreditkarte. Bevor du dein Konto saldierst, brauche ich noch Geld für ein Kleid.«

Nach dem Abendessen überreichte sie mir einen Zeitungsartikel mit dem Titel »Aufstieg und Fall eines Verbrecherkönigs« über den inzwischen landesweit berühmten Fall Scaramucci, der, angefangen mit dessen Herkunft als mittleres von drei Kindern einer Arbeiterfamilie, seinen Weg bis zum heutigen Tag nachzuzeichnen suchte, jedoch ziemlich oberflächlich blieb und mit kaum mehr als den bereits allgemein bekannten Fakten aufwartete. Von einer Verbindung mit den Tarbes, dem Unfall damals in den Bergen oder dem beiseitegeschafften Geld war an keiner Stelle die Rede. Das Interessanteste war ein kurzes Interview mit seinem Verteidiger, der den Behörden uneingeschränkte Zusammenarbeit und bedingungslose Offenheit zusicherte und betonte, sein Mandant zeige ehrliche Reue und sei bereit, alles Notwendige zu unternehmen, um seinem Leben eine späte Hinwendung zum Guten zu ermöglichen. Ein zurate gezogener Experte rechnete mit einem baldigen Prozessbeginn, da die Schuldfrage eindeutig und unbestritten und die Hintergründe größtenteils geklärt seien. Genau wie Scaramucci selbst, rechnete auch er mit einem Strafmaß von sechs bis acht Jahren und hielt es, wegen Scaramuccis umfassendem Geständnis und seiner durchaus glaubhaften Reue, trotz seiner Vorgeschichte für sehr wahrscheinlich, dass das letzte Drittel bei entsprechender Führung zur Bewährung ausgesetzt würde. Mit seiner Freilassung war demnach nach frühestens vier Jahren zu rechnen. Für seine Handlanger, die Scaramuccis

Reuestrategie eins zu eins übernommen hatten, erwartete er Strafen zwischen zwei und drei Jahren.

Ich zerknüllte den Artikel und warf ihn in den Papierkorb. »In wenigen Tagen werden wir für immer verschwunden sein.« Ich legte meinen Arm um Fleurs Hüfte. »Und jetzt lass uns diesen Heuchler und seine Knechte vergessen.«

Ich küsste sie.

Die Woche schritt unaufhaltsam ihrem Höhepunkt entgegen. Es war schon Mittwoch und Anspannung begann sich breitzumachen. Ich sehnte mich nach einem Spaziergang oder einer Runde schwimmen, stattdessen saß ich mit Valérie in einer stundenlangen Sitzung fest und wippte unter dem Tisch nervös mit den Beinen. Die kolossale Trägheit, mit der sie sich durch das Leben schleppte, verstärkte meinen Bewegungsdrang zusätzlich. Wenigstens wurde ich hier zeitweise von Lauras Telefon verschont, das Sturm läutete. Genau wie wir steckte auch sie in dringenden Vorbereitungen. Nikotinkaugummi schmatzend und Däumchen drehend bemühte Valérie sich nach Kräften, ihre Sätze so kurz wie möglich zu halten und mich ein ums andere Mal auflaufen zu lassen. Grundsätzlich kamen wir gut miteinander aus, aber sobald es um dieses elende Projekt *Phoenix* ging, fing sie an zu bocken.

Ich fragte, wer außer ihr und ihrem Team sonst noch Zugriff auf die Daten aus der Buchhaltung habe.

Sie sagte: »Gaspar.«

Ich fragte: »Wer noch?«

Sie: »Die aus dem Controlling.«

Ich: »Sonst noch wer?«

Sie: »Hab ich vergessen.«

Ich: »Bitte denk nach.«

Daraufhin sie: »Hab's vergessen.«

Wieder ich: »Und wenn sonst jemand, sagen wir die Marketingabteilung, aktuelle Zahlen braucht?«

»Das musst du die aus dem Marketing fragen.«

So ging es drei Stunden lang. Ich machte meine Notizen und tröstete mich mit dem Gedanken, dass dies alles bald der Vergangenheit angehörte.

Als ob die drei Stunden mit Valérie nicht schon schlimm genug gewesen wären, galt es nun zu allem Überfluss auch noch, denn dies war unsere Tagesaufgabe, sich um die Garderobe zu kümmern. Nach einem halbstündigen Umweg durch die Altstadt, der meine Nervosität ein wenig linderte, suchte ich die Herrenabteilung eines Kaufhauses auf. Gleich der erste Smoking, den mir der Verkäufer brachte, passte. Er war klassisch schwarz mit Kummerbund, Fliege und Seidenrevers. Auch das weiße Hemd mit Kläppchenkragen – ein Wort, das ich noch nie zuvor gehört hatte – saß wie angegossen. Der Verkäufer zeigte sich sichtlich zufrieden mit der gelungenen Einschätzung meiner Körpermaße und rieb sich die Hände. Ich fackelte nicht lange und kaufte, bevor er mit weiteren Modellen antanzte und sich die Angelegenheit unnötig in die Länge zog. Zum letzten Mal zückte ich meine Kreditkarte, die damit ihren Lebensdienst abgeleistet hatte.

Zu Hause hängte ich alles fein säuberlich in den Schrank. Anschließend lehnte ich mit einer Flasche Mineralwasser am Kopfende des Bettes und wartete darauf, dass Fleur mir ihre Abendgarderobe präsentierte. Ich hatte ihr meine Einkäufe lediglich zur allgemeinen Prüfung unter die Nase gehalten, mich aber geweigert, erneut hineinzuschlüpfen. Kleider anzuprobieren, ermüdete mich rasend schnell. Nun brauchte ich nur noch meine besten Schuhe auf Hochglanz zu polieren und dann war ich, zumindest aus modischer Sicht, einsatzbereit.

»Einen Moment noch«, sagte sie durch die Tür. »Ich hab's gleich.«

Ich trank in langen Schlucken und wartete gespannt, dass sie sich zeigte. Als dann die Tür aufging, verschluckte ich mich fast. Sie sah umwerfend aus.

»Das hier, mein Herr, ist ein samtschwarzes Cocktailkleid. Erst wollte ich ein etwas aufwendigeres Abendkleid kaufen, aber dann habe ich dieses prächtige Stück hier entdeckt und mich sofort verliebt.« Sie drehte eine Pirouette. »Man beachte besonders den Rundhals, die dezente Taillenschleife und das bauschige Rockteil. Und, nicht zu vergessen, diese wunderbaren schwarzen Pumps, eine einreihige Perlenkette und als Handtasche diese kleine hübsche Clutch. Ohrringe, Fingerringe und Uhr lasse ich weg; die sind nicht unbedingt nötig und wir können sie uns eh nicht leisten – zumindest nicht, wenn es etwas hermachen soll. Stattdessen trage ich beidseitig diese goldenen Armreife, die ich bei einem Goldschmied gefunden habe, die sehen sowieso besser und verführerischer aus. Was sagst du?«

»Phänomenal!«

»Warte erst, bis ich die Haare gefärbt und mich richtig geschminkt habe.«

»Ich kann's kaum erwarten. Obwohl … dein Rotschopf ist mir lieber …«

»Keine Sorge, den zaubere ich danach wieder zurück. Am Freitagnachmittag habe ich einen Termin im *Salon*

Savoy. Das soll angeblich das angesagteste Kosmetikstudio der ganzen Stadt sein.«

»Kling gut. Nicht, dass ich es wirklich wissen will, ich frage aus reiner Neugier. Was hast du ausgegeben?«

»Nichts …«, grinste sie keck, »es war ja deine Bankkarte.«

»Gut, also … Wie viel habe ich bezahlt?«

»An den exakten Betrag kann ich mich nicht erinnern, aber es werden so gegen die fünftausend gewesen sein.«

Ich wusste, dass es teuer werden würde, man kann schließlich nicht einen auf dicke Hose machen und sich als Millionärin ausgeben und dann in billigen Kleidern antanzen. Trotzdem versetzte mir die Zahl Fünftausend einen kleinen Stich. »Ein Grund mehr, die Kohle einzustreichen.«

Am Donnerstag, kurz vor Schalterschluss, betrat ich die Filiale der *Credit Suisse* an der Rue de Lausanne und löste das Konto auf, das einst meine Eltern, damals noch als Kindersparbuch, für mich angelegt hatten. Weil Mitarbeiterkonten bei Tarbes nur Geschäftsleitungsmitgliedern vorbehalten waren, war dies mein *einziges* Konto. Ein paar Straßen weiter tat Fleur dasselbe bei der *Crédit Agricole*. Wir wollten so wenig wie möglich in unserem alten Leben zurücklassen, und dazu gehörte auch Administratives wie ein Bankkonto. Trotz des einen oder anderen ausschweifungsbedingten Rückschlags hatte ich fleißig gespart: Nach Abzug aller Spesen, Ausgleich des Kreditkartenkontos und Bezahlung aller offenen Rechnungen erhielt ich einen Betrag von 29.480,65 Franken ausbezahlt, wovon ich das meiste direkt in Euro wechselte.

Die humorlose Dame am Schalter schob das Geld in einem Umschlag unter dem Sicherheitsglas durch und wünschte mir korrekt-gelangweilt einen schönen Abend.

Ich hatte Geld, jedoch kein Portemonnaie, das groß genug war, es aufzunehmen. Bei Fleur war es andersherum. Sie besaß zwar kaum einen Heller mehr, dafür ein überdimensioniertes Lederportemonnaie, in das ich mit Ausnahme eines Hunderters alle meine Scheine steckte. Ich verstaute es in der knarzenden Mittelschublade des Sekretärs. Fleur steuerte läppische vier Franken und fünfundfünfzig Rappen bei. Mehr hatte ihr Konto nicht hergegeben.

Unter dem Fenster lagen nebeneinander und fein säuberlich aufgereiht meine navyblaue Sporttasche, das Werkzeug und alles, was zur Tarnung obendrauf kam: ein Tennisschläger, Sportsachen, Ersatzwäsche, Frotteetücher und Duschzeug. Daneben standen zwei gepackte Reisekoffer, die nur das Nötigste enthielten. Der ganze Rest unserer Garderobe blieb im Schrank. Dann verfassten wir einen Brief an Jérôme. In meiner krakeligen Handschrift bat ich ihn, die Kleider zu spenden und die Bücher, falls möglich, irgendwo einzumotten. Ich schrieb weiterhin, dass wir Genf verlassen hätten und nicht wiederkämen, er möge uns den unangekündigten Abgang verzeihen. Wir unterschrieben mit »Deine Freunde Louis & Fleur«. Ich schob den gefalteten Brief ins Kuvert und legte drei Monatsmieten bei. Fleur setzte in geschwungener Schönschrift kunstvoll Jérômes Namen obendrauf.

»Ich fürchte, er wird mir fehlen«, sagte ich.

Fleur sah es genauso. »Mir auch.«

Bis auf die Abholung des Mietwagens waren die Vorbereitungen damit abgeschlossen.

Als Nächstes stand Fleurs Abschiedsvorstellung auf dem Programm. Zur Stärkung besorgte ich etwas zu essen aus der Sushi-Bar. Jérôme war mal wieder ausgeflogen.

Wir aßen langsam und spielten schweigend mit unseren Essstäbchen. Unsere Blicke schweiften gedankenschwer durch den Raum mit seiner altmodischen Einrichtung. Wir hielten inne, horchten, jeder für sich. Aller Voraussicht nach war dies unser Abschiedsessen an der Rue de Neuchâtel. Beim Gedanken daran ergriff mich Wehmut. Aber nur ein bisschen. Denn auf uns wartete ein neues, ein anderes, ein aufregenderes Leben als jenes, das wir zurückließen.

Fred lotste mich um die Schlange herum, was mir zahlreiche Buhrufe vonseiten der Wartenden einbrachte. Das *Mascotte* war voller, lauter und verrauchter als jemals zuvor. Enrico schien gewillt, Fleur einen ganz besonderen Abschied zu bereiten. Bedachte man den ganzen Zirkus mit Anatole, dann war das ein durchaus gewagtes Vorhaben, denn gäbe es eine Polizeikontrolle, würde es garantiert eine happige Buße wegen Missachtung von Sicherheitsvorschriften setzen. Es war so proppenvoll, dass man sich mit aller Kraft des Sogs der Masse erwehren musste.

Mitten im Getümmel tauchte plötzlich Enrico vor mir auf. Er war einen ganzen Kopf kleiner als ich. Bis dahin hatten wir kaum je ein Wort miteinander gewechselt, und für eine Sekunde fürchtete ich, er sei mir wegen des Abgangs seiner Hauptattraktion möglicherweise schlecht gesinnt. Aber mit seiner freundlichen Art zerstreute er sogleich meine Bedenken.

»Louis, willkommen!« Er klopfte mir mit einer Hand freundschaftlich auf die Schulter und reichte mir die andere zum Gruß.

Es war so laut, dass man kaum sein eigenes Wort verstand.

»Wir haben dir deinen alten Platz freigehalten«, schrie er mir ins Ohr. »Da, schau.«

Er führte mich zu dem kleinen Tisch, an dem Paul und ich immer gesessen hatten. Und wie in alten Zeiten standen darauf eine Karaffe Gin, zwei Fläschchen Tonicwater und ein Kübel Eis. »Geht aufs Haus.«

So eine Geste hatte ich nicht erwartet. Zufrieden registrierte er die Mischung aus Rührung und Überraschung auf meinem Gesicht. »Enrico – ich weiß nicht, was ich sagen soll. Danke.«

»Gern geschehen. Genieß die Show. Wir sehen uns nachher.«

Der Mann hatte Stil, das musste man ihm lassen …

Mit mir am Tisch saß nicht Paul, sondern ein unbeteiligt wirkender, kahler Alter von mickriger Gestalt mit spitzem Adamsapfel, der mich nicht weiter beachtete. Er trug einen langen roten Seidenumhang, ein schwarzes Lederhalsband und war barfuß unterwegs. Den nackten Beinen nach zu urteilen, die unter seinem Umhang hervorlugten, trug er auch keine Hose.

Fred schloss die Tür. Ein Luftzug ging durch den Raum und die geräuschvoll arbeitende Lüftung wurde auf das sauerstofftechnisch gerade noch tolerierbare Minimum gedrosselt. Lichter und Musik gingen aus. Die Dunkelheit ließ die Leute wie auf Kommando verstummen. Zigaretten glommen auf, Stühle wurden zurechtgerückt und

Handys ausgeschaltet. Nur an der Bar brannte einsam eine grüne Glühbirne, die nackt und schmucklos von der Decke hing.

Ach, das *Mascotte*! Es fehlte mir jetzt schon. Orte wie dieser sind unbezahlbar, funktionieren sie doch als Magnete für die verwegensten und verrücktesten Charaktere, deren Gesellschaft ich über alle Maßen schätzte. Aber deswegen wollte ich nicht gleich rührselig werden, nein. Ich war nur aufgeregt. Es zog mich hinaus, die Welt zu entdecken. Und wenn wir erst einmal losgezogen waren, würden wir sie eine nach der anderen ausfindig machen, die verrauchten Bars, schnapsschwangeren Seemannskneipen, verruchten Etablissements, die klandestinen Treffpunkte, bunten Varietés, scheinheiligen Klubs und zwielichtigen Spelunken. Es gab da draußen so viel, das nur darauf wartete, von uns entdeckt zu werden. Und trotzdem: Was immer wir auch antreffen würden, und ganz gleich, welche neuen Bilder und Erlebnisse sich in unser Gedächtnis prägten, die Erinnerung an das *Mascotte* und die wunderbar unbeschwerten Stunden, die wir hier verlebt hatten, würden, egal wie das alles ausgehen mochte, niemals verblassen.

Zwölf Glockenschläge donnerten in die Stille hinein. Klack. Ein Scheinwerfer ging an, und Fleur trat zum letzten Mal in den Lichtkegel vor das Mikrofon, um ihre berühmten Worte an das Publikum zu richten: »Meine Damen und Herren! Ich bin Fleur und ich heiße Sie willkommen im spektakulären, fabulösen, atemberaubenden *Palais Mascotte*, wo wir, die schlaflosen Geschöpfe der Nacht, uns einfinden, um uns am köstlichen Nektar der Fantasie zu berauschen. Die Glocke hat Mitternacht geschlagen; machen Sie sich bereit für eine Stunde der Musik, der Kunst und der Magie!«

Wie es aussah, sollte das Publikum erst am Ende der Vorstellung von ihrem Abgang erfahren.

Ich spendete Gin an zwei Gäste, für die die Bar des Gedränges wegen unerreichbar war. Auch meinem Tischnachbarn füllte ich das leere Bierglas drei Fingerbreit auf. Auf das Tonic verzichtend und mit einem Daumenhoch als Geste des Dankes kippte er den Gin ungerührt in einem Zug herunter. Ich beschränkte mich derweil auf einen etwas dezenteren Schluck.

Trotz der knappen Vorbereitungszeit hatte Enrico ein beachtliches Programm auf die Beine gestellt. Nacheinander traten auf: eine voluminöse kamerunische Sängerin namens Filomena, die humorvoll-anzügliche Texte in klangvolle afrikanische Melodien verpackte; Basti, der im Handstand Feuer spie und mit seinen Fußsohlen einen Ball jonglierte, sowie die drei Perrier-Schwestern, die mit ihren schwarzen, vom Kopf abstehenden Haaren und ihren rosafarbenen Röcken aussahen wie unter Strom gesetzte Puppen. Sie spielten zu dritt auf einem Klavier und sangen in elfenhaft hohen Tönen, während ihnen dressierte weiße Mäuse über Schultern und Köpfe krabbelten. Für Gelächter sorgte ein Turban tragender Schwertschlucker, der sein Schwert bis zum Schaft im Hals versenkte und den Schaft dann von der Klinge löste. Er hielt sich den Bauch und klagte über Schmerzen, bat Freiwillige aus dem Publikum ihm zu helfen. Zahlreiche akrobatische Verrenkungen später gelang es einem verlegenen rotbackigen Helfer schließlich, dem auf zwei Stühlen im Handstand stehenden Turbanträger die Klinge aus dem Mund zu ziehen.

Vor dem letzten Auftritt machte sich erwartungsvolle Unruhe breit, die Fleur mit ihrer Ansage geschickt weiter zu steigern wusste. Seit dem verhängnisvollen Malheur mit Anatole war es Usus geworden, den Verrücktesten ganz ans Ende der Show zu setzen, um zu verhindern, dass ein etwaiger Zwischenfall eine Verzögerung oder gar den Ausfall aller nachfolgenden Darbietungen nach sich zog.

Fleur stand am Bühnenrand, schnalzte mit der Zunge und rief, die Augen beschirmend, als blickte sie in die Ferne: »Hundchen!«

Nichts geschah.

»Hundchen! Hundchen, komm her!«

Die Leute schauten nach links und rechts, überallhin, in der Hoffnung, als Erste das Hundchen zu finden, nach dem Fleur mit wachsender Verzweiflung suchte.

Ich bemerkte, wie sich mein Tischnachbar unauffällig seines Umhangs entledigte. Fleur bewegte sich langsam, immer noch die Ferne erforschend, in unsere Richtung, bis sie, kaum eine Armlänge entfernt, stehen blieb. Sie war mir so nahe, dass ich trotz des ganzen Rauchs den Mottenkugelgeruch ihres Kostüms und ihre Schminke riechen konnte. Mit gespielter Verärgerung schwenkte sie den Mahnfinger und blies in eine Hundepfeife, die sie an einem um das Handgelenk gewickelten Lederbändchen trug. Mein Tischnachbar begann zu hecheln und zu knurren. Die Leute drehten sich nach den merkwürdigen Geräuschen um, doch nur die, die sich nahe genug befanden, erkannten, von wem sie stammten. Die Spannung stieg weiter. Fleur, immer noch nicht fündig geworden, blies noch einmal in die Hundepfeife. Mein Nachbar stellte sich auf seinen Stuhl und spannte seinen Körper wie eine Feder. Endlich entdeckte Fleur das Hundchen und klopfte sich freudig auf die Schenkel. Da sprang er mit einem langen Satz auf die Bühne und schlich, hündisch, auf allen vieren, in einem engen Kreis umher, dieser kleine, knochendürre Mann, der niemandem ein Begriff zu sein schien. Am Ende seiner Kreiswanderung legte er seinen Kopf vertrauensvoll in Fleurs Schoß, die sich im Schneidersitz auf den Boden gesetzt hatte. Abgesehen von dem Halsband bedeckte nur ein leinenes Lendentuch seinen kreidebleichen und restlos kahlen Körper. Sie tätschelte ihm die Seite und kraulte ihn hinter den Ohren. Als es aussah, als sei er eingeschlafen, legte sie vorsichtig seinen Kopf auf den Boden und überließ ihm die Bühne.

Niemand gab einen Mucks von sich.

Das Hundchen zuckte, von wilden Träumen heimgesucht. Es dauerte eine ganze Weile, bis er nach und nach aus seinem Schlaf erwachte. Er dehnte und streckte sich und ein Hauch von Wahnsinn umwehte dieses farblose zerknitterte Wesen. Nunmehr auf den Beinen erhob er sich und begann ohne Vorwarnung wie verrückt zu bellen und die Zähne zu fletschten und auf und ab zu springen. Doch ebenso schnell wie er sich aufgeregt hatte, beruhigte er sich wieder. Er hielt die Nase in die Luft, als hätte er Witterung aufgenommen. Er schnüffelte und wackelte auf der Bühne herum, nahm diesen oder jenen Zuschauer etwas genauer unter die Lupe und blieb dann genau vor mir stehen. Seine stechenden Augen fixierten mich. Nun war auch klar, weshalb man ihn zu mir an den Tisch gesetzt hatte: Er sollte sich mein Gesicht einprägen, damit auch ich meine bescheidene Rolle in der Show bekäme. Fleur war nirgends zu sehen. Die Bewegungen eines Hundes bis ins

Kleinste perfekt imitierend, geduckt und mit angewinkelten Hinterläufen schlich er näher heran, mich fest im Blick. Wieder spannte er seine schlanken, unter der Haut hervortretenden Muskeln und sprang durch die Luft, direkt auf meine Oberschenkel. Er war leicht wie eine Feder. Die Zunge hing ihm zum Maul heraus. Nur wenige Zentimeter trennten unsere Gesichter. Ich sah mein Spiegelbild in seinen glasigen Augen. Er fing an zu winseln, ein jämmerliches, klagendes Gejaule, und da er keine Anstalten machte aufzuhören, dachte ich mir, dass er womöglich durstig sei. So flößte ich ihm in einem kristallklaren Strahl den gesamten verbleibenden Gin ein – immerhin eine drittelvolle Karaffe –, den er, wie schon das Glas davor, ohne mit der Wimper zu zucken hinunterschluckte. Damit war mein Beitrag geleistet. Zufrieden leckte er die Lefzen, heulte wölfisch auf und sprang bei meinen Nachbarinnen auf den Tisch. Er stieß eine leere Weinflasche um, die polternd zu Boden fiel, aber nicht zerbrach. Eine der beiden Frauen steckte ihm eine Zigarette in den Mund, an der der Menschenhund gierig sog. Er nahm es zum Anlass, nun vollständig aus der Haut zu fahren. Tollwütig, am Rande des Irrsinns, wühlte er sich bellend durch die Leute, verlor sein Lendentuch, sprang auf die Bar, spuckte die Zigarette aus, kratzte sich, heulte und rollte seinen nackten Körper bellend, zuckend und geifernd und mit verdrehten Augen über den dreckigen Tresen. Flaschen und Gläser wurden gerade noch rechtzeitig in Sicherheit gebracht. Nur die Erdnüsse vergaß man, und so zerdrückte er sie, so dass sie, mit Schmutzpartikeln aller Art vermischt, auf seiner bleichen Haut kleben blieben. Er trieb seine Vorstellung auf die Spitze, indem er sein Gebiss in den violetten Rock einer asiatischen Touristin grub und sich im Stile eines Kampfhundes hin und her warf, bis seine Auserwählte nach ihrem unnötig mitgeführten Schirm griff und ihn, auf Chinesisch und Englisch schimpfend, verjagte. Daraufhin sprang er von Tisch zu Tisch und landete mit einem Rückwärtssalto wieder auf der Bühne, wo er wie eine wild gewordene Gazelle hoch in die Luft sprang, am Ende erschöpft darnieder sank und unter tosendem Applaus von Fred hinter den Vorhang getragen wurde.

Die Meute war verzückt.

Meine Augen brannten in der rauchverhangenen Luft. Unter begeistertem Klatschen präsentierte Fleur noch einmal die Künstler in der Reihenfolge ihres Auftretens. Sie alle hielten Sträuße, halb aus Blumen und halb aus Unkraut, umklammert. Als auch der sichtbar außer Atem geratene Menschenhund – mittlerweile wieder in seinen Umhang gewandet –, sich verneigt hatte, trat Enrico ans Mikrofon: »Meine verehrten Damen und Herren! Nichts währt ewig, und alles Schöne im Leben geht einmal zu Ende. Leider gilt dies auch für Fleurs Zeit als unser Maskottchen, die heute Abend, hier und jetzt, zu Ende geht …«

Zwischenrufe ertönten: »Nein!« – »Wo willst du denn hin?« – »Verlass uns nicht!« – »Ich liebe dich!«

Enrico fuhr fort: »Im Namen von uns allen möchte ich dir, liebe Fleur, von ganzem Herzen für die letzten zwei Jahre danken, die die schönsten und erfolgreichsten in meiner fünfzehnjährigen Amtszeit waren. Du hast diesem verstaubten Laden mit deiner reizenden Art neues Leben eingehaucht und deiner Nachfolgerin riesige Fußstapfen hinterlassen. Meine Damen und Herren, schenken wir Fleur ein letztes Mal unseren Applaus.«

Es wurde ein überschwänglicher, kaum enden wollender Applaus. Die Barkeeper warfen Blumen durch die Luft und die Lichtanlage glühte in allen Farben. Fleur winkte mit Tränen in den Augen und das Publikum trank auf ihr Wohl.

So ging es einige Minuten, bis Gigi, der sich vor so vielen Leuten sichtlich unwohl fühlte, gemeinsam mit Anatole, der eine gestreifte Sträflingskleidung trug, eine gigantische Nebukadnezar-Flasche Champagner auf die Bühne schleppte. Anatole, der mittlerweile Kultstatus genoss und eine große Anarcho-Show mit den Zwergen plante, kreiste kreischend den Kopf und trat eine wahre Begeisterungslawine los.

Zuletzt gesellte sich auch noch Jeannine dazu.

Enrico setzte zu den letzten Worten des Abends an. Er benötigte mehrere Anläufe, bis er endlich Gehör fand. »Fleur, wir haben etwas für dich – ja, auch diese blödsinnig übergroße Champagnerflasche … Das ist aber nicht alles. Damit du dich immer an uns erinnerst, möchten wir dir zum Abschied noch etwas anderes schenken. Ich kann es dir nicht persönlich überreichen, denn du trägst es bereits: Es ist das Kostüm, das du in den letzten zwei Jahren getragen hast. Es soll dir gehören.«

Wieder Applaus.

Fleur hauchte mit erstickter Stimme ein »Danke« ins Mikrofon, und ich dachte unweigerlich daran, dass wir beide uns für den Rest unseres Lebens ziemlich idiotisch vorkommen würden, wenn Gaspar morgen seinen Schlüsselbund zu Hause vergäße und wir uns jedes Mal, wenn wir am *Mascotte* vorbeikämen, daran erinnerten, was für einen Riesenzirkus Enrico unseretwegen für nichts und wieder nichts veranstaltet hatte ... Es wäre wie Betrug.

»Meine Damen und Herren! Wir sind noch nicht ganz fertig«, verkündete Enrico. »Ein Ende ist immer auch ein Anfang. Bitte begrüßen Sie Fleurs äußerst charmante Nachfolgerin; sie ist keine Unbekannte. Unser neues Maskottchen: Jeannine!«

Und noch einmal Applaus.

Jeannine, deren Kostüm blau-weiß anstatt rot-weiß war, ansonsten aber identisch, verbeugte sich.

Einem Gast wurde eine Kamera in die Hand gedrückt. Er schoss ein Erinnerungsfoto von der ganzen Truppe, inklusive Fred und der Barleute. Danach ging das Feiern los. Konfetti regnete, Sekt spritzte, und drei Fässer Gratisbier wurden angezapft. Man schob die Tische zur Seite und räumte die Bühne, um Platz zum Tanzen zu schaffen. Widerwillig warf ich einen Blick auf das Handydisplay. Schon zwanzig nach eins.

Unter dem Vorwand einer wichtigen Sitzung verabschiedete ich mich von Enrico und Gigi, der mich fest an sich drückte, obschon wir nie miteinander zu tun gehabt hatten. Sie forderten mich auf, mit ihnen anzustoßen, aber ich wiegelte ab und eiste mich trotz hartnäckiger Proteste los.

Mittendrin einfach so wegzuschleichen, gefiel mir zwar nicht, war aber notwendig. Ich gab Fleur ein Zeichen, und sie gab mir zu verstehen, dass sie bald nachkommen werde und ich mir über den Transport der Nebukadnezar-Flasche keine Gedanken zu machen brauche.

Eine halbe Stunde später war sie zu Hause und rollte die Flasche ins Zimmer. Gigi hatte ihr tragen geholfen.

Ich stellte den Wecker nach, um sicherzustellen, dass ich mindestens sechs Stunden Schlaf bekam, denn die brauchte ich, um in Form zu sein.

Erledigt lagen wir nebeneinander im Bett. Wir verzichteten darauf, den Ablauf noch einmal durchzugehen; wir kannten ihn in- und auswendig.

»Ich hab schon fast eine Woche keinen Strich mehr gemalt«, sagte Fleur mit leiser Stimme.

Ich drückte ihre Hand und flüsterte: »Bald.« Dann gab ich ihr einen Gutenachtkuss.

Sie sah mich an und lächelte. »Bist du bereit?«

»Ja«, sagte ich. »Und du?«

»Bereit.«

14 TAG X

Fünf Minuten bevor der Wecker losging, wachte ich auf und schaltete ihn aus. Es war acht Uhr vierzig.

Tag X.

Mir blieben zwanzig Minuten, um ins Büro zu kommen. Alles nach neun Uhr wurde als Verspätung gewertet. Und Gaspar hasste es, wenn seine Angestellten zu spät kamen. Auch wenn ich nicht davon ausging, dass es unseren Plan gefährden würde, war es in jedem Fall besser, ihn nicht zu verärgern und unauffällig zu bleiben.

Ich hüpfte kurz unter die Dusche, verschob das Rasieren auf den Abend und zog mich an. Unter dem Fenster leuchtete die Nebukadnezar-Flasche im Morgenlicht. Fleur rollte auf meine Seite des Bettes und machte die Augen auf.

»Ich muss los«, sagte ich. »Schlaf weiter, damit du heute Abend frisch aussiehst.«

»Da mach dir mal keine Sorgen.«

»Hast du das Geld für das Kosmetikstudio?«

Sie nickte. »Ich hab zur Sicherheit etwas mehr genommen.«

»Gut.« Ich band meine Krawatte und kniete mich auf den Boden über das bereitgelegte Material.

»Vergiss nicht, das Frotteetuch um das Brecheisen zu wickeln, falls du mit der Tasche wo gegenstößt«, ermahnte sie mich.

»Ja, gut. Alles wie besprochen.« Zuerst legte ich den Boden der Tasche mit zwei Frotteetüchern aus, dann packte ich alles der Reihe nach hinein: den Bohrer, der auch den letzten Funktionstest an einem alten Kochtopf bravourös gemeistert hatte, danach den frisch geladenen Ersatz-Akku und die Turnschuhe. Das eingewickelte Brecheisen schob ich dazwischen. Obendrauf kamen Unterwäsche, Shorts und zwei T-Shirts, mein alter – und bis auf zwei Partien mit Paul unbenutzter – Tennisschläger und ein Kulturbeutel, der ein Deo und ein halb leeres Shampoo enthielt.

Ich schwang die Tasche um und beugte mich zu Fleur hinunter. »Also dann.«

Sie strich mit der Hand durch mein Haar und lächelte: »Heute Nacht sind wir auf und davon.«

Ich nahm ihre Hand und drückte sie gegen meine Lippen. »Ich liebe dich.«

Unterwegs kaufte ich ein Croissant und ein Sandwich. Ich hätte einen ganzen Ochsen verspeisen können, so hungrig war ich. Die Sonne schien bereits mit geballter Kraft. In den Büschen piepsten aufgeregt die kleinen Vögel und der Morgenverkehr rollte durch die Stadt. Um Punkt neun Uhr betrat ich die Sicherheitsschleuse. Ich fühlte mich stark und ausgeruht.

Viele meiner Kollegen kamen mit Sporttaschen zur Arbeit. Die meisten gingen in der Mittagspause laufen oder besuchten direkt nach der Arbeit das Fitnessstudio. Für den Fall, dass mich trotzdem jemand fragen sollte, weshalb ich mit einer Tasche aufkreuzte – immerhin war das in meiner Zeit bei *Tarbes* bis heute kein einziges Mal vorgekommen –, hatte ich mir eine etwas umständliche

Antwort überlegt: Ich würde sagen, die Tasche sei für Montag, denn da ginge ich direkt nach der Arbeit Tennis spielen. Und da ich übers Wochenende nach Annecy fahre und erst Montag früh zurückkehre, sei es praktischer, sie bereits jetzt mitzunehmen, anstatt sie hin und her zu schleppen. Das klang zwar nicht sonderlich elegant, dürfte aber seinen Zweck erfüllen. So schöpfte niemand Verdacht, wenn ich die Tasche daließ. Und bliebe unser Plan unausgeführt, so könnte ich sie am Montag einfach wieder mitnehmen. Im Zusammenhang mit dem Wochenende in Annecy würde ich überdies auch gleich meine Freundin erwähnen, die sich gerade wegen leichten Unwohlseins zu Hause ausruhe, um sich für unseren Ausflug zu schonen und deren Anwesenheit an der Jubiläumsfeier leider ungewiss sei. Da ich noch mit keinem meiner neugierigen Kollegen über Fleur gesprochen hatte, war davon auszugehen, dass sich das Gespräch umgehend auf sie konzentrieren würde und die Tasche in den Hintergrund rückte.

»Guten Morgen allerseits«, grüßte ich eine Spur zu gestellt.

»Guten Morgen«, entgegnete Claire fröhlich. Émile schwenkte seinen Geierschädel.

Ich schob mich hinter Claires Stuhl vorbei an meinen Platz und nahm erleichtert zur Kenntnis, dass sich niemand für meine Tasche interessierte. Kaum dass ich das gedacht, stieß ich sie prompt gegen das Tischbein. Obwohl das Brecheisen in ein Tuch gewickelt war, meinte ich, ein metallisches Klimpern gehört zu haben, und sofort schoss mir der Schweiß auf die Stirn. Meine Augen wanderten zwischen Claire und Émile hin und her, aber sie hatten sich bereits wieder ihrer Arbeit zugewandt und regten sich nicht.

Ruhig bleiben, sagte ich mir, und deponierte die Tasche mit feuchten Händen unter dem Tisch.

Die Stunden vergingen schleppend, während sich Lampenfieber und Ungeduld, wie schon die ganze Woche über, fleißig abwechselten. Ich brannte darauf, dass es endlich losging, geriet aber gleichzeitig ins Grübeln darüber, ob das alles nicht doch eine absolut hirnrissige Idee gewesen war und wir uns nicht einen riesigen Gefallen täten, wenn wir es einfach abbliesen. Zum ersten Mal schätzte ich mich froh über die Monotonie meiner Prozessepinselei, denn sie half mir, mich abzulenken und nicht zu tief im Strudel irriger Gedanken abzudriften. Ordnung in die Abfolge meiner Pfeile und Kästchen zu bringen, sie zu beschriften und in Schwimmlinien zu platzieren, Notizen zurate zu ziehen und ganz einfach der alltäglichen Routine zu folgen, machte es leichter, einen kühlen Kopf zu bewahren. So verlor ich trotz zwischenzeitlicher nervöser Zweifel nie die Überzeugung, dass wir das Richtige taten und der bevorstehenden Aufgabe gewachsen sein würden.

In der Mittagspause schlenderte ich der Rhône entlang, aß ein Sandwich und spekulierte darüber, wie wohl Fleur die Stunden totschlug. Sicher hatte sie lange geschlafen, vermutlich bis elf, noch einmal das Gepäck überprüft und im Kopf alles durchgespielt, ausgiebig geduscht und nun nahm sie ein leichtes Mittagessen ein. Sie an meiner Seite zu wissen, gab mir zusätzliche Sicherheit.

In einem wahren Energieanfall stürzte ich mich am Nachmittag in die letzten Stunden meines bürgerlichen Daseins, dass man hätte glauben können, ich wolle mir den

Sack voller Geld doch noch auf ehrliche Weise verdienen. Dieses graue Büro, Gaspar, Émile und der Alte, diese ganze elende, langweilige Bank, oh wie sehr ich diese lebensfeindliche Umgebung satthatte! Und dennoch drängte es mich, meine Pflicht zu erfüllen und auch diese Woche meine zwölf Prozesse zu machen. Gaspar konnte mir tausendmal den Buckel runterrutschen, aber er sollte nicht sagen können, ich hätte meine Arbeit nicht erledigt!

Um exakt fünf Uhr, drei Stunden vor dem offiziellen Beginn der Feierlichkeiten, beendete ich nach einem fulminanten Endspurt meinen allerletzten Prozess. Da ich es auf diesem Gebiet inzwischen zu wahrer Meisterschaft gebracht hatte und ich mir von meinen zahlreichen verbliebenen Notizen zudem die einfachsten zur Verarbeitung ausgesucht hatte, war es mir trotz der vergleichsweise stundenarmen Woche gelungen, mein Soll zu erfüllen.

Ich verschob den Ordner mit meiner Prozess-Bibliothek von meinem persönlichen Laufwerk auf das Abteilungslaufwerk, wo sie leicht zu finden waren. Gerade weil mir diese Tätigkeit immer außerordentlich lästig gewesen war, wollte ich es niemandem zumuten, damit von vorne anfangen zu müssen.

Das war's.

Ich schloss das Programm und fuhr den Computer herunter, und wenn es gut lief, bekam ich weder das eine noch das andere jemals wieder zu Gesicht.

Gaspar, Claire und selbst Émile waren längst gegangen und mit ihnen die überwiegende Mehrheit der Belegschaft. Das Büro glich einem Kinosaal, in dem der Abspann lief. Ich sah nach der Zeit. In diesen Minuten verließ Fleur mit einer Kleiderschachtel die Wohnung, um sich unter den Händen von Profis, die sich sonst nur Prominente und Bräute leisteten, in Gaspars Venusfliegenfalle zu verwandeln. Sie würde sich nach erfolgreicher Schönheitsbehandlung direkt im Kosmetikstudio umziehen, ins Taxi hüpfen, um unterwegs nicht noch irgendwelchen Schmutz abzubekommen, und ihre alten Sachen – ein verwaschenes Kleid und abgelatschte Sandalen – auf halbem Weg zum *Beau-Rivage* in den Altkleidercontainer einwerfen.

Ich schob die Tasche noch ein Stück weiter unter den Tisch und ging.

Die Niederlassung von *Hertz* lag zentral im Pâquis in der Rue de Berne. Ich löste den dunkelblauen Volkswagen ein, der keine tausend Kilometer auf dem Tacho hatte und noch fabrikneu roch, stellte Sitze und Rückspiegel ein und lenkte ihn durch den Feierabendverkehr. Keine zwei Hauseingänge von unserer Wohnung entfernt ergatterte ich einen Parkplatz und verstaute Koffer, Navigationsbesteck und Sextanten samt Schachtel im Kofferraum. Obendrauf, gut verpackt, legte ich *L'horizon*. Die Reisepässe und das Portemonnaie mit meinem Ersparten, das Fleur um weitere, hoffentlich gut investierte, zweitausend Franken erleichtert hatte, steckte ich ins Handschuhfach.

Im Wohnzimmer streifte ich mein Jackett ab und warf es über die Sessellehne, dann ging ich in die Küche und würgte rasch etwas Brot mit Schinken herunter.

Jérôme kam in verschwitzter Sportmontur aus seinem Zimmer und trank Mineralwasser. »Wo soll's denn hingehen?«, fragte er.

»Wir fahren übers Wochenende nach Annecy.«

»Doch wohl nicht heute Abend?«

»Nein, erst morgen Vormittag. Aber ich wollte schon mal das Gepäck in den Mietwagen laden.«

»Apropos, wo ist Fleur abgeblieben?«

Ich blieb vage. »Unterwegs.«

»Sie kommt doch heute Abend, oder?«

»Schwer zu sagen. Sie fühlt sich nicht wirklich gut und möchte sich für das Wochenende schonen. Möglicherweise kommt sie nach.«

Er zwinkerte mir zu. »Dann wollen wir mal hoffen, dass sie für euren Ausflug wieder auf die Beine kommt – wenn du verstehst, was ich meine.« Seine Bemerkung rundete er mit einem gewaltigen Rülpser ab.

Ich stieg erneut in den Volkswagen und stellte ihn unweit des *Roi-Soleil* an der Hauptstraße ab. Anders als in den Nebenstraßen, wo es von lauter Falschparkern, Baustellen und Menschenansammlungen wimmelte, gab es von dort aus jederzeit freie Fahrt. Ich sandte Fleur den exakten Standort und ein Foto inklusive Nummernschild – im Übrigen eine reine Vorsichtsmaßnahme, denn es war abgemacht, dass wir uns schon vorher in der Nähe des *Beau-Rivage* trafen und gemeinsam zum Auto gingen. Fleur würde sich Standort und Aussehen des Autos merken und die Nachricht gleich wieder löschen – auch dies eine Vorsichtsmaßnahme, nämlich für den Fall, dass Gaspar im falschen Moment auf ihr Handy schielte.

Der Brief für Jérôme lag auf dem Sekretär. Auf der Rückseite hatte Fleur eine Notiz hinzugefügt, er möge das Maskottchen-Kostüm, das im Schrank hänge, aufbewahren und nicht wegwerfen. Als Belohnung für seine Dienste erwartete ihn hinter dem Duschvorhang die Nebukadnezar mit einer Schleife und einem aufgeklebten roten Papierherzchen.

15 SEHEN UND NICHT GESEHEN WERDEN

Seemannsknoten, selbst die schwierigsten, band ich mit geschlossenen Augen. Aber vor der Fliege musste ich kapitulieren. Da half nicht einmal die Schritt-für-Schritt-Anleitung aus dem Style-Guide, den mir Jérôme zu Weihnachten geschenkt hatte. Der Smoking saß perfekt, nur dieses bockige Stoffband hing von meinem Hals wie eine schlaffe Paketschleife. Ich würde Jérôme fragen, der draußen auf dem Gang auf mich wartete. Ich streifte das blaue Armband über, steckte die Zutrittskarte in meine Brieftasche und warf einen letzten Blick in mein Zimmer. Es sah aus wie immer, ein wenig ordentlicher vielleicht. Auf dem Sekretär lag der Brief.

»Jérôme«, sagte ich und zog die Tür hinter mir zu, ohne sie ganz zuzumachen. »Du musst mir mit der Fliege helfen.«

Er rümpfte die Nase. »Wenn's nur das wäre. Zuallererst brauchst du ein Einstecktuch.« Er verschwand in seinem Zimmer und kehrte mit einem polarweißen Seidentuch zurück. Er faltete es und steckte es in meine Brusttasche. Dann band er mir die Fliege.

Ich betrachtete mich im Spiegel. »Ich sehe aus wie ein Heiratsschwindler.«

»Quatsch! Du siehst toll aus. Eine Schande, dass Fleur uns nicht begleiten kann.«

»Vielleicht kommt sie später nach …«

Wie eine reife Zitrusfrucht hing die Sonne voll und saftig im Abendrot, bereit gepflückt zu werden. Geschätzte fünfhundert Meter trennten uns vom *Beau-Rivage*. Gemächlich dahinschreitend, um nur ja nicht ins Schwitzen zu geraten, trottete ich neben ihm her, der Erfüllung unseres verwegenen Plans entgegen. Jérôme hatte keine Kosten gescheut und sich einen Smoking nach Maß fertigen lassen. Dankbarerweise übernahm er das Reden. Mir war ganz und gar nicht nach Konversation zumute. Ich sehnte mich eher nach ruhiger Einkehr. Ganz anders Jérôme: Er quasselte wie ein Wasserfall, sprach von Kontakten, die man an so einem Anlass knüpfen könne, und den Chancen, die sich daraus ergaben:

»Ist mir egal, was Armand sagt, heute Abend fange ich an, mir ein eigenes Portfolio aufzubauen. Ich will nicht länger sein Lackaffe sein, wo soll ich da hinkommen? Jetzt ist Schluss mit dieser Hinhalterei. Ich werde Gespräche führen und meine Visitenkarte verteilen; und es ist mir egal, was er dazu sagt. So oder so, das wird mein Abend, ich weiß es, ich spüre es!«

Peter, der Sicherheitschef von *Tarbes*, stand steif am Eingang und studierte jeden, der eintrat, mit seinem Röntgenblick. Zur Feier des Tages trug er einen schwarzen Anzug anstatt der üblichen blauen Uniform.

Jérôme durchmaß mit seinen langen Schritten das säulengerahmte Atrium, in dessen Zentrum leise ein Brunnen plätscherte. Ich folgte ihm leicht versetzt. Überall waren gut gekleidete Menschen; die meisten von ihnen keine Hotel- sondern Partygäste. Meine Augen kletterten das Treppengeländer hoch und ich dachte ehrfürchtig an die vielen Gesichter, die dieser Ort schon gesehen, die legendären Auktionen, die hier stattgefunden und die Dramen, die sich hier abgespielt hatten. Mit etwas Glück fügten wir der Legende in wenigen Stunden ein weiteres Kapitel hinzu. Ein Kapitel allerdings, von dem im Idealfall nie jemand erfahren würde.

Neben dem Haupteingang gab es zwei weitere Möglichkeiten, die Festräume zu betreten. Nämlich vom Quai du Mont-Blanc her durch das Restaurant sowie über eine Tür, die auf den Hinterhof hinausführte.

Ein Mann ganz in Weiß kontrollierte unsere Armbänder. Ich atmete tief durch. Das Spiel begann.

»Mon Dieu, was für eine Granate!« Jérôme blieb stehen und starrte zur Garderobe.

Dort stand Luna in einem biederen schwarzen Kostüm und brauner Perücke und begutachtete gelangweilt ihre Fingernägel. Viele Mäntel gab es ja nicht aufzuhängen.

»Herrje, das ist Luna …«

»Was, du kennst dieses Prachtweib? Stell sie mir sofort vor.«

Das hatte mir gerade noch gefehlt. Luna wusste natürlich, dass Fleur und ich zusammen waren. Es war also besser, wenn sie sie nicht zu Gesicht bekam. Ich zückte mein Handy und schrieb Fleur eine SMS: »NIMM EINGANG DURCH RESTAURANT. LUNA AN GARDEROBE.« Auf ein Ausrufezeichen verzichtete ich, sie sollte nicht glauben, ich wäre nervös. Auch diese Nachricht würde sie lesen, verstehen und sofort löschen.

»Louis, Schnuckelchen! Dachte ich mir doch, dass ich dich hier treffe.« Sie lehnte sich aus dem Garderobenhäuschen und umarmte mich. Dem Direktor hätte dieser intime Umgang mit den Gästen bestimmt nicht gefallen.

»Luna, dich trifft man auch überall.«

»Diesen Posten hab ich einer kleinen Sommergrippe zu verdanken.« Ihr schmachtender Blick wanderte hinüber zu Jérôme. »Und wer ist dieser bemerkenswert gut aussehende Herr?«

»Das ist mein Mitbewohner, Jérôme. Jérôme Luna, die Prinzessin des Pâquis.«

»Enchantée.« Strahlend lächelnd und mit übertriebener Damenhaftigkeit streckte sie ihm die Hand entgegen.

»Die Freude ist ganz meinerseits«, schmeichelte Jérôme.

Ihre Augen klebten geradezu aufeinander. Mir lief es kalt den Rücken runter. Erst mein lautes Räuspern setzte diesem bizarren Schauspiel ein Ende.

»Bis dann, ihr beiden Hübschen«, säuselte Luna.

Jérôme grinste, als wäre er nicht ganz richtig im Kopf. Unter der ganzen Schminke war ihm der Mann entgangen. Weil ich ihm die Freude nicht verderben wollte, behielt ich es für mich.

Wir befanden uns in einem großen Raum, der zu mehreren kleineren Salons führte, von denen einige mit der Terrasse verbunden waren. Stimmen und Musik vibrierten in der Luft. Am Ausgang zum Hinterhof stand Roger, Peters Kollege, und kontrollierte seinerseits blaue Armbänder. Mein Handy vibrierte. Eine Nachricht von Fleur: »OK.«

Jérôme schwärmte noch immer von der Begegnung mit Luna: »Was für eine Frau. Sie hat so etwas Exzentrisches ...«

Ich nickte. »Sie ist exzentrisch.«

Wir tauchten in die Menge ein und drehten eine Runde. Ich schätzte die Gästezahl auf zwischen fünf- und siebenhundert. Fleur würde leicht verspätet eintreffen, wenn das Haus voll war, um die Wahrscheinlichkeit einer Begegnung mit Jérôme auf das Geringstmögliche zu reduzieren. Das 125-jährige Bestehen sollte in angemessenem Rahmen gefeiert werden, und so waren neben den Mitarbeitern auch zahlreiche prominente Gäste aus Wirtschaft, Kunst, Politik und Gesellschaft Laurent Tarbes' Einladung gefolgt, unabhängig davon, ob sie zum Kundenstamm gehörten oder nicht.

Draußen, auf der lang gezogenen Terrasse, lief Jérôme direkt seinem Chef, Armand, in die Arme, der in einer Runde mit rhetorischer Finesse den Ton angab. Das erlaubte es mir, mich zu verselbstständigen. Wenige Schritte weiter erkannte ich Gaspar – weibliche Begleitung war wie erwartet keine auszumachen. Er unterhielt sich mit einem Scheich, der selbstbewusst seinen gepflegten dichten Bart und einen leuchtend weißen Qamis zur Schau trug.

Alles sah so aus, wie wir es uns aufgrund des Grundrisses vorgestellt hatten. Zudem gab es zahlreiche Sitzgelegenheiten, was es Fleur erleichtern würde, sich Gaspar mit ihren langen Fingern zu nähern.

Auf der Bühne spielte eine Band etwas, das nach Fahrstuhlmusik klang. Ich grüßte hier und dort, wich Gesprächen aber, so gut es ging, aus. Schließlich lehnte ich mich an die Bar, bestellte ein Bier, betrachtete das Panorama aus See und Bergen im Hintergrund und wartete. Die Kundenberater waren bestrebt, sich bei den besonders begüterten Gästen, deren Werdegang, Finanzkraft, Familienstand und Vorlieben sie eingehend recherchiert hatten, ins rechte Licht zu rücken und ihnen mit der Aussicht auf phantasmagorische Renditen den Mund zu wässern. Eine Schande, dass Jérôme vorhatte, sich dieser Bande von Dampfplauderern anzuschließen.

Einem geheimnisvollen Algorithmus folgend, bildeten sich im Menschenmeer kleine Gruppen, Inselchen des fröhlichen Geplauders und der Geschäftemacherei, und lösten sich wieder auf wie Sandbänke, deren Körner von der Strömung fortgetragen und andernorts wieder angespült wurden.

In Hörweite lobten die bucklige Gräfin von Weiß-der-Henker-wo und der schweinsäugige Bierkönig Hellbard das farbenprächtige Blumenbouquet, und gleich daneben folgte ihr Gatte, der spitzbäuchige Graf von Weiß-der-Henker-wo, eifrig nickend den Ausführungen der mit Brillanten behangenen Frau des Bierkönigs.

Die anwesenden Normalbürger, allen voran diejenigen unter meinen *Tarbes*-Kollegen, die keine Kundenberater waren, genossen es sichtlich, für einmal nicht unsichtbar zu sein, sondern über das gleiche Parkett wie die Oberschicht zu schweben und, mit etwas Glück, sogar mit ihnen ins Gespräch zu kommen. Für derlei steifen Eiertanz hatte ich nicht viel übrig. Da trieb ich mich lieber in lärmenden Spelunken herum.

Eine ganze Dreiviertelstunde wartete ich am Tresen und hielt Ausschau. Gaspar hatte mit hundertprozentiger Sicherheit keine Begleitung dabei. Nun fehlte nur noch Fleur. Da sie angesichts meiner Warnung nicht den Haupteingang nahm, sondern durch das Restaurant kam, hatte ich mich so positioniert, dass sich unsere Wege kreuzten. Just als gerade die Ungeduld anfing, an mir zu nagen und ich mich fragte, wo sie denn nur blieb, kam sie die Treppe hoch. Es folgte der große Auftritt der Élodie Simon. Sie sah teuflisch gut aus: die Haare tintenschwarz und hochgesteckt, die blauen Augen rauchig geschminkt, was ihrem sonst so offenen Gesicht eine geheimnisvoll-obskure Aura verlieh, und als Kontrast zu ihrem eher dunkel gehaltenen Erscheinungsbild leuchtete die Perlenkette. Das Nichtvorhandensein von Ohrringen machte sie nur noch interessanter. Das Kleid passte perfekt und vollendete ihre Verwandlung. Langsam stolzierte sie an mir vorbei auf die Terrasse und sah mir dabei in die Augen; nicht lange, aber lange genug, um uns gegenseitig unserer Entschlossenheit zu versichern.

Ein Kellner reichte ihr ein Glas Champagner. Unauffällig trat ich auf die Terrasse hinaus und machte ein paar Schritte in Richtung Gaspar. Kurz vor ihm drehte ich ab. Er unterhielt sich immer noch mit dem Scheich. Émile, dessen Geierkopf Fleur von einem heimlich aufgenommenen Handyfoto her ebenfalls kannte, stand daneben und grinste gierig, als hätte er Aas gerochen. Die Leute schielten nach ihr, Männer wie Frauen, so gut sah sie aus. Sie ging an Gaspar vorbei, verschaffte sich einen Überblick und stellte sich dann in seine Nähe. Die geheimnisvolle Dunkelhaarige war ihm nicht entgangen. Mehr als einmal sah er zu ihr hinüber. Sie hingegen vertiefte sich in ein Gespräch mit einem älteren Ehepaar, scheinbar ohne ihn zu beachten.

Auf den gelungenen Einstieg folgte direkt das erste Ungemach. Aus dem Hintergrund steuerte Jérôme geradewegs auf Fleur zu. Sie sah ihn nicht, weil er sich in ihrem toten Winkel bewegte, und ich konnte sie schlecht warnen, ohne zu riskieren, dass Gaspar, der sie mittlerweile unverhohlen angaffte, es mitbekam. Unsere Verbindung würde auffliegen und unser schöner Plan wäre begraben. Mir blieb keine andere Wahl, als das Geschehen machtlos mitzuverfolgen. Jérôme kam näher und näher. Ich biss auf meiner Unterlippe herum und überlegte, was zu tun war. Vollständig in ihre Rolle vertieft, ahnte sie nichts von dem, was sich hinter ihrem Rücken abspielte. Ich bewegte mich auf die andere Seite des Raumes, um Jérôme auf mich aufmerksam zu machen, in der Hoffnung, ihn damit zu einem Richtungswechsel zu verleiten. Aber mein Manöver blieb erfolglos.

Zum Statisten verdammt, blieb ich stehen und beobachtete bang die Szene. Jérôme kaum aus der untergehenden Sonne. Ein Schatten lag auf seinem Gesicht, so dass der Ausdruck darin nicht auszumachen war. Ob er Fleur schon gesehen hatte? Nur noch wenige Meter. Dann passierte es: Mit seinem Ellbogen streifte er versehentlich ihren Rücken. Sie geriet leicht aus der Balance und ihr Champagner schwappte über. Instinktiv wandte sie sich um, aber Jérôme hatte seinen Rempler nicht einmal bemerkt. Ungerührt ging er weiter und verschwand im Bauch des Hotels. Was immer er vorhatte, er schien ganz und gar darauf fokussiert. Glück gehabt. Mit Sicherheit hatte Fleur ihn erkannt – seine Körpergröße und sein stolzer Gang waren unverwechselbar. An unserem Plan änderte es nichts. Wir hatten ja schon vorher gewusst, dass er da sein würde. Ihre Gesprächspartner schüttelten empört den Kopf. Fleur hingegen gab sich gelassen und winkte charmant ab, ganz nach dem Motto: Nur keine Aufregung, so etwas kann doch jedem passieren. Der Herr reichte Fleur ein Taschentuch, mit dem sie ihre nassen Hände trocknete, während seine Gattin ihr das Glas hielt. Kleid und Schuhe hatten zum Glück nichts abbekommen.

Erleichtert nahm ich einen Schluck. Von diesem kurzen Schreckmoment abgesehen, verlief alles nach Wunsch. Gaspar zeigte nachhaltiges Interesse; er schaffte es kaum, seinen Blick von ihr zu lösen.

»Gefällt dir das Fest?«, fragte eine Stimme neben mir.

Ich wandte mich um. Laura klimperte mit ihren blau schattierten Augendeckeln. Sie steckte in einem formlosen grünen Kleid. Lampionartige Ohrringe beulten ihre offenen Haare von innen aus. Fehlte nur die Glaskugel und sie wäre glatt als Hellseherin durchgegangen. Sie nahm sich ein Canapé vom Tablett, das ihr ein Kellner entgegenhielt. Ich verzichtete.

»Sehr gelungen – von der Musik bis zur Dekoration.« Mit überschwänglicher Geste lobte ich ihr Organisationstalent, ohne dabei Fleur aus dem Augenwinkel zu verlieren. »Und das warst du wirklich ganz allein?«

»Ja«, bestätigte sie stolz und deutete in einen der Salons. »Wie findest du die Fotoinstallation? Sie bildet die Unternehmensgeschichte in chronologischer Reihenfolge ab.«

»Richtig schön, und gleichzeitig so informativ!« Die Fotografien fielen mir erst jetzt auf. »Du solltest Party-Veranstalterin werden«, faselte ich und dachte unwillkürlich an Zigeunerhochzeiten.

»Findest du?«

»Aber sicher. An deiner Stelle würde ich ernsthaft darüber nachdenken.« Mir war klar, dass ich zu dick auftrug, aber meine Konzentration galt anderem, und irgendetwas musste ich ja sagen, zumal das Fest wirklich etwas hermachte.

»Danke«, strahlte sie und meinte, der Zuspruch tue ihr gut. »Schade, dass mein Freund das nicht sehen kann. Dabei hatte ich mich so gefreut, ihm alles zu zeigen.«

»Hm. Wo ist er denn?«

»René-Pierre ist heute Nachmittag vom Fahrrad gefallen und hat sich die Schulter ausgekugelt. Nun sitzt er mit Schmerzen vor dem Fernseher.«

»Der Ärmste.«

»Ich schicke ihm andauernd Handyfotos. So ist er trotzdem irgendwie dabei, toll, nicht?«

»Eine super Idee. Richte ihm meine besten Genesungswünsche aus.«

»Mach ich. Wo ist deine Begleitung?«

»Meine Freundin ist leicht verkühlt. Mal sehen, vielleicht kommt sie später noch.«

»Wusste ich doch, dass du eine Freundin hast«, meinte sie freudig und fügte gleich darauf betrübt hinzu: »Verkühlt, die Arme. Und das bei dieser Hitze, so ein Pech aber auch. Wie heißt sie? Was macht sie? Warum erzählst du nie von ihr?«

Das Pfeifen des Mikrofons rettete mich vor ihrer unersättlichen Neugier. Die beiden Tarbes baten um Aufmerksamkeit. Die Festrede stand an.

Es wurde still. Laura packte mich am Arm und zog mich in die Menge. Die Anwesenden richteten ihren Blick gespannt auf die Bühne. Fleur, inzwischen wieder alleine, stand keine zehn Meter von Gaspar entfernt.

Der Alte ergriff das Wort und begrüßte die Gäste langatmig in sämtlichen Sprachen ihrer Heimatländer, darunter so Ausgefallenes wie Nama und Kalaallisut, womit er die internationale Ausrichtung der Bank zu unterstreichen suchte und zugleich für Erheiterung sorgte. Nach diesem meiner Meinung nach etwas kindischen Einstieg wechselte er auf für alle verständliches Englisch und lud ein auf eine anekdotenreiche Reise durch die Vergangenheit, von den frühesten Anfängen bis zur Gegenwart. Er gab Einsicht in Erfolge und Misserfolge, erzählte, wie er in jungen Jahren in fehlgeleitetem Erlebnishunger eigentlich der Fremdenlegion habe beitreten wollen – eine Flause, die ihm sein alter Herr glücklicherweise ausgetrieben habe. Mehrere Male unterbrachen Applaus und Gelächter seine Rede. Gaspar übernahm und entwarf ehrgeizige Zukunftsvisionen, insbesondere für Afrika und Asien, deren stetig wachsenden Geldeliten man mit maßgeschneiderten Lösungen und vertrauensvoller persönlicher Beratung einiges bieten könne. Man wolle weiter wachsen und Leute einstellen. Er erntete stürmischen Beifall, vor allem von den Kundenberatern. Die zwanzigminütige Ansprache endete mit den üblichen Danksagungen und einem Spezialapplaus für die vor Stolz platzende Laura. Zum krönenden Abschluss trat Gaspar vor und breitete in einer ungelenken und völlig deplatzierten, freddie-mercuryanischen Geste die Arme aus, in einer Hand das Mikrofon samt Ständer, gaffte im Halbkreis herum, fand in Fleurs Gesicht offenbar, wonach er suchte und schwafelte: »Wir sind stolz, mit Ihnen, liebe Gäste, und mit euch, liebe Kollegen, dieses Jubiläum begehen zu dürfen. Die Zukunft gehört uns! Auf die nächsten hundertfünfundzwanzig Jahre! Auf ein rauschendes Fest!« Er fasste seinen Vater bei der Hand und gemeinsam reckten sie die Fäuste in die Luft.

Tanzmusik schwebte über der Festgesellschaft.

»Ach du meine Güte, da ist Jean Maroni.«

»Wer?«

Laura war ganz aus dem Häuschen. »Der Nachrichtensprecher aus dem Fernsehen. Sag bloß, du kennst Jean Maroni nicht?«

»Nie gesehen.« Der Typ trug einen schmalen Oberlippenbart, hatte eine Spur zu stark gebleichte Zähne und grau meliertes Haar. Zu seinem Smoking trug er weiße Turnschuhe.

»Dann schau ihn dir gut an, denn das ist der schönste Mann der Welt.«

Staunend sah sie zu, wie er eine Zigarre aus seinem Jackett zauberte und sie mit einer goldenen Taschenguillotine anschnitt.

Ich konzentrierte mich derweil auf Gaspar, der, von zahlreichen Gratulanten umringt, versuchte, die Distanz zwischen sich und der fremden Schönheit, die ihm so geheimnisvoll zulächelte, zu verkürzen.

»Er ist ja so schrecklich attraktiv.« Laura war derart begeistert von diesem Lackaffen, der sich vor zwei unbekannten Bewunderinnen aufplusterte, dass sie in einen Zustand der Kernschmelze verfiel und mich dabei völlig vergaß. Das kam mir sehr zupass, denn es erlaubte mir, meine Aufmerksamkeit auf Fleur zu richten, die sich abermals mit dem älteren Ehepaar, das einen Narren an ihr gefressen hatte, unterhielt.

16 DER WAHNSINN BEGINNT

Valérie quetschte sich zwischen mich und Laura. Mit einem abschätzigen Seufzer erfasste sie Lauras Begeisterung für Jean Maroni und urteilte: »Früher oder später würde mir dieser Dämlack auf die Nerven gehen … Eigentlich tut er das jetzt schon.«

Laura gab ihr einen Klaps auf den Arm. Sie lachten und läuteten damit eine ausgiebige Lästerrunde ein. Valérie verriet, dass Jacques aus ihrem Team seit geraumer Zeit eine heimliche Affäre mit Sandrine aus der Marketingabteilung unterhielt. »Ist ja nicht weiter verwerflich …«, sagte sie und schob gekonnt eine rhetorische Pause ein, um den empörenden Umständen, die daraufhin aus ihr herausplatzten, mehr Dramatik zu verleihen, »… wäre seine frisch Angetraute nicht im sechsten Monat schwanger!«

»Eine Schande«, klagte Laura. »Die Männer sind doch alle gleich.«

»Du sagst es«, pflichtete Valérie ihr bei. »Wo man hinschaut nichts als Sauereien.«

Während die beiden den nächsten Skandal erörterten, kam bei Fleur Bewegung ins Spiel. Gaspar, der sie mit lüsternen Blicken bedachte, löste sich aus den Klauen seiner Gesprächspartner und forderte sie zum Tanz auf. Dem älteren Ehepaar kam dies ausgesprochen romantisch vor; besonders der Dame, die freudig die Hand ihres Gatten drückte. Mit ausgestrecktem Arm folgte sie ihm auf die Tanzfläche, wo er sich sogleich voll ins Zeug legte. Man musste kein Lippenleser sein, um die Klebrigkeiten zu erahnen, die er ihr einflößte. Er gab sich charmant und weltmännisch, zog sie an sich und übernahm die Führung. Im Gegenzug machte sie ihm schöne Augen. Meine Faust zuckte. Gaspar hielt sich für einen Don Juan, dabei merkte er nicht, dass sie es war, die ihn um den Finger wickelte. Er fraß ihr aus der Hand wie ein hungriger Köter.

Bis hierhin war es geradezu ein Kinderspiel gewesen. Doch nun stand der kniffligste Teil der Operation bevor.

Gaspars Mutter bereitete das ungenierte Balzverhalten ihres Sohnes einen derartigen Seelenschmerz, dass sie sich zum Missfallen des Alten, der mehr Verständnis aufzubringen schien, in einen der Salons zurückzog.

Aufgeregt beobachtete ich jede Bewegung der beiden. Meine Kolleginnen hatten mich längst vergessen, und so hob ich stumm das Glas auf ihr Wohl und rückte näher an die Tanzfläche.

Sie wogten langsam im Kreis und unterhielten sich. Der Plan trat in die heiße Phase. Nun galt es, Gaspar abzusondern und ihm unbemerkt den Schlüsselbund abzunehmen. Sobald sie das geschafft hatte, würde sie sich entschuldigen und zur Toilette gehen. Meine Aufgabe bestand darin, mich gut sichtbar auf dem Weg zu postieren.

Um kurz vor elf lockte sie ihn zu einem verwaisten Sofa in der hintersten Ecke der Terrasse. Trotz einer Reihe Topfpalmen, die die Sofas abschirmten, hatte ich gute Sicht. Neben einem hüfthohen kugelförmigen Aschenbecher, unweit der Treppe, bezog ich Stellung. Ich steckte mir eine *Marocaine* an und lauerte auf meinen Einsatz. Gleichzeitig behielt ich die Umgebung im Auge. Drohte ein bekanntes Gesicht meine Position zu kreuzen, duckte ich mich weg oder gab ein kurzes, abweisendes Nicken von mir. Die Anwesenheit eines Gesprächspartners würde eine unauffällige Übergabe deutlich erschweren. Als Claire zufällig an mir vorbeiging, sah ich mich genötigt, mir das Handy ans Ohr zu drücken und so zu tun, als telefonierte ich. Am meisten fürchtete ich mich vor Jérôme und einem seiner Monologe. Gerade weil er sich für diesen Abend so hehre Ziele gesetzt hatte, vermutete ich ihn auf der Terrasse, wo sich die meisten Vertreter des Geldadels tummelten. Doch überraschenderweise war seine herkulische Gestalt nirgends auszumachen.

Ich nuckelte an meinem schal gewordenen Bier und wünschte, es wäre Schnaps.

Sie saßen dicht nebeneinander im schummrigen Licht hinter dem Grünzeug und der sonst so finstere Gaspar wirkte heiter und vergnügt. Seine Augen folgten jeder Regung in Élodie Simons Gesicht, als handle es sich um das Pendel eines Hypnotiseurs. Unter seinem offenen Jackett leuchtete sein Hemd wie in einem Schwarz-Weiß-Film.

Minute um Minute verstrich. Eine kleine Ewigkeit verging und nichts geschah.

Ich tippte nervös mit dem Fuß auf und ab und vergewisserte mich, dass niemand sie beobachtete. Der Alte und seine wieder aufgetauchte Frau unterhielten sich mit dem Stadtpräsidenten und drin folgten Gäste seitwärts wie in einem Museum der Fotowand. Valérie und Laura wühlten weiterhin vergnügt im Nähkästchen. Die Band schmetterte ihre Noten; nirgendwo drohte Gefahr.

Bei Fleur war kein Anflug von Nervosität auszumachen. Sie schäkerte und redete, ganz so als hieße sie wirklich Élodie Simon und genieße es, mit diesem Schleimbeutel zu flirten. Gaspar erzählte etwas und berührte ihr Knie. Meine Faust zuckte. Ich nippte an meinem Bier, das schmeckte, als wäre es zwei Wochen alt. Ich steckte mir noch eine *Marocaine* an und wartete weiter. Die Band beendete einen Song und kündigte den nächsten an. Einige wenige spendeten Applaus.

Dann, während der neue Song angespielt wurde, lehnte Gaspar sich vor und flüsterte Fleur etwas ins Ohr. Das war die Gelegenheit. Jetzt! Sie brauchte nur die Hand auszustrecken und zuzugreifen.

»Tu es«, flüsterte ich im Geisterton. »Tu es!«

Ausgerechnet jetzt versperrte mir ein Kellner die Sicht. Vergeblich reckte ich den Hals.

Als er weg war, stand sie auf, die Handtasche in der linken Hand. Gaspar, ganz nach der Etikette, erhob sich ebenfalls. Das musste es sein. Mir blieb keine Zeit zum Nachdenken. Mit sicheren, eleganten Bewegungen steuerte sie auf mich zu. Ich vermied es, sie direkt anzuschauen, denn er sah ihr nach. Das Klopfen ihrer Absätze näherte sich. Gleich würde sie bei mir sein. Sie schob zwei Finger in die Handtasche. Ohne den geringsten Blickkontakt und ohne ihr Schritttempo zu verändern, ließ sie den Schlüsselbund auf der von Gaspar abgewandten Seite in meine hohle Hand gleiten und verschwand die Treppe hinunter.

Mein Herz raste. Ich nahm einen Schluck und tastete nach dem alten blauen Knochen, befühlte ihn, sah nach. Er war es. Rasch steckte ich ihn ein. Meine Beine fühlten sich an wie Gummiseile. Ich atmete den blumigen Duft ihres

Parfüms, das wie eine zarte Wolke in der Luft schwebte, und zählte von zehn an langsam rückwärts. Bei null stellte ich das fast leere Bierglas auf einem Stehtisch ab und verließ das Hotel durch das Restaurant. Von nun an rechnete Fleur mit maximal dreißig Minuten, die ich brauchen würde, um das Geld zu beschaffen. Sie selbst kehrte auf raschestem Weg zurück zu Gaspar, um ihn davon abzuhalten, in seinem Jackett zu wühlen.

Der Verkehr auf dem Quai du Mont-Blanc rollte flüssig und ohne Hektik dahin. Vom Pâquis her, dessen südlichem Rand ich folgte, schwappten Musik und Gelächter heran. Ich war hellwach, meine Sinne rasiermesserscharf.

Fünf Minuten nachdem ich das Hotel verlassen hatte, piepste der Auslöser, und ich betrat die Eingangshalle. Aus dem Überwachungsraum fiel ein heller Lichtstreifen in die Dunkelheit, ehe der Bewegungsmelder für klare Sicht sorgte. Der schon etwas in die Jahre gekommene Clive machte sein Radio aus und kam extra aus seinem Kabäuschen, um hallo zu sagen.

»Guten Abend, Louis.« Ich zuckte leicht zusammen, als ich meinen Namen hörte. »Was führt dich zu so später Stunde hierher? Gefällt dir das Fest nicht?« Mist – er war auf eine Unterhaltung aus.

»Oh, es ist super. Du schützt den falschen Eingang, drüben ist viel mehr los«, scherzte ich und bewegte mich in Richtung Lift.

»Na, das kann ich mir vorstellen. Ich war damals bei der Hundertjahrfeier dabei. Das war ein Spaß. Früher war alles ein bisschen lockerer, weißt du.«

Ich drückte auf den Knopf. »Das kann ich mir vorstellen.«

»Du gehst doch jetzt nicht etwa arbeiten? Das Leben ist viel zu kurz. Schwuppdiwupp bist du ein alter Knacker. Du solltest besser feiern.«

»Keine Sorge, das werde ich. Ich hole nur meine Sporttasche. Die brauche ich morgen nämlich.«

»Ein Sportler, sehr schön. Na dann, viel Vergnügen.«

Die Büros waren in Stille getaucht und ausgestorben. Ohne den Lichtschalter zu betätigen, schnappte ich meine Tasche, die ich Stunden zuvor deponiert hatte, und stellte mich vor die blaue Eisentür. Ich warf einen Blick über die Schulter, um mich zu vergewissern, dass ich allein war. Die einzige Kamera im dritten Stock erfasste nur den Bereich mit den Liften und der Sicherheitsschleuse. Ich atmete tief durch und drehte den Schlüssel zweimal, bis es nicht mehr weiter ging. Dann drückte ich den Hebel, der kalt war wie Eis, nach oben und zog. Das träge Konstrukt hing schwer in den massiven Angeln, es knarzte und quietschte. Ich huschte hinein und schaltete das Licht an. Grelle Neonröhren flackerten an der Decke. Es roch leicht abgestanden wie in einem schlecht belüfteten Keller. Ich rieb mir die Augen und verriegelte sofort den Raum von innen, indem ich das Gegenstück zum Hebel auf der Außenseite betätigte. Es war eng. In der Mitte des Raumes stand ein Tisch – genau wie in meiner Erinnerung – darauf drei Flaschen irischer Whiskey, eine davon angebrochen, darunter Kisten mit Wein und Champagner, Schuhschachteln und in der Ecke neben einem leeren Kleiderständer ein Stapel Kartons. Warum Gaspar den ganzen Kram nicht zu Hause lagerte, war mir ein Rätsel. Die Wände rundherum bestanden aus lauter Schließfächern; von unten nach oben in der Größe abnehmend und alle mit doppeltem Schloss. Nach

Fach 77 brauchte ich nicht lange zu suchen; es war eines der großen und befand sich direkt vor meinen Füßen. In der Hoffnung auf einen Glückstreffer, der mir den Bruch ersparen würde, probierte ich alle Schlüssel am Bund einmal durch. Vergeblich. Wie erwartet passte keiner. Rohe Kraft musste es also richten. Ich knöpfte mein Jackett auf. Zehn Minuten waren bereits um; die Zeit lief. Zuallererst holte ich das Werkzeug aus meiner Tasche und legte es auf dem gekachelten Fußboden aus. Dann schnappte ich mir das Brecheisen, setzte es direkt im Spalt an der Oberkante an und riss mit ganzer Kraft nach oben. Nichts passierte. Ich riss, so fest ich konnte, wieder und wieder, aber so sehr ich mich auch bemühte, es tat sich nichts. Ich versuchte es an der Unterkante, die mit dem Boden beinahe bündig war, und riss das Brecheisen wieder mit ganzer Kraft nach oben, bis mir der Schweiß übers Gesicht rann – keine Chance. Von der Seite das gleiche Ergebnis: nichts zu machen. Gleich ob ziehen oder stemmen, es half nichts; mehr als ein kümmerliches Knacken brachte ich nicht zustande, es war sinnlos. Der Deckel gab keinen Millimeter nach. Die Fächer erwiesen sich um ein Vielfaches resistenter, als ich erwartet hatte. Erschwerend kam hinzu, dass ich auf dem glatten Boden ständig wegrutschte. Ich legte das Brecheisen beiseite und wischte meine verschwitzte Stirn mit Jérômes Einstecktuch. Der Akkubohrer musste her. Fleur hatte ihn bereits mit dem dicksten Aufsatz bestückt. Ich umwickelte ihn mit einem Frotteetuch, um den Schall zu dämpfen, und setzte an. Ich ließ laufen, nahm den Finger aber sofort wieder vom Einschalter. Der Lärm war zu groß und in dem engen Raum hallte es zusätzlich. Also wickelte ich auch noch das zweite Tuch um die Maschine und presste es mit der Führungshand fest an das Gehäuse. Es half. Unter vorsichtigem Druck drehte sich der Stift brummend ins Schloss, bis er auf der anderen Seite durchbrach und ins Leere stieß. Es roch nach erhitztem Metall. Da der Zylinder von größerem Durchmesser war als der Bohraufsatz, musste ich zweimal nachbohren, ehe er endlich herausfiel. Auch beim zweiten Schloss musste ich dreimal ansetzen, bis der Zylinder sich löste. Dann war es geschafft. Ich steckte den Zeigefinger in das obere Bohrloch und machte den Deckel auf. Und da war sie: Scaramuccis schwarze Aktentasche. Keine Kassette, kein weiteres Hindernis. Ich nahm sie heraus und drückte auf den Verschluss. Mit einem Klacken sprang er auf. Fiebrig hob ich die Lasche und sah hinein. Mein Herz hüpfte vor Freude und Erleichterung, als ich die Geldbündel entdeckte. Ich nahm sie heraus und zählte im Schnelldurchlauf. Es waren genau vierzig. Das machte vier Millionen. Vier Millionen! Rasch lud ich alles in meine Tasche um und füllte diejenige von Scaramucci mit allem, was zuvor in meiner gewesen war. Nur ein Frotteetuch behielt ich und bedeckte damit das Geld. Blieb noch der Tennisschläger, der knapp nicht ins Fach passte. Da ich ihn nicht wieder mitnehmen wollte, schob ich ihn kurzerhand hinter den Kartonstapel, der aussah, als wäre er seit Jahren nicht bewegt worden. Mit meinen Schweißhänden tupfte ich die Metallspäne auf und streute sie ebenfalls in Scaramuccis Aktentasche, bevor ich sie zurück ins Schließfach schob. Die halbe Stunde war fast um, ich musste mich beeilen. Ich schloss das Fach, dessen Scharniere unbeschädigt geblieben waren, und blies die übrig gebliebenen Späne fort, damit sie sich überall verteilten. Der Deckel stand leicht ab. Es war zwar nur ein Detail, aber es gefiel mir nicht. Ich brauchte ein Stück Papier, irgendetwas, das ich zwischen den Deckel und das Gehäuse schieben konnte, damit es nicht ganz so windschief aussah. Schnell, schnell, keine Zeit verlieren. Von einem offenen Karton riss ich ein klitzekleines Stück ab und schob es dazwischen. Perfekt. Von den Bohrlöchern abgesehen, sah nun alles wieder so aus, wie ich es vorgefunden hatte. Mit etwas Glück würde es eine Weile dauern, bis Gaspar den Bruch bemerkte. Ich zupfte mein Jackett zurecht, wischte mir noch einmal gründlich die nasse Stirn, strich meine Hosenbeine glatt, entfernte auch von dort noch ein paar letzte Späne und löschte das Licht. Dann schlüpfte ich durch die Eisentür nach draußen, brachte den Hebel in seine ursprüngliche Position und schloss ab.

17 WENN ALLES ANDERS WIRD

Die Sporttasche wog nicht viel. Ich hängte sie über Kreuz um meine Schulter und bestieg den Lift. Ich betrachtete mich im Spiegel und pustete kräftig durch, ehe ich auf den Knopf drückte.

Ohne Eile durchquerte ich die Eingangshalle. »Ich wünsche eine ruhige Nacht, Clive.«

Er streckte den Kopf aus dem Überwachungsraum und gab fröhlich zurück: »Und ich das Gegenteil: ein schönes Fest!«

Am pechschwarzen Nachthimmel funkelten die Sterne. Ich überquerte die Straße. Ein altes blaues Alfa Romeo-Cabrio mit glänzenden Speichenfelgen knatterte über den Pont du Mont-Blanc. Weiter den Quai hinunter leuchteten die Laternen auf der Terrasse des *Beau-Rivage*, stumme Silhouetten bewegten sich langsam zu einer Musik, die sich auf der Seepromenade verlor. Dicht dem Geländer folgend, zog ich den Schlüsselbund aus meinem Jackett und warf ihn unauffällig, aus dem Handgelenk heraus, in den Fluss. Er versank mit einem Platschen, und ich wechselte wieder die Straßenseite. Nun kam es darauf an, dass sich Fleur möglichst unverdächtig davonstahl. Ich ließ es zweimal klingeln und brach den Anruf ab, bevor sie Gelegenheit erhielt abzunehmen. Es sollte nur in ihrer Tasche vibrieren. Dann gab ich ihr per SMS das Signal zum

Aufbruch: »Kannst du mich anrufen?« Selbstverständlich würde Fleur ihre beste Freundin, Tina Patel, sofort von einem ruhigen Ort aus zurückrufen, denn es schien wichtig zu sein. Sie würde mit den Wimpern klimpern und Gaspar mit ihrer verführerischsten Stimme versprechen, gleich zurück zu sein.

Ich erreichte den kleinen Park hinter dem Brunswick-Monument.

Asphaltwege durchzogen das Grün. Auf dem äußersten Rasenflecken unter einer hohen Esche hinter dem um diese Uhrzeit längst geschlossenen *Cottage Café* und umgeben von Ziersträuchern stand eine rote Sitzbank. Von dort aus hatte ich die Südwestflanke des *Beau-Rivage* und mit ihr den Hauptausgang und jeden, der vom Restaurant um die Ecke gebogen kam, in Sicht. Es war die ideale Stelle, um auf Fleur zu warten.

Als ich die Bank erreichte und meinen Blick auf die vermeintlich freie Sitzfläche senkte, verschlug es mir die Sprache. Was ich da sah, war so unwahrscheinlich, so fremdartig und verstörend, dass für einen Moment das Geld in meiner Tasche und Fleur und der Grund, weswegen ich überhaupt hier war, aus meinem Bewusstsein entwichen wie Helium aus einem geplatzten Ballon. Da lagen Jérôme und Luna eng umschlungen auf den Holzlatten und küssten sich wie wild gewordene Teenager.

»Was zum Henker …«

Überrascht hielten sie inne und sahen mich an. Jérôme, der Luna in den Armen hielt und über und über mit Lippenstift verschmiert war, riss die Augen auf und verkündete mit der Euphorie eines einstmals Ungläubigen, den ein wahrhaftiges Wunder erleuchtet hatte: »Ich bin schwul!

Oder so was Ähnliches, keine Ahnung wie man das hier nennt … aber es ist toll!«

Ich brauchte eine Sekunde, um mich zu sortieren.

Luna, die jetzt eine neongrüne Bauchtasche über ihrem schwarzen Kostüm trug, nickte. »Wir sind füreinander bestimmt.«

Jérôme drückte einen dicken Schmatzer auf ihre glühende Wange. Die beiden setzten sich auf.

»Ha! Ähm … Großartig … Wer hätte das gedacht?« In Anbetracht der Umstände fehlte mir die Muße, mich ob des unverhofften Glücks ausgelassener zu zeigen.

»Was tust du hier?«, fragte Luna.

Und Jérôme sagte: »Hast du eine neue Tasche?«

Ich versuchte gar nicht erst, mir eine Antwort zurechtzulegen, denn gerade hatte Fleur das *Beau-Rivage* verlassen. Ich winkte. Sie entdeckte mich und steuerte von der anderen Straßenseite, sich nach links und rechts umblickend, auf mich zu. Sie ging so schnell, wie es ihre hohen Absätze zuließen, war aber noch gute fünfzig Meter entfernt.

»Ist das Fleur?«, fragte Luna, verwirrt ob ihres ungewohnten Aussehens.

Jérôme zeigte mit dem Finger auf sie. »Grundgütiger, sie hat die Haare gefärbt.«

Ich machte einen Satz um die Bank herum, wollte zu ihr, doch da tauchte plötzlich Gaspar hinter ihr auf. Ich zögerte. Mit langen Schritten stellte er ihr nach. Ob er Verdacht geschöpft hatte? Er hetzte über den Bürgersteig und packte sie am Arm. Uns trennten keine dreißig Meter mehr. Doch es war kein Verdacht, der ihn antrieb, sondern vielmehr ungezügelte Lustmolcherei: Tolldreist zerrte er sie an sich und drückte ihr gierig und gegen ihren Widerstand seinen Mund auf die Lippen. Sie wand und wehrte sich, nur fehlte ihr die Muskelkraft, um sich aus seiner Umklammerung zu lösen; Hilfe suchend sah sie zu mir herüber – er registrierte es nicht, bedrängte sie, redete auf sie ein. Auf die Distanz verstand ich nicht genau, was er zu ihr sagte, aber es hörte sich an wie »Wo willst du hin?« und »Du machst mich ganz verrückt« und »Komm mit mir«.

Luna und Jérôme tauschten irritierte Blicke.

Ich verharrte in meiner Deckung, hoffte, dass Gaspar zur Vernunft käme oder sie es irgendwie schaffte, ihn abzuwimmeln, ohne dass mein Eingreifen nötig würde. Sie trat nach ihm – vergeblich.

»Komm schon, Fleur«, beschwor ich sie, »schüttle ihn ab.«

Luna starrte mich entsetzt an.

Fleur riss ihren Arm los und zog den Pfefferspray aus ihrer Handtasche, aber Gaspar schlug ihn ihr aus der Hand. Die Sprühdose rollte davon und verschwand im Gully. Er packte sie noch fester, schüttelte sie und zerrte sie in Richtung Hotel. Fleur wandte den Kopf nach mir.

Sie brauchte mich. Alleine schaffte sie es nicht. Ich sprang durch das lichte Gebüsch und stürmte über die Straße. Gaspar war so sehr auf Fleur fokussiert, dass er mich erst bemerkte, als ich schon zum Schlag ausholte. Er ließ sie los und hob den Arm, um sich zu schützen, aber ich war schneller. Mit meiner ganzen Kraft feuerte ich ihm meine Faust ins Gesicht, so dass sein Oberkörper eine Vierteldrehung vollführte. Eine Plastikkarte mit der Nummer 317 und dem Logo des *Beau-Rivage* darauf flatterte aus seiner Hosentasche und blieb liegen – offensichtlich die Nummer des für ihn bereitstehenden Verlustierzimmers. Er sank auf die Knie. In diesem Moment kochte die ganze Wut, die sich in den letzten zwei Jahren in mir aufgestaut hatte, hoch. Ich beugte mich über ihn und wollte erneut zuschlagen, aber ein stechender Schmerz in meiner Hand und der schreckerfüllte Blick des älteren Ehepaares, mit dem sich Fleur so lange unterhalten hatte und das nur zwei Armlängen von uns entfernt stehen geblieben war, hielten mich davon ab. Ich sah sie an. Sie starrten irritiert auf Fleur, dann hasteten sie davon.

Die Ereignisse überschlugen sich.

Luna und Jérôme eilten herbei.

Ich nahm Fleur beim Handgelenk: »Weg hier!«

Wir kamen nicht weit. Ehe ich den zweiten Schritt tun konnte, schoss Gaspars Hand vom Boden hoch und griff nach der Tasche. Der Riemen spannte sich und der Stoff riss. Aus dem Loch purzelten Geldbündel. Mehr und mehr fielen heraus.

Alle Augen waren auf die Bündel mit den schönen Banderolen gerichtet. Gaspar verstand sofort, woher sie stammten. Während er sich mit seiner linken Hand an der Tasche festkrallte, betastete er mit der freien rechten sein Jackett.

»Meine Schlüssel. Ihr habt uns bestohlen!«

Ich drosch erfolglos auf Gaspars Unterarm ein und versetzte ihm einen Tritt, damit er nicht hochkam.

Luna boxte mich gegen die Schulter. »Was geht hier vor?«, kreischte sie und starrte auf das Geld. »Ihr … ihr habt doch nicht etwa …«

Zu allem Überfluss war nun auch Peter von der Wachmannschaft auf die Auseinandersetzung aufmerksam geworden. Er fing an zu rennen.

Gaspar ließ sein Bein vorschnellen und brachte Fleur, die nach ihm trat, zu Fall.

Peter erreichte das Handgemenge. Fleur, eben erst wieder aufgestanden, stellte sich ihm in den Weg, aber er stieß sie wie eine Puppe beiseite. Sie stürzte erneut. Gaspar zerrte am Riemen, und ich geriet ins Straucheln. In letzter Sekunde, kurz bevor Peter mich zu fassen bekam, sprang mir Luna zur Seite; sie holte aus und traf Peter mit einem mächtigen Schwinger am Ohr. Er torkelte rückwärts.

Gaspar nutzte das Durcheinander, richtete sich auf und nahm mich in den Schwitzkasten. Er drückte so fest zu, dass ich keine Luft mehr bekam.

Er drehte sich mit mir in Richtung Jérôme. »Du!«, herrschte er ihn an. »Du gehörst doch zu Armand – hilf mir gefälligst!«

Ich sah nur Jérômes Füße. Er bewegte sich nicht. Ich wollte auf ihn einwirken, ihn zur Vernunft bringen, brachte aber nur ein Keuchen zustande. Gaspar würgte mich mit aller Kraft. Er drehte sich um zu Peter. Dieser versuchte, sich aufzurappeln, wurde jedoch von Fleur und Luna mit wuchtigen Tritten gegen das Schienbein zurück auf den Hosenboden geschickt, wo er aufheulte wie ein verletztes Tier.

»Jérôme …«, hauchte ich mit dem letzten Rest Luft in meinen brennenden Lungen.

»Jetzt tu endlich was!«, kreischte Luna, die von Peter am Knöchel festgehalten wurde und sich mit Fleurs Hilfe zu befreien versuchte.

Da erwachte Jérôme endlich aus seiner Starre. Mit seinen riesigen Pranken löste er Gaspars Griff und drehte ihm den Arm auf den Rücken. Ich schöpfte Atem und verpasste Gaspar einen Fußtritt in den Bauch. Mit schmerzverzerrtem Gesicht sackte er vornüber. Er zischte hasserfüllt: »Das werdet ihr büßen …«

Jérôme half Luna, sich zu befreien, indem er Peter in die Rippen trat.

Ich stellte die Tasche mit dem Riss nach oben ab, stopfte die herausgefallenen Bündel hinein und schnürte mit dem Riemen das Loch zu, während Gaspar sich schon wieder aufraffte. »Los, hauen wir ab!«

Fleur und Luna schlüpften aus ihren Schuhen und nahmen sie in die Hand. Zu viert rannten wir los.

Vom Haupteingang her tönte Émiles Stimme: »Stehen bleiben oder ich rufe die Polizei!«

»Keine Polizei!«, befahl Gaspar. Sie nahmen die Verfolgung auf. Peter rief über Funk Roger, dessen Schritte kurz darauf auf dem Asphalt ratterten wie Gewehrfeuer-Stakkato. Er war schnell, schneller als die anderen, schneller als wir.

»Was ist hier los?«, schnaufte Jérôme, und mir wurde bewusst, dass unseretwegen soeben seine Karriere den Bach runtergegangen war.

»Lauf einfach, lauf!«

Ich konzentrierte mich auf den am weitesten entfernten Punkt am Ende der Straße. Häuser, Bäume und Abfalleimer sausten an uns vorbei, als befänden wir uns auf einem rasenden Förderband. In einer Linie, so breit wie die ganze Quartierstraße, rannten wir durch das Pâquis, wichen in einem wahnwitzigen Slalom Fußgängern und dem Verkehr aus. Die Leute blieben verdutzt stehen und sahen der Gesellschaft in Abendgarderobe nach, die sich eine halsbrecherische Verfolgungsjagd lieferte. Einer von ihnen war

Alfie, der gerade seine Gitarre einpackte. Beinahe hätte ich ihn gerammt. Wir rannten, was unsere Beine hergaben. Fleur und Luna warfen ihre Schuhe weg, wobei Fleur fast ihre Handtasche verlor. Ich sah nach hinten. Roger hatte Gaspar und Peter trotz seines anfänglichen Rückstands bereits um Längen überholt. Zuhinterst folgte Émile. Es fehlten noch über hundert Meter bis zum Wagen. Wenn Gaspar uns in die Finger bekäme, würde es böse für uns enden. Wir mussten es irgendwie schaffen zu entkommen. Roger verringerte den Abstand weiter, Émile fiel zurück.

Ich trieb die anderen an. »Schneller, sie holen auf! Geradeaus!«

Meine Oberschenkel brannten. Ich war nicht der Schnellste; die Tasche, die ich mit beiden Händen festhielt, kostete mich einiges an Tempo. Fleur wurde langsamer, ihre Kräfte schwanden. Jetzt zählte jeder Meter. Lunas Perücke flatterte davon. Ihre chemieblauen Haare lösten sich aus dem Halt der Klammern, eine künstliche Wimper hing herunter, und ihre falschen Brüste schwangen zwischen Kinn und Bauchnabel auf und ab.

Aufrecht und mit stechenden Nähmaschinen-Schritten kam Roger näher und näher. Unser Vorsprung war zu gering, als dass es für alle zum Einsteigen und Losfahren gereicht hätte. »Es ist nicht mehr weit!«

Wir sprinteten am *Roi-Soleil* vorbei. Anupam plauderte am Eingang mit einem Taxifahrer und wirbelte seinen schwarzen Stock. Der Goldknauf reflektierte das Licht der Straßenlampe. Seine Stimme mischte sich unter das Getrappel unserer Schritte: »Monsieur Louis, stecken Sie in Schwierigkeiten?«

Luna und Jérôme benötigten Richtungsangaben. »Da

vorne rechts!« Ich fummelte nach dem Autoschlüssel, wurde langsamer und fiel zurück, drückte auf den Knopf der Funkfernbedienung, worauf die Lichter des dunkelblauen Volkswagens aufblinkten; dann warf ich einen Blick über die Schulter. Roger stand kurz davor, mich einzuholen, ich musste dringend etwas unternehmen. Da ich es nicht schaffen würde, ihm zu entkommen, blieb nur der Angriff. Ich bremste abrupt ab und drehte mich blitzschnell um – ein Manöver, mit dem er nicht gerechnet hatte. Sein Tempo und mein mit voller Kraft ausgeführter Kick, der ihn direkt in seinen bretharten Bauch traf, erzeugten eine solche Wucht, dass sein Körper auf der Stelle waagerecht in die Luft geschleudert wurde und er mit dem Rücken auf den Boden knallte. Die anderen stiegen ins Auto. Ich rannte zur Fahrerseite und warf Fleur die Tasche in den Schoß, die sie sofort hinunter in den Fußraum quetschte, wo auch ihre Handtasche lag. Aber es reichte nicht mehr, um einzusteigen. Gaspar packte mich und drückte mich gegen das Dach.

»Dir schlag ich den Schädel ein!«, brüllte er. Peter und Émile rissen die Hintertüren auf. »Macht sie fertig!«

Aus meiner Position heraus war es praktisch unmöglich, Gaspar zu überwältigen, und nun hatte sich auch noch Roger wieder aufgerafft. Gegen die zwei im Nahkampf trainierten Wachmänner plus Gaspar und Émile, der zwar winzig war, dafür aber mutig und bissig wie ein Terrier, hatten wir keine Chance. Wir saßen in der Falle.

Émile, der noch nicht einmal wusste, was genau vor sich ging, wickelte den Gürtel um die Faust und peitschte mit der Schnalle auf die wie eine Wildkatze fauchende Luna ein und geiferte: »Du elende Tunte.«

Jérôme stieg aus, lief auf die andere Seite und attackierte Peter, der Lunas Arm gepackt hatte, während Émile weiter auf sie einschlug.

»Hierher!«, befahl Gaspar Roger. Gemeinsam zogen sie mich vom Auto weg. Es gelang mir gerade noch, den Zündschlüssel auf Fleurs Seite zu werfen. Vorbeifahrende Autos hupten, Passanten wechselten die Straßenseite.

Ich hörte, wie Fleur ausstieg und auf Émile losging.

Ich zappelte und schlug um mich, während sie mich zu Boden drückten. Gaspar verpasste mir einen Schlag in die Magengrube. Der Schmerz war so heftig, dass sich alles drehte. Roger fesselte meine Arme und Beine mit Kabelbinder und beugte sich über mich. Auf seinen Lippen glänzte frisches Blut. In seiner Hand blitzte ein Elektroschocker.

»Mach ihm die Lichter aus«, bebte Gaspar.

»Halt ihn still, du wirst nichts abbekommen. Auf drei!«

Émile stöhnte, Luna schrie.

»Eins ...«

Auf dem Bürgersteig klopften Schritte.

»Zwei ...«

Ich hob den Kopf und erblickte Anupam.

»Drei ...« Der Elektroschocker kratzte und blitzte. Anupam holte mit seinem Stock aus und machte einen langen Satz. Der Goldknauf schnellte herum und krachte gegen Rogers Kiefer, der mit einem schauderhaften Knacken zerbrach. Das Kratzen verstummte. Roger fiel auf mich.

Ohne zu zögern, stürzte sich Anupam auf Gaspar.

Mit meinen gefesselten Händen durchsuchte ich Roger und fand im Etui an seinem Gürtel ein Taschenmesser.

Ich klappte die Klinge auf und durchtrennte mit mühsamen kurzen Sägebewegungen den Kabelbinder an meinen Handgelenken. Luna kämpfte an Jérômes Seite gegen Peter, der ihre Schläge geübt abwehrte. Wenigstens war er derart mit Verteidigungsarbeit beschäftigt, dass er kaum dazu kam, seinerseits Treffer zu setzen. Inzwischen war es eine ausgewachsene Straßenschlägerei, und wenn nicht bald ein Sieger feststand, marschierte nächstens die Polizei auf und verhaftete alle. Als auch meine Füße endlich wieder frei waren, klappte ich die Klinge zu, füllte mit dem Taschenmesser meine zur Faust geballte Hand aus und eilte Fleur zu Hilfe, die von Émile gegen die Wand gedrückt wurde. Ich verpasste ihm einen rechten Haken. Er verlor das Gleichgewicht und stolperte in einen Hauseingang. Ich drehte mich um und wollte Anupam zu Hilfe eilen, da stand plötzlich Roger schwankend vor mir. Ich hörte ein Kratzen und spürte einen höllischen Schmerz. Meine Augenlider waren weit aufgerissen und meine Muskeln verkrampften sich. Ich verlor die Kontrolle über meinen Körper. Von der Seite sauste eine Gitarre auf Rogers Schädel herab und zersplitterte in tausend Teile.

Dann kam die Dunkelheit.

18 DIE STUNDE DER TRÄUMER

Es war, als erwachte ich aus einem tiefen, traumlosen Schlaf. Ich lag im wilden Gras einer Waldlichtung und über mir am Nachthimmel zogen bauschige Wolken wie übergroße Zeppeline vorüber. Ein launischer Wind geisterte durch die Tannen. Bekannte Stimmen sprachen, jemand drückte meine Hand und meinte, ich sei aufgewacht.

»Louis? Hörst du mich?« Fleurs Gesicht schob sich zwischen mich und die Zeppeline.

Bilder der Nacht rasten durch meinen Kopf. »Wo bin ich?«

»In der Nähe von Aire-la-Ville. Wir sind vorerst in Sicherheit. Du hast dir ganz schön Zeit gelassen. Wie fühlst du dich?«

Ich setzte mich auf, gleichzeitig tastete ich mich ab. Schulter, Rücken und Jochbein taten weh, die Knöchel meiner rechten Hand schmerzten, außerdem war die Haut an meinem Hals leicht verbrannt, und an meinem Hemd fehlten ein paar Knöpfe; im Großen und Ganzen aber nichts, was nicht in ein paar Tagen verheilte. »Geht schon.« Ich sah in die Runde, die auch schon frischer dahergekommen war, und entdeckte die Tasche, aus der mich haufenweise Geldscheine anlächelten. »Wir haben es geschafft!«

»Mit vereinten Kräften, Monsieur.« Anupam wirbelte den Stock durch die Luft. »An diese Abreibung werden sich die Herren noch lange erinnern.« Zwei handgroße Stofffetzen hingen an seinen Hosenbeinen herunter und offenbarten aufgeschürfte Knie.

Luna massierte sich die lädierten Füße und meinte, ich sei über eine halbe Stunde weg gewesen und habe gezuckt wie eine aufgespießte Forelle. »Erst wollten wir dich ins Krankenhaus bringen, aber Fleur sagte, das werde schon wieder.« Ein Mosaik von Blutergüssen zog sich über Lunas Arme, was zusammen mit ihren blauen Haaren ein irrwitziges Bild ergab.

»Du siehst aus wie ein besoffener Gepard«, lachte ich.

»Da siehst du mal, was ich alles für dich tue …«

In Jérômes Gesicht klebte nach wie vor Lippenstift, sein linkes Auge war zugeschwollen und seine Hände gestaucht von den vielen Faustschlägen. Fleurs schönes Kleid glich einem zerschlissenen Lumpen, ihre Haare waren zerzaust und, genau wie bei Luna, waren auch ihre Füße wund vom Rennen auf dem Asphalt. Ein oberflächlicher Kratzer zog sich über ihr Kinn. Nur Alfie war gänzlich unversehrt; lediglich seine Gitarre, die auf Rogers Schädel zerschellt war, hatte er eingebüßt.

Auf meine Frage hin versicherte man mir, dass Gaspar und seine Handlanger keine folgenschweren Blessuren erlitten hatten. Roger, der sich einige Splitter aus der Kopfhaut würde entfernen und den Kiefer neu richten lassen müssen, sah das möglicherweise anders, doch in ein paar Wochen würde er wieder zu hundert Prozent hergestellt sein. Es hätte durchaus schlimmer enden können.

Der Kampf war folgendermaßen zu Ende gegangen: Nachdem Roger und ich mehr oder weniger zeitgleich zu Boden gegangen waren, schnappte sich Alfie den Elektroschocker, der jedoch nicht mehr funktionierte, weil Roger ihn hatte fallen lassen. Stattdessen nahm er den leeren Gitarrenkoffer und rammte ihn Gaspar, der mit Anupam im Clinch lag, von hinten wuchtig in die Rippen. Als Nächstes bekam Peter von Anupam einen harten Stockschlag gegen das Knie, der ihn einknicken ließ; Jérômes Faust erledigte den Rest. Gemäß Jérôme zog sich Émile mit einer blutendenden Nase aus dem Kampf zurück, nachdem Luna ihm ein fliegendes Knie verpasst hatte. Gaspar soll noch allerlei Verwünschungen und Drohungen ausgespien haben, hütete sich aber davor, weitere Prügel zu riskieren. Alfie und Luna hievten mich auf die Rückbank. Fleur setzte sich hinters Steuer und wir schossen mit quietschenden Reifen davon.

Ansprachen behagten mir nicht. Trotzdem rang ich nach Worten, um die Dankbarkeit auszudrücken, die ich meinen Freunden gegenüber empfand. Mir fiel nichts Gescheites ein, also sagte ich einfach: »Danke, Leute. Ihr habt uns den Hintern gerettet.«

»Papperlapapp, Monsieur Louis. Sie hätten das Gleiche für uns getan.«

»Absolut«, ergänzte Jérôme.

Und Luna: »Dafür hat man doch Freunde.«

Fleur fasste meine Hand und sah mich an. »Das Schwierigste haben wir überstanden. Allerdings gibt es jetzt ein neues Problem, das es zu regeln gilt.«

Als wäre beim Kartenspiel die Reihe an mir, richteten sich alle Blicke auf mich. Offenbar waren während meines elektrischen Schlafes Dinge zur Sprache gekommen, von denen ich noch nichts wusste.

Ich hob ahnungslos die Brauen und erntete gedehntes Schweigen und verlegenes Räuspern. Am Ende dieser quälenden Pause ergriff schließlich Anupam das Wort und erklärte mir, was ich selbst hätte erkennen sollen, mir jedoch umständehalber nicht eingefallen war.

»Nun, Monsieur Louis, ich will es kurz machen: Wir können nicht mehr zurück. Dieser Gaspar und seine Handlanger scheinen mir zu den schlimmsten Schandtaten entschlossen. Und bei diesem Scaramucci scheint es sich auch nicht gerade um einen glühenden Pazifisten zu handeln. Dem Vernehmen nach ist er ein gewaltbereiter Drogenhändler, und es ist davon auszugehen, dass er das Geld, das Sie – nach Mademoiselle Fleurs Ausführungen möchte ich nicht von Diebstahl sprechen – sagen wir stattdessen, an sich selbst umverteilt haben, bestimmt zurückbekommen.«

»Hm, das leuchtet ein …«

Jérôme presste betont die Fingerspitzen aneinander. »Du glaubst doch wohl nicht, dass ich am Montag wieder bei der Arbeit antanze …« In seinem schiefen Lächeln spiegelte sich das ganze Auf und Ab dieser verrückten Nacht, die sein Leben vollkommen auf den Kopf gestellt hatte.

Alfie, der an keinen Ort gebunden war und sowieso vorhatte, demnächst weiterzuziehen, äußerte sich nicht. Zufrieden, als gingen ihn die Sorgen dieser Welt nichts an, hockte er auf seinem Gitarrenkoffer und kaute versonnen auf einem Grashalm herum.

Luna brachte es ohne Umschweife auf den Punkt: »Die machen Hackfleisch aus uns.«

»Und deshalb«, eröffnete mir Fleur, die nach wie vor meine Hand hielt, »denke ich, dass es am gerechtesten ist, wenn wir das Geld aufteilen. Dein Einverständnis vorausgesetzt, sollten wir uns jetzt über die Höhe der Anteile verständigen.«

Neptuns Dreizack bohrte sich in meine Brust. Die schöne Beute!

Fleur befühlte meine Stirn. »Was ist mit dir? Du bist ja ganz blass.«

»Es ist nur der Strom …«

Aber wie ungerecht wäre es gewesen, meinen Freunden vorzuenthalten, was sie brauchten und was ihnen zweifellos zustand? Ohne sie wären Fleur und ich in Teufels Küche gelandet. Ich schämte mich meiner egoistischen Gefühlsregung und sprach die Worte, die sogleich mein Gewissen erleichterten: »Gut, so machen wir's. Also dann, was kostet ein neues Leben?«

Allseits zustimmendes Nicken. Ich wartete darauf, dass jemand eine Summe nannte.

Anupam setzte eine grüblerische Miene auf. »Eine knifflige Frage. Am wichtigsten ist, sich eine solide Grundlage zu schaffen, auf der man aufbauen kann, sonst steht man bald wieder mit leeren Händen da.«

»Sie haben doch Ihr Hotel«, bemerkte ich. »Was brauchen Sie, um es fertig zu bauen und die Zeit, bis es sich rentiert, zu überbrücken?«

»Ja, das habe ich … zum Glück. Der Umbau ist auch schon fast abgeschlossen … nur, die Grundlage ist nicht so solide, wie sie scheint …«

»Nicht?«

»Nun, ähm … In einem Moment der Schwäche, mein Heimweh, Sie wissen ja …, also ich wurde ungeduldig und da … da habe ich mich zu einer Reihe von Aktiengeschäften hinreißen lassen. Ich verstehe nicht viel davon, aber einer meiner Stammgäste, mittlerweile ehemaliger Stammgast … er sprach von einem todsicheren Tipp … Nun, ähm, ich habe meine ganzen Ersparnisse investiert … Und einen kleinen Kredit aufgenommen … Die Sache ging leider nach hinten los und hat mich in die roten Zahlen getrieben.«

»Was heißt das? Wie schlimm ist es?«

Er senkte den Blick und rieb sich mit dem Goldknauf die Stirn. »Um ehrlich zu sein, ich bin quasi bankrott …«

»Bankrott?!«

»Leider.«

»Wie viel brauchen Sie?«

»Nun, ich könnte das *Roi-Soleil* an Zari verpachten oder es ihr Stück für Stück verkaufen; sie ist ohnehin als meine Nachfolgerin vorgesehen. Damit wäre der Großteil meiner Schulden getilgt. Aber eben nur der Großteil … Am Hotel stehen noch letzte Umbauten an … und die bereits getätigten sind noch nicht zur Gänze bezahlt …«

»Monsieur Anupam, so nennen Sie mir eine Zahl.«

Den Stock gegen die Stirn gepresst, bat er um Bedenkzeit.

Ich wandte mich an Luna, die eine Rauchwolke in die Nacht blies.

»Ein eigenes kleines Cabaret wäre schön; mit Travestie, Musik und kunterbuntem Publikum.« Sie sprach mit der Unschuldsstimme eines heiseren Schulmädchens, das sich Ferien im Streichelzoo wünschte.

Jérôme nickte eifrig: »Eine tolle Idee.« Er war wie ausgewechselt; innerhalb weniger Stunden hatte er sich in einen anderen Menschen verwandelt.

»Ernsthaft? Bis gestern noch wolltest du unbedingt Banker werden …«

»Banker, pah! So ein Scheiß! Das war reine Selbstverleugnung. Aber das ist nun vorbei; Luna, wir fahren nach Paris!«

Sie küsste ihn überschwänglich. »Schatzi, ich liebe dich.«

»Und was kostet der Spaß?«, fragte ich eine Spur zu ungeduldig. Ich wollte die Geldfrage so schnell wie möglich klären und dann nichts wie weg von dieser gespenstischen Lichtung.

Erneut bekam ich keine Antwort. »Alfie, wie steht's mit dir?«

Ohne den Blick von einem kleinen Käfer zu wenden, der auf seinem Arm herumkrabbelte, antwortete er, er wolle einfach nur nach Süden.

Ob aus Zurückhaltung oder Unschlüssigkeit, niemand mochte eine Zahl nennen. Nach einigem Hin und Her, bei dem außer weiterem Schulterzucken nichts herauskam, war es schließlich Anupam, der seine Reflexionen beendet hatte und einen Vorschlag unterbreitete.

»Meine Damen und Herren, mir scheint, ich habe eine für alle Parteien annehmbare Lösung gefunden. In Anbetracht der individuellen Bedürfnisse und des Beitrages, den ein jeder von uns geleistet hat, schlage ich vor, dass Mademoiselle Fleur und Monsieur Louis die Hälfte des Geldes, also zwei Millionen, behalten. Die andere Hälfte wird auf uns vier verteilt. So erhielten Monsieur Jérôme und Mademoiselle Luna zusammen eine Million, Monsieur Alfie und meine Wenigkeit je eine halbe. Damit könnte man sowohl sorgenfrei über die Ozeane kreuzen, als auch in gehobener Manier das vagabundierende Bardentum praktizieren.

Meiner Zukunft als Hotelier stünde auch nichts mehr im Wege, und es ließe sich in Paris ein vortreffliches Tollhaus errichten; ein Unterfangen, für das ich mich gerne, und selbstverständlich kostenfrei, als telefonischer Berater zur Verfügung stelle. Was sagen Sie?«

Blicke gingen im Kreis. Schrittweise machte sich Zustimmung breit.

»Hört sich gut an«, meinte Jérôme. Auch Luna nickte.

»Ja!« Fleur lachte. »Louis?«

»Einverstanden!«, sagte ich.

Fleur wandte sich an Alfie. »Alfie, was sagst du?«

Zur allgemeinen Überraschung schüttelte er den Kopf.

»Gefällt dir der Vorschlag nicht?«, wollte ich irritiert wissen.

»Doch, doch, es ist nur … mein Leben ist gut, wie es ist. Ich brauche nicht mehr Geld.«

Luna reagierte verständnislos. »Warum denn nicht? Sei nicht dumm, nimm es.«

»Nein. Ich habe alles, was ich brauche.«

Wir hakten mehrmals nach, doch mehr als eine neue Gitarre, einen Satz frischer Klamotten, einen Schlafsack und Kleinkram, der ihm im Gemenge abhandengekommen war, sowie die Mitfahrt nach Marseille weigerte er sich anzunehmen.

Da es uns nicht gelang, ihn umzustimmen, entschieden wir, seinen Anteil von fünfhunderttausend salomonisch unter die verbleibenden fünf zu verteilen. Die finalen Anteile betrugen somit: zwei Komma zwei Millionen für Fleur und mich, eins Komma zwei Millionen für Luna und Jérôme sowie sechshunderttausend für Anupam. Im Gras entstanden kleine Türme aus Banknoten. Aus Mangel an Alternativen packte ich sie, sorgsam voneinander getrennt, in die verschiedenen Abteile der Sporttasche. Bei der nächstbesten Gelegenheit wollten wir uns mit Rucksäcken ausstatten. Die Auslagen für Alfies Anschaffungen übernahmen Fleur und ich.

Das Auto stand hinter einem langen Holzstapel, den eine grüne Plastikplane bedeckte. Ich fühlte mich wieder gut genug, um zu fahren. Obwohl Grenzkontrollen die Ausnahme waren, zogen wir es vor, uns von Jérôme, der als der Breiteste von allen auf dem Beifahrersitz Platz genommen hatte, über verschlungene Waldwege und schmale Landstraßen heimlich auf die andere Seite lotsen zu lassen. Nach einer halbstündigen Fahrt erreichten wir ein kleines französisches Dorf und schon bald rollten wir einsam auf der nächtlichen Autobahn unserem nächsten Bestimmungsort entgegen: Lyon. An einer Raststätte kauften wir Sandwiches und Eistee und bunte Kinderrucksäcke, in die wir die abgezählten Anteile steckten. Außerdem besorgten wir Badelatschen für Lunas und Fleurs geschundene Füße. In einem Regal für Spielsachen entdeckten wir sogar eine Ukulele. Ich weiß nicht, ob es an der Erleichterung lag, einigermaßen ungeschoren davongekommen zu sein, an dem vielen Geld, daran, dass wir uns bald trennen würden und zu einer Art stiller Übereinkunft gelangt waren, deswegen keine Trübsal zu blasen, oder an der Zukunft, die gestaltbar und offen wie ein unbeschriebenes Blatt Papier vor uns lag oder an allem zusammen, aber auf jeden Fall hatten wir jede Menge Spaß. Wir lachten und machten Witze, und Alfie spielte, auf der Rückbank zwischen den anderen eingequetscht, auf seiner Ukulele und sang fröhliche Lieder.

Ich erzählte Jérôme von dem Brief, den wir ihm geschrieben hatten und wie wir ihn darin baten, unsere Kleider zu spenden und die Bücher und Fleurs Kostüm einzumotten. »Wir haben drei Monatsmieten in das Kuvert gesteckt. Und den hier«, ich brachte den Hausschlüssel zum Vorschein, »wollten wir per Post nachschicken. Da, nimm.« Ich warf ihn ihm rüber und er fing ihn lachend auf.

»Keine Sorge, ich spreche mit Onkel Antoine. Er wird sich um alles kümmern.«

»Meine schöne alte Registrierkasse!«, fiel Fleur ein. »Die habe ich völlig vergessen. Bitte sag ihm, er soll sie nicht wegschmeißen.«

»Haha! Ich werd's ihm ausrichten.«

Gegen halb vier Uhr am Samstagmorgen erreichten wir den Bahnhof Part-Dieu, von wo in wenigen Stunden Lunas und Jérômes Zug nach Paris, Gare de Lyon, abfuhr.

Wir parkten in einer Seitenstraße gegenüber einer Bar, die ihr gelbes Licht durch die hohen Scheiben auf das Pflaster warf. Wir stiegen aus. Ich ging hinein; die anderen warteten beim Auto. Drinnen am Tresen saßen zwei Gleisarbeiter in blauen Pullovern und orangefarbenen Leuchtstreifen-Hosen und schlürften dampfenden Tee. Sie sahen aus, als ob sie ihre Schicht erst noch vor sich hatten. Der ergraute Barista trug ein kariertes Hemd und über der linken Schulter hing ein Geschirrtuch.

»Bisschen zu wild gefeiert, was?«, sagte er. Und als ich nicht darauf einging: »Drauf geschissen, was soll's denn sein?«

Ich bestellte sechs Kaffee zum Mitnehmen.

Als ich zurückkam entfernte Jérôme die SIM-Karte aus seinem Handy. »Bevor wir uns trennen, müssen wir diese Dinger kaputtmachen und unsere Handys wegwerfen. Wir dürfen kein Risiko eingehen.«

»Muss das unbedingt sein?«, jammerte Luna und drückte ihr mit Herzchen beklebtes Gerät fest an sich.

»Ich fürchte, er hat recht, Mademoiselle Luna. Es ist klüger. Das hätten wir schon längst tun sollen.«

»Und wie bleiben wir in Kontakt?«, fragte sie.

»Schreibt eure wichtigsten Nummern auf und dann lasst uns unsere E-Mail-Adressen austauschen«, schlug Fleur vor und kramte Schreibzeug und Papier aus dem Kofferraum. »Wir treffen uns irgendwann. Irgendwo.«

Es ging alles so unglaublich schnell. Wir schrieben und tauschten Zettel, zerstörten unsere Handys samt SIM-Karten und versenkten die Überbleibsel in einer grünen Mülltonne.

Als es erledigt war, verfielen wir in Schweigen. Wir starrten zu Boden, zogen die Brauen hoch, wussten trotz aller Pläne und Träume nicht wirklich, was uns erwartete. In einem offenen Fenster miaute eine Katze. Die Zeit des Abschieds war gekommen.

Anupam fand als Erster die Sprache wieder und teilte uns seine nächsten Schritte mit. Er wolle sich so schnell wie möglich mit Zari in Verbindung setzen, das Geschäftliche regeln und sich von ihr seinen Reisepass bringen lassen. Es schien ihm am praktikabelsten, das Geld über das *Roi-Soleil* zu waschen und auf diese Weise mühsame Nachfragen seitens Bank und Steuerbehörden zu vermeiden. Bis dieses Vorhaben sicher in die Wege geleitet war, musste er in Lyon untertauchen.

Wir rauchten noch eine letzte Zigarette, dann schulterten Anupam, Jérôme und Luna ihre kleinen Rucksäcke. »Was für eine Nacht«, grinste Alfie, der uns nach Marseille begleitete, und glitt einmal über die Saiten seiner Ukulele.

»Habt ihr alles?«, fragte Fleur. »Na dann. Wir halten uns gegenseitig auf dem Laufenden.«

Wir tauschten Umarmungen und wünschten uns wortkarg Lebewohl. Ich fragte mich, was wohl aus uns werden würde und ob wir uns jemals wiedersahen. Und obwohl es niemand aussprach, sah ich meinen Freunden an, dass sie das Gleiche dachten.

Gerade als wir uns zum Gehen wandten, kam mir noch etwas in den Sinn, das ich unbedingt wissen wollte. »Luna, warte, ich will dich etwas fragen …«

»Ja, was denn, Schnuckelchen?«

»Womit füllst du dein Dekolleté?«

»Louis!« Fleur warf mir einen halb erbosten, halb belustigten Blick zu.

Luna gluckste vor Vergnügen. »Ach Schnuckelchen«, sagte sie und holte zwei blaue Gummibälle hervor. »Die sind aus der Spielwarenabteilung. Gibt's in verschiedenen Größen, weich und billig. Aber jetzt mit dem ganzen Geld kann ich mir richtige Implantate leisten.«

»Oh ja«, frohlockte Jérôme, »dir verpassen wir die schönsten Möpse der Welt.«

Lachend verschwanden wir in der Nacht.

EPILOG

Fleur geht barfuß über den Strand, hin und wieder bückt sie sich, hebt eine Muschel auf, wäscht in der Brandung den Sand ab und legt sie zu den anderen in das ausgespülte Honigglas. Ich sitze in unserer breiten Hängematte, die zwischen zwei krummen Palmen gespannt ist, und schaue ihr zu. Wir haben in einer einsamen, ruhigen Bucht Quartier bezogen, geschützt vor Wind und Wellen, wo unbekannte Vögel einander fröhliche Botschaften zuzwitschern, Echsen sich auf den Steinen sonnen und kleine Krebse lautlos über den Sand huschen. Unser Boot, das wir auf den Namen *Mascotte* getauft haben, liegt fest vor Anker. Das kleine Dingi trocknet kopfüber, mit den Paddeln obendrauf, im Unterholz, wo ihm die Flut nichts anhaben kann.

Der Passatwind hat uns in zweiundzwanzig Tagen von Teneriffa an die Küste Grenadas getragen, wo Alfie von Bord ging. Unsere Schwärmerei von der Reise über den Atlantik und der Schönheit der karibischen Inseln hatte seine Neugier geweckt, und noch bevor wir in Marseille angekommen waren, stand fest, dass er mit uns kommen würde und auf der ersten Insel, die wir am Horizont erspähten, an Land ginge. In meiner Erinnerung sehe ich ihn mit seiner neuen Gitarre am Mast lehnen und ich höre die langsamen, leichten Melodien, die sich unauslöschlich in mein Gedächtnis gebrannt haben. Paul schrieb ich nach der gelungenen Überfahrt einen langen Brief und legte ein Polaroidfoto von Fleur, Alfie und mir an Bord der *Mascotte* bei, das im Hafen von St. George's, Grenada, aufgenommen wurde. Zwei Wochen später, als wir wieder Gelegenheit hatten, E-Mails zu lesen, fand ich im Postfach seine Antwort. Natürlich konnte er es kaum fassen. Am gleichen Tag noch riefen wir ihn zu fortgeschrittener mitteleuropäischer Stunde in der Bar in Bonifacio an, wo er beim Ausschenken und Austrinken half und wir ihn wie erhofft erreichten. Das geplante Wiedersehen Ende Herbst verschoben wir auf unbestimmt, versprachen aber, uns regelmäßig zu melden.

Es vergeht kein Tag, an dem ich nicht an meine Freunde denke, denen ich für immer dankbar dafür sein werde, dass sie selbstlos Kopf und Kragen für uns riskierten. Den letzten Informationen nach wohnen Jérôme und Luna am Montmartre in einem von Onkel Antoines Apartments und sind auf der Suche nach einem geeigneten Lokal für ihr Varieté. Anupam harrte fast einen ganzen Monat in Lyon aus, bis der Verkauf des *Roi-Soleil* an Zari geregelt und ein geeigneter Waschplan für das Geld ausgearbeitet war und er endlich nach Sri Lanka zurückkehren konnte. Alfies Spur verlor sich in dem Moment, da er sich in St. George's von uns verabschiedet hatte. Seither haben wir nichts mehr von ihm gehört. Unsere Beute haben wir aufgeteilt und auf zwei verschiedenen Konten auf verschiedenen Inseln bei verschiedenen Banken deponiert. Wir führen ein bescheidenes und sorgenfreies Leben, das dem Rhythmus der Gezeiten und den Launen des Wetters folgt. Unsere Haut ist braun geworden und unsere Haare hell. Wer weiß, wie lange wir hierbleiben, in dieser Bucht. Vielleicht ein paar Tage, vielleicht einen Monat … Dann segeln wir weiter, wohin der Wind uns trägt, einem neuen Ort und neuen Abenteuern entgegen. Wo auch immer das sein wird; wenn Fleur und ich den Wind atmen und in die Sonne blinzeln oder unter dem Sternendach die Meere überqueren, dann wissen wir, dass wir zu Hause sind.

Puerto de la Cruz, im Juni 2019

DANKSAGUNG

Sieben Jahre lang lieferten sich mein Manuskript und ich ein einsames Duell, ohne Regeln und ohne Richter, bar jeder Vernunft und ohne Schlichter, bis endlich jedes Wort und jedes Zeichen an seinem Platz und die Geschichte genau so zu Papier gebracht war, wie sie sich die ganze Zeit über in meinem Kopf abgespielt hat.

Folgenden Menschen möchte ich meinen Dank aussprechen:

Dem Gmeiner-Verlag für das Vertrauen. Insbesondere meiner Lektorin Claudia Senghaas sowie Katja Ernst und Monika Heinzelmann. Außerdem Lutz Eberle für die Covergestaltung. Sie haben meine Geschichte aus der Dunkelheit einer Schreibtischschublade ans Licht geholt.

Der Verlegerin Gabriella Baumann-von Arx für ihr wertvolles Feedback und ihre Unterstützung.

Dem Lektor Matthias Feldbaum für seine Expertise, sein Lob und die vielen Ratschläge zum Schriftstellerleben.

Don Ralf Zellweger. Dessen strahlende Intelligenz und existenzielle Furchtlosigkeit meinen Horizont erweitern.

Daniel Klein. Für eine wunderbare Reise, auf der ich die ersten Sätze dieses Romans schrieb.

Fabian Frühbuss, der mich auf dem Bodensee in die Kunst des Segelns einführte.

Chris Whetton. Dem Neuseeländer, mit dem ich in die höchsten Sphären der Trunkenheit vorstieß.

Einer nicht näher bekannten Einheit der venezolanischen Militärpolizei. Dafür, dass sie uns laufen ließen.

Den Havaristen der *Cienfuegos*, mit denen ich das Hochseesegeln erlernte. Gemeinsam tourten wir fröhlich durch den Atlantik, bis wir an einem marokkanischen Felsen zerschellten.

Jonas Kostka und Thomas Prohaska. Für die Jagd nach Wind und Abenteuer.

Stefan Elsener. Für hektoliterweise Kaffee und ein großes Ohr.

Stefan Meli. Für einen wertvollen Hinweis.

Meinen Eltern, den ersten Testlesern. Für Vorschläge und Kritik. Und ihren reichen Fundus an Anekdoten, Blödsinn und Geschichten.

Meinem Bruder, der als Kind die Steine bunt angemalt hat, bevor ich sie den Nachbarn ins Fenster warf.

Gerhard Burghartz und Giovanna Travaglini. Für ihre herzliche Gastfreundschaft und die vielen schönen Stunden an ihrem Esstisch im Tessin.

Anna Travaglini. Für ihre Liebe und Zuwendung in all den Jahren.

Allen, die damals in Genf dabei waren.

Ohne euch hätte dieses Buch niemals das Licht der Welt erblickt.

Danke
Carlo